bibliolycée

Hernani ou l'Honneur castillan

Victor Hugo

Notes, questionnaires et synthèses
par Armelle VAUTROT-ALLÉGRET,
certifiée de Lettres modernes,
professeur en I.U.F.M.,
et Anne AUTIQUET,
agrégée de Lettres classiques,
professeur en I.U.F.M.

Texte conforme à l'édition de 1830.

Sommaire

ISBN 2.01.169198.2

Dossier Bibliolycée

Annexes

Dossier pédagogique : www.hachette-education.com

Victor Hugo vers 1830,
lithographie d'après nature
de Nicolas-Eustache Maurin (1799-1850).

PRÉSENTATION

Lorsque *Hernani,* six mois après l'interdiction de *Marion de Lorme*, est présenté au Théâtre-Français le 25 février 1830, Victor Hugo est déjà, à 27 ans, un écrivain de renom. Autour de sa pièce, qui provoqua un scandale aussi célèbre et tempétueux que le succès qu'elle remporta, conservateurs « classiques » et jeunes romantiques s'empoignèrent durant plusieurs semaines. Il faut dire que Victor Hugo y revendique une conception radicalement nouvelle du théâtre : au dépouillement prôné par les classiques, le dramaturge oppose un spectacle foisonnant par ses décors, ses lumières et ses costumes. Face à la règle des trois unités*, il affirme la primauté de l'action, avec ses rebondissements liés au jeu des masques et des déguisements, et fait fi de la vraisemblance historique et de la bienséance. Par le mélange des genres et des registres* et la métamorphose du vers traditionnel, il instaure, au mépris des interdits, une nouvelle forme de liberté dans l'art.

Le 9 mars 1830, trois ans après la préface de *Cromwell,* Hugo confirme dans la préface

Charles Quint (école espagnole du XVIe siècle).

* *Cf.* Lexique.

d'*Hernani* les fondements théoriques du romantisme et soutient que « *la liberté littéraire est fille de la liberté politique* », manifestant ainsi son évolution politique personnelle. *Hernani* fait donc date, consacrant la rupture avec le théâtre classique et la naissance du drame* romantique.
Figure romantique typique, Hernani, proscrit solitaire et exalté, révolté contre une société qui le rejette, déchiré entre des pulsions de vie et de mort et conscient d'être le jouet de forces qui le dépassent, cherche à s'unir à Doña Sol. *Tres para una* (« Trois hommes pour une femme »), le premier sous-titre d'*Hernani*, évoquait ce moteur essentiel de l'action. Modèle d'amour romantique, la passion du jeune couple doit affronter l'amour libertin de Don Carlos et la passion « paternelle » et funeste de Don Ruy Gomez. Mais la malédiction qui interdit le bonheur à ces jeunes victimes du « mal du siècle » les entraîne à une fin tragique*, évoquant le mythe de *Tristan et Iseult*.
L'Honneur castillan, sous-titre définitif de la pièce, souligne l'importance capitale d'un autre moteur dramatique*, l'honneur, qui, sous des formes diverses (vengeance familiale, hospitalité, pardon, respect de la parole donnée), suscite chez les personnages conflits intérieurs et divisions et les conduit à des choix radicalement différents.
Ce drame* historique soulève aussi, à travers l'ascension contestée de Charles Quint, les questions de la légitimité du pouvoir et des liens entre son exercice et la morale ou la religion, problèmes qui font écho à *Bérénice* de Jean Racine, *Cinna* de Pierre Corneille ou *Le roi se meurt* d'Eugène Ionesco.
« *Tolérance et liberté* » : cette proclamation se veut celle de l'artiste et de l'homme politique dans la préface d'*Hernani*. La portée politique et sociale de cette œuvre fut si grande qu'on a pu l'analyser comme « *un combat décisif pour la liberté d'expression, origine de l'explosion de juillet 1830* » et soutenir qu'« *Hernani n'a pas été une arme, mais il a été un drapeau ; la victoire de juillet a été sa victoire* » (Anne Ubersfeld).
À l'instar de Ruy Blas, autre héros hugolien, du Lorenzaccio de Musset ou du René de Chateaubriand, le personnage d'Hernani, cette « *force qui va* », reste, de tous les grands héros romantiques, l'un des plus représentatifs et des plus attachants.

* *Cf.* Lexique.

Hernani ou l'Honneur castillan

*Drame**
représenté pour
la première fois
le 25 février 1830.

Victor Hugo

* *Cf.* Lexique.

LES ROMAINS ÉCHEVELÉS A LA 1re REPRÉSENTATION D'HERNANI.

Si le drame avait eu six actes, nous tombions tous asphyxiés.

Dessin de Jean-Jacques Grandville (1803-1847).

[Préface de Victor Hugo]

L'auteur de ce drame[1] écrivait il y a peu de semaines à propos d'un poète mort avant l'âge[2] :

« ... Dans ce moment de mêlée et de tourmente littéraire[3], qui faut-il plaindre, ceux qui meurent ou ceux qui combattent ? Sans doute, il est triste de voir un poète de vingt ans qui s'en va, une lyre qui se brise, un avenir qui s'évanouit ; mais n'est-ce pas quelque chose aussi que le repos ? N'est-il pas permis à ceux autour desquels s'amassent incessamment calomnies, injures, haines, jalousies, sourdes menées, basses trahisons ; hommes loyaux auxquels on fait une guerre déloyale ; hommes dévoués qui ne voudraient enfin que doter le pays d'une liberté de plus, celle de l'art, celle de l'intelligence ; hommes laborieux qui poursuivent paisiblement leur œuvre de conscience, en proie d'un côté à de viles machinations de censure et de police, en butte de l'autre, trop souvent, à[4] l'ingratitude des esprits mêmes pour lesquels ils travaillent ; ne leur est-il pas permis de retourner

notes

1. L'auteur de ce drame : Hugo se désigne lui-même.
2. Charles Dovalle, jeune poète tué en duel en 1829.
3. tourmente littéraire : allusion à la bataille des romantiques pour renouveler le genre théâtral.
4. en butte [...] à : exposés à.

quelquefois la tête avec envie vers ceux qui sont tombés derrière eux et qui dorment dans le tombeau ? *Invideo,* disait Luther[1] dans le cimetière de Worms, *invideo, quia quiescunt*[2].

« Qu'importe toutefois ? Jeunes gens, ayons bon courage ! Si rude qu'on veuille nous faire le présent, l'avenir sera beau. Le romantisme, tant de fois mal défini, n'est, à tout prendre, et c'est là sa définition réelle, si l'on ne l'envisage que sous son côté militant, que le *libéralisme* en littérature[3]. Cette vérité est déjà comprise à peu près de tous les bons esprits, et le nombre en est grand ; et bientôt, car l'œuvre est déjà bien avancée, le libéralisme littéraire ne sera pas moins populaire que le libéralisme politique. La liberté dans l'art, la liberté dans la société, voilà le double but auquel doivent tendre d'un même pas tous les esprits conséquents et logiques ; voilà la double bannière qui rallie, à bien peu d'intelligences près (lesquelles s'éclaireront), toute la jeunesse si forte et si patiente aujourd'hui ; puis, avec la jeunesse et, à sa tête, l'élite de la génération qui nous a précédés, tous ces sages vieillards qui, après le premier moment de défiance et d'examen, ont reconnu que ce que font leurs fils est une conséquence de ce qu'ils ont fait eux-mêmes[4], et que la liberté littéraire est fille de la liberté politique. Ce principe est celui du siècle, et prévaudra. Les *Ultras*[5] de tout genre, classiques ou monarchiques, auront beau se prêter secours pour refaire l'Ancien Régime de toutes pièces, société et littérature ; chaque progrès du pays, chaque développement des intelligences, chaque pas de la liberté fera crouler tout ce qu'ils auront échafaudé. Et, en définitive, leurs efforts de réaction auront été utiles. En révolution, tout mouvement fait avancer. La vérité et la liberté ont cela d'excellent que tout ce qu'on fait pour elles et tout ce qu'on fait contre elles les sert

notes

1. Martin Luther (1483-1546), théologien allemand ; artisan de la Réforme protestante, il fut excommunié et mis au ban de l'Empire.
2. ***Invideo, quia quiescunt*** : « Je les envie, parce qu'ils reposent. »
3. ***libéralisme* en littérature** : défense de la liberté contre la censure.
4. ce qu'ils ont fait eux-mêmes : la génération précédente a fait la Révolution française.
5. ***Ultras*** : « ultraroyalistes », qui veulent un retour à l'Ancien Régime et tentent de museler la liberté de parole.

également. Or, après tant de grandes choses que nos pères ont faites, et que nous avons vues, nous voilà sortis de la vieille forme sociale ; comment ne sortirions-nous pas de la vieille forme poétique ? À peuple nouveau, art nouveau. Tout en admirant la littérature de Louis XIV si bien adaptée à sa monarchie, elle saura bien avoir sa littérature propre et personnelle et nationale, cette France actuelle, cette France du dix-neuvième siècle, à qui Mirabeau[1] a fait sa liberté et Napoléon sa puissance. »

Qu'on pardonne à l'auteur de ce drame de se citer lui-même ; ses paroles ont si peu le don de se graver dans les esprits, qu'il aurait souvent besoin de les rappeler. D'ailleurs, aujourd'hui, il n'est peut-être point hors de propos de remettre sous les yeux des lecteurs les deux pages qu'on vient de transcrire. Ce n'est pas que ce drame puisse en rien mériter le beau nom d'*art nouveau,* de *poésie nouvelle,* loin de là ; mais c'est que le principe de la liberté en littérature vient de faire un pas[2] ; c'est qu'un progrès vient de s'accomplir, non dans l'art, ce drame est trop peu de chose, mais dans le public ; c'est que, sous ce rapport du moins, une partie des pronostics hasardés plus haut viennent de se réaliser.

Il y avait péril, en effet, à changer ainsi brusquement d'auditoire, à risquer sur le théâtre des tentatives confiées jusqu'ici seulement au papier qui *souffre tout*[3] ; le public des livres est bien différent du public des spectacles, et l'on pouvait craindre de voir le second repousser ce que le premier avait accepté. Il n'en a rien été. Le principe de la liberté littéraire, déjà compris par le monde qui lit et qui médite, n'a pas été moins complètement adopté par cette immense foule, avide des pures émotions de l'art, qui inonde chaque soir les théâtres de Paris. Cette voix haute et puissante du peuple, qui ressemble à celle de Dieu, veut

notes

1. Mirabeau (1749-1791), défenseur des idées de la Révolution qui a notamment contribué à la liberté de la presse.
2. mais [...] pas : allusion à la bataille et au triomphe d'*Hernani* au Théâtre-Français.
3. Allusion au drame de *Cromwell* publié en 1827 avec sa célèbre préface mais non représenté.

désormais que la poésie ait la même devise que la politique : TOLÉRANCE ET LIBERTÉ.

Maintenant, vienne le poète ! Il y a un public.

Et cette liberté, le public la veut telle qu'elle doit être, se conciliant avec l'ordre, dans l'État, avec l'art, dans la littérature. La liberté a une sagesse qui lui est propre, et sans laquelle elle n'est pas complète. Que les vieilles règles de d'Aubignac[1] meurent avec les vieilles coutumes de Cujas[2], cela est bien ; qu'à une littérature de cour succède une littérature de peuple, cela est mieux encore ; mais surtout qu'une raison intérieure se rencontre au fond de toutes ces nouveautés. Que le principe de liberté fasse son affaire, mais qu'il la fasse bien. Dans les lettres, comme dans la société, point d'étiquette, point d'anarchie : des lois. Ni talons rouges, ni bonnets rouges[3].

Voilà ce que veut le public, et il veut bien. Quant à nous, par déférence pour ce public qui a accueilli avec tant d'indulgence un essai qui en méritait si peu, nous lui donnons ce drame aujourd'hui tel qu'il a été représenté. Le jour viendra peut-être de le publier tel qu'il a été conçu par l'auteur[4], en indiquant et en discutant les modifications que la scène lui a fait subir. Ces détails de critique peuvent ne pas être sans intérêt ni sans enseignements, mais ils sembleraient minutieux aujourd'hui ; la liberté de l'art est admise, la question principale est résolue ; à quoi bon s'arrêter aux questions secondaires ? Nous y reviendrons du reste quelque jour, et nous parlerons aussi, bien en détail, en la ruinant par les raisonnements et par les faits, de cette censure dramatique qui est le seul obstacle à la liberté du théâtre, maintenant qu'il n'y en a plus dans le public. Nous essaierons, à nos risques et périls et par dévouement aux choses de l'art, de caractériser les mille abus de

notes

1. Abbé d'Aubignac (1604-1676), théoricien de la règle classique des trois unités dans sa *Pratique du théâtre* (1657).
2. Jacques Cujas (1522-1590), juriste célèbre qui rénova l'étude du droit romain.
3. Ni talons rouges, ni bonnets rouges : ni contre-révolutionnaires (nobles qui portaient des chaussures à talons rouges sous l'Ancien Régime), ni révolutionnaires (qui portaient le bonnet phrygien rouge).
4. La première édition a été tronquée sur ordre de la censure. La pièce a été représentée intégralement en 1836.

[Préface de Victor Hugo]

cette petite inquisition[1] de l'esprit, qui a, comme l'autre Saint-Office[2], ses juges secrets, ses bourreaux masqués, ses tortures, ses mutilations et sa peine de mort. Nous déchirerons, s'il se peut, ces langes de police dont il est honteux que le théâtre soit encore emmailloté au dix-neuvième siècle.

Aujourd'hui, il ne doit y avoir place que pour la reconnaissance et les remerciements. C'est au public que l'auteur de ce drame adresse les siens, et du fond du cœur. Cette œuvre, non de talent, mais de conscience et de liberté, a été généreusement protégée contre bien des inimitiés par le public, parce que le public est toujours aussi, lui, consciencieux et libre. Grâces lui soient donc rendues, ainsi qu'à cette jeunesse puissante qui a porté aide et faveur à l'ouvrage d'un jeune homme sincère et indépendant comme elle ! C'est pour elle surtout qu'il travaille, parce que ce serait une gloire bien haute que l'applaudissement de cette élite de jeunes hommes, intelligente, logique, conséquente, vraiment libérale en littérature comme en politique, noble génération qui ne se refuse pas à ouvrir les deux yeux à la vérité et à recevoir la lumière des deux côtés.

Quant à son œuvre en elle-même, il n'en parlera pas. Il accepte les critiques qui en ont été faites, les plus sévères comme les plus bienveillantes, parce qu'on peut profiter à toutes. Il n'ose se flatter que tout le monde ait compris du premier coup ce drame, dont le *Romancero General*[3] est la véritable clef. Il prierait volontiers les personnes que cet ouvrage a pu choquer de relire *Le Cid, Don Sanche, Nicomède*[4], ou plutôt tout Corneille et tout Molière, ces grands et admirables poètes. Cette lecture, si pourtant elles veulent bien faire d'abord la part de l'immense infériorité de l'auteur d'*Hernani,* les rendra peut-être moins sévères pour

notes

1. inquisition : surveillance étroite.
2. l'autre Saint-Office : l'Inquisition espagnole chargée de réprimer les hérésies religieuses.
3. *Romancero General* : ensemble de textes espagnols parus en 1602 et 1604, qui reprennent les histoires chevaleresques de l'Espagne et sont traduits par Abel Hugo, frère de Victor Hugo.
4. *Le Cid, Don Sanche, Nicomède* : pièces de théâtre (1637, 1650, 1651) de Pierre Corneille caractérisées par l'héroïsme et le romanesque. Les deux premières se déroulent en Espagne.

certaines choses qui ont pu les blesser dans la forme ou dans le fond de ce drame. En somme, le moment n'est peût-être pas encore venu de le juger. *Hernani* n'est jusqu'ici que la première pierre d'un édifice qui existe tout construit dans la tête de son auteur, mais dont l'ensemble peut seul donner quelque valeur à ce drame. Peut-être ne trouvera-t-on pas mauvaise un jour la fantaisie qu'il lui a pris de mettre, comme l'architecte de Bourges, une porte presque mauresque à sa cathédrale gothique.

En attendant, ce qu'il a fait est bien peu de chose, il le sait. Puissent le temps et la force ne pas lui manquer pour achever son œuvre ! Elle ne vaudra qu'autant qu'elle sera terminée. Il n'est pas de ces poètes privilégiés qui peuvent mourir ou s'interrompre avant d'avoir fini, sans péril pour leur mémoire ; il n'est pas de ceux qui restent grands, même sans avoir complété leur ouvrage, heureux hommes dont on peut dire ce que Virgile disait de Carthage ébauchée :

Pendent opera interrupta minaeque
Murorum ingentes ![1]

9 mars 1830[2].

notes

1. ***Pendent* [...] *ingentes !*** : « Les travaux interrompus restent en suspens : murs menaçants, énormes ! » (Virgile, *Énéide*, IV, v. 88-89).

2. Soit quelques jours après la première représentation d'*Hernani*, le 25 février.

Personnages

HERNANI.

DON CARLOS.

DON RUY GOMEZ DE SILVA.

DOÑA SOL DE SILVA.

LE ROI DE BOHÊME.

LE DUC DE BAVIÈRE.

LE DUC DE GOTHA.

LE BARON DE HOHENBOURG.

LE DUC DE LUTZELBOURG.

IAQUEZ.

DON SANCHO.

DON MATIAS.

DON RICARDO.

DON GARCI SUAREZ.

DON FRANCISCO.

DON JUAN DE HARO.

DON PEDRO GUZMAN DE LARA.

DON GIL TELLEZ GIRON.

DOÑA JOSEFA DUARTE.

Un montagnard.

Une dame.

Premier, deuxième et troisième Conjurés[1].

Conjurés de la Ligue sacro-sainte[2],

Allemands et Espagnols.

Montagnards, Seigneurs, Soldats, Pages, Peuple, etc.

Espagne – 1519.

notes

1. **Conjurés** : comploteurs, conspirateurs.

2. **Conjurés de la Ligue sacro-sainte** : conjuration ou complot constitué contre Charles Quint en 1521 (anachronisme ici).

Acte 1

LE ROI[1]

SARAGOSSE[2]

Une chambre à coucher. La nuit. Une lampe sur une table.

Scène 1

DOÑA JOSEFA DUARTE, *vieille, en noir, avec le corps*[3] *de sa jupe cousu de jais*[4], *à la mode d'Isabelle la Catholique*[5] ; DON CARLOS.

DOÑA JOSEFA, *seule.*

Elle ferme les rideaux cramoisis[6] *de la fenêtre et met en ordre quelques fauteuils. On frappe à une petite porte dérobée à droite. Elle écoute. On frappe un second coup.*

Serait-ce déjà lui ?

notes

1. Titre destiné par Victor Hugo au lecteur ; Charles Ier (Don Carlos), roi d'Espagne en 1516, fut élu empereur germanique sous le nom de Charles Quint en 1519.
2. Les lieux varient et rompent avec la règle d'unité.
3. *corps* : partie du vêtement qui couvre le buste.
4. *jais* : noir brillant.
5. Isabelle la Catholique (1451-1504), reine de Castille puis d'Espagne.
6. *cramoisis* : rouge vif.

passage analysé

Un nouveau coup.
C'est bien à l'escalier
Dérobé.
Un quatrième coup.
Vite, ouvrons !
Elle ouvre la petite porte masquée. Entre don Carlos, le manteau sur le nez et le chapeau sur les yeux.
Bonjour, beau cavalier.
Elle l'introduit. Il écarte son manteau et laisse voir un riche costume de velours et de soie, à la mode castillane de 1519. Elle le regarde sous le nez et recule étonnée.
Quoi, seigneur Hernani, ce n'est pas vous ! – Main-forte !
Au feu !

DON CARLOS, *lui saisissant le bras.*

Deux mots de plus, duègne[1], vous êtes morte !
Il la regarde fixement. Elle se tait, effrayée.
Suis-je chez doña Sol ? fiancée au vieux duc
De Pastraña, son oncle, un bon seigneur, caduc[2],
Vénérable et jaloux ? Dites ? La belle adore
Un cavalier sans barbe et sans moustache encore,
Et reçoit tous les soirs, malgré les envieux[3],
Le jeune amant sans barbe à la barbe du vieux.
Suis-je bien informé ?
Elle se tait. Il la secoue par le bras.
Vous répondrez peut-être ?

DOÑA JOSEFA

Vous m'avez défendu de dire deux mots, maître.

notes

1. duègne : vieille gouvernante.
2. caduc : périmé, diminué par l'âge.
3. envieux : se prononce « en-vi-eux » (diérèse), pour respecter la mesure de l'alexandrin.

DON CARLOS

Aussi n'en veux-je qu'un. – Oui, – non. – Ta dame est bien
Doña Sol de Silva ? parle.

DOÑA JOSEFA

Oui. – Pourquoi ?

DON CARLOS

Pour rien.
Le duc, son vieux futur[1], est absent à cette heure ?

DOÑA JOSEFA

Oui.

DON CARLOS

Sans doute elle attend son jeune ?

DOÑA JOSEFA

Oui.

DON CARLOS

Que je meure !

DOÑA JOSEFA

Oui.

DON CARLOS

Duègne ! c'est ici qu'aura lieu l'entretien ?

DOÑA JOSEFA

Oui.

DON CARLOS

Cache-moi céans[2] !

DOÑA JOSEFA

Vous !

passage analysé

notes

1. futur : futur époux, fiancé.

2. céans : dedans, en parlant de la maison où il se trouve (terme archaïque du XVIIe siècle).

Hernani

passage analysé

DON CARLOS

Moi.

DOÑA JOSEFA

Pourquoi ?

DON CARLOS

Pour rien.

DOÑA JOSEFA

Moi, vous cacher !

DON CARLOS

Ici.

DOÑA JOSEFA

Jamais !

DON CARLOS, *tirant de sa ceinture une bourse et un poignard.*

Daignez, madame,
Choisir de cette bourse ou bien de cette lame.

DOÑA JOSEFA, *prenant la bourse.*

Vous êtes donc le diable ?

DON CARLOS

Oui, duègne.

DOÑA JOSEFA, *ouvrant une armoire étroite dans le mur.*

Entrez ici.

DON CARLOS, *examinant l'armoire.*

Cette boîte !

DOÑA JOSEFA, *la refermant.*

Va-t'en, si tu n'en veux pas !

DON CARLOS, *rouvrant l'armoire.*

Si.

L'examinant encore.

passage analysé

Serait-ce l'écurie où tu mets d'aventure
Le manche du balai qui te sert de monture ?
Il s'y blottit avec peine.
Ouf !

DOÑA JOSEFA, *joignant les mains avec scandale.*
Un homme ici !

DON CARLOS, *dans l'armoire restée ouverte.*
C'est une femme, – est-ce pas[1], –
Qu'attendait ta maîtresse ?

DOÑA JOSEFA
Ô ciel ! j'entends le pas
De doña Sol. – Seigneur, fermez vite la porte.
Elle pousse la porte de l'armoire qui se referme.

DON CARLOS, *de l'intérieur de l'armoire.*
Si vous dites un mot, duègne, vous êtes morte !

DOÑA JOSEFA, *seule.*
Qu'est cet homme ? Jésus mon Dieu ! Si j'appelais ?...
Qui ? – Hors Madame et moi, tout dort dans le palais.
– Bah ! l'autre va venir. La chose le regarde.
Il a sa bonne épée, et que le ciel nous garde
De l'enfer !
Pesant la bourse.
Après tout, ce n'est pas un voleur.
Entre doña Sol, en blanc[2]. Doña Josefa cache la bourse.

suite, p. 32

notes

1. La négation disparaît pour servir la métrique. Procédé utilisé plusieurs fois dans *Hernani*.

2. Contrairement à sa gouvernante qui est en noir : cela souligne sans doute la différence d'âge (la blancheur connote la jeunesse) mais aussi la différence de statut social entre les deux femmes.

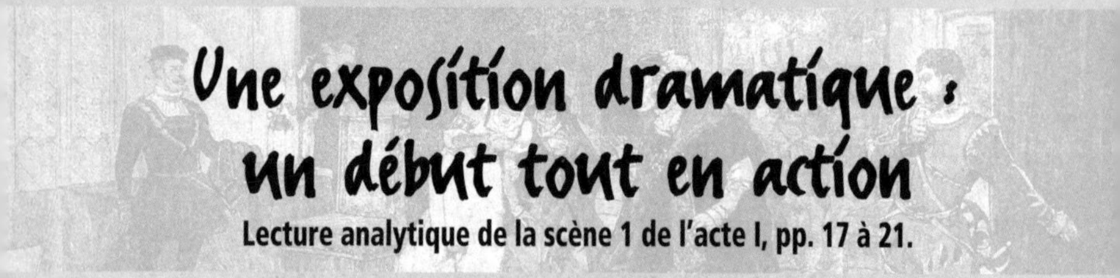

Une exposition dramatique : un début tout en action

Lecture analytique de la scène 1 de l'acte I, pp. 17 à 21.

L'exposition* est un artifice rhétorique* incontournable de l'écriture dramatique*... du moins jusqu'au romantisme. Son but est d'informer et d'instruire le spectateur pour lui permettre de comprendre rapidement les enjeux de l'intrigue qui va se jouer devant ses yeux, notamment en présentant clairement les personnages et les relations qu'ils entretiennent.
Mais il s'agit aussi, pour Victor Hugo, de projeter le spectateur ou le lecteur dans le vif du sujet, afin de lui présenter des personnages et une action déjà en mouvement. À ce titre donc, l'exposition d'*Hernani*, dont fait partie cette première scène, remplit certaines des conditions indispensables à la bonne compréhension de l'intrigue à venir : les traits des personnages principaux sont esquissés, directement sur scène ou dans les propos des personnages présents, et le suspense est introduit dans un lieu restreint où la situation apparaît d'emblée comme nouée.
Mais, à y regarder de plus près, cette exposition pose aussi les fondements d'un genre hybride et provocateur selon le public de l'époque. En présentant pêle-mêle l'intrigue amoureuse et les conflits à venir, elle fait vaciller les convictions du spectateur sur le genre de cette pièce : tragédie* ? comédie* ? Non : drame*.

Une scène d'exposition soucieuse de la tradition

❶ Le découpage du texte vous semble-t-il répondre aux exigences de la tradition ? Relevez des éléments de réponse précis.

* *Cf.* Lexique.

Scène 1 de l'acte 1, pp. 17 à 21

❷ Observez les différentes didascalies* et montrez en quoi elles informent le lecteur.
❸ De quelle manière nous sont présentés les deux protagonistes* ?
❹ Quels autres personnages sont évoqués dans leurs propos ? Qu'apprend-on sur eux ?
❺ Cette exposition* nous emmène-t-elle *a priori* vers une intrigue de comédie* ou de tragédie* ?

Une écriture dramatique* audacieuse et novatrice

❻ Montrez, par des exemples précis, que l'auteur s'évertue à malmener l'alexandrin* (déconstruction de l'alexandrin sur plusieurs lignes, abus d'enjambements*...).
❼ De quelle manière s'enchaînent les répliques* des deux interlocuteurs ? Vous ferez notamment attention aux répétitions* de mots et à la ponctuation.
❽ De quelle manière Don Carlos se moque-t-il de Doña Josefa ? Relevez au moins deux exemples de figures de style différentes.
❾ Trouvez le jeu de mots sur « *barbe* » et expliquez-le.
❿ Quels objets et quel lieu jouent un rôle dans cette scène ? À quel genre dramatique vous font-ils chacun penser ?

* *Cf.* Lexique.

La cachette : mise en scène d'un jeu de dupes

Lectures croisées et travaux d'écriture

Le théâtre repose sur le principe de la double énonciation* : les personnages communiquent entre eux sur scène, tandis que le spectateur reçoit, lui, des informations hors texte, sur scène, qui relèvent beaucoup du code visuel ou gestuel et construisent avec celui qui regarde une certaine connivence.

Les extraits proposés présentent les formes de comiques* traditionnelles : le comique verbal, le comique gestuel, le comique de situation et même le comique de caractère à travers les types sociaux qui agissent sous nos yeux.

Tous ont en commun de recourir au décor et aux objets pour agrémenter leurs effets dramaturgiques*. Chacun s'évertue à duper l'autre par un jeu savant de cache-cache, subi ou infligé, qui conduit toujours un personnage à l'emporter sur l'autre en le ridiculisant. On se rendra alors très souvent compte que cacher ou se cacher n'avantage généralement pas le plus fort des deux et qu'il est parfois question de revanche sociale, lorsque le riche ou le barbon devient la victime de ce jeu de dupes. Le spectateur n'a alors plus qu'à choisir son camp...

Texte A : Scène 1 de l'acte I d'*Hernani* de Victor Hugo (pp. 17-21)

Texte B : Molière, *Les Fourberies de Scapin*

Cette comédie en 3 actes occupe une place particulière dans l'œuvre de Molière (1622-1673) : écrite en pleine maturité, elle est composée entre des œuvres d'importance, comme* Le Bourgeois gentilhomme *(1670) ou* Les Femmes savantes *(1672). De fait, cette pièce sera considérée comme mineure par le public de l'époque mais sa postérité sera tout autre.*

Le valet Scapin a mis sa malice au service des deux jeunes maîtres (Octave et Léandre) durant les deux premiers actes ; au troisième acte, il entend

* *Cf.* Lexique

bien se faire justice et se venger du despotisme du vieux Géronte, père de Léandre.

GÉRONTE. Ne saurais-tu trouver quelque moyen pour me tirer de peine ?

SCAPIN. J'en imagine bien un ; mais je courrais risque, moi, de me faire assommer.

GÉRONTE. Eh ! Scapin, montre-toi serviteur zélé. Ne m'abandonne pas, je te prie.

SCAPIN. Je le veux bien. J'ai une tendresse pour vous qui ne saurait souffrir que je vous laisse sans secours.

GÉRONTE. Tu en seras récompensé, je t'assure ; et je te promets cet habit-ci, quand je l'aurai un peu usé.

SCAPIN. Attendez. Voici une affaire[1] que je me suis trouvée fort à propos pour vous sauver. Il faut que vous vous mettiez dans ce sac et que...

GÉRONTE, *croyant voir quelqu'un*. Ah !

SCAPIN. Non, non, non, non, ce n'est personne. Il faut, dis-je, que vous vous mettiez là dedans, et que vous gardiez de remuer en aucune façon. Je vous chargerai sur mon dos, comme un paquet de quelque chose, et je vous porterai ainsi, au travers de vos ennemis, jusque dans votre maison, où, quand nous serons une fois, nous pourrons nous barricader et envoyer quérir main-forte contre la violence.

GÉRONTE. L'invention est bonne.

SCAPIN. La meilleure du monde. Vous allez voir. *(À part.)* Tu me paieras l'imposture[2].

GÉRONTE. Eh ?

SCAPIN. Je dis que vos ennemis seront bien attrapés. Mettez-vous bien jusqu'au fond, et surtout prenez garde de ne vous point montrer, et de ne branler pas[3], quelque chose qui puisse arriver.

GÉRONTE. Laisse-moi faire. Je saurai me tenir...

SCAPIN. Cachez-vous. Voici un spadassin[4] qui vous cherche. *(En contrefaisant sa voix.)* « Quoi ! jé n'aurai pas l'abantage[5] dé tuer cé Geronte, et quelqu'un par charité né m'enseignera pas où il est ? » *(À Géronte, de sa voix ordinaire.)* Ne branlez pas. *(Reprenant son ton contrefait.)* « Cadédis[6] ! jé lé trouberai, sé cachât-il au centre dé la terre. » *(À Géronte, avec son ton naturel.)* Ne vous montrez pas. *(Tout le langage gascon est supposé de celui qu'il contrefait, et le reste de lui.)* « Oh, l'homme au sac ! – Monsieur. – Jé té vaille[7] un louis, et m'enseigne où put être Géronte. – Vous cherchez le seigneur Géronte ? – Oui, mordi ! jé lé cherche. – Et pour quelle affaire, monsieur ? – Pour quelle affaire ? – Oui. – Jé beux, cadédis ! lé faire mourir sous les coups de vaton. – Oh ! monsieur, les coups de bâton ne se donnent point à des gens comme lui, et ce n'est pas un homme à être traité de la sorte. – Qui, cé fat dé Geronte, cé maraut, cé vélître[8] ? – Le seigneur Géronte, monsieur, n'est ni fat, ni maraud, ni bélître, et vous devriez, s'il vous plaît, parler d'autre façon. – Comment, tu mé traites, à moi, avec cette hautur ? – Je défends, comme je dois, un homme d'honneur qu'on offense. – Est-ce que tu es des amis dé cé Geronte ? – Oui, monsieur, j'en suis. – Ah ! Cadédis ! tu es de ses amis, à la vonne hure ! *(Il donne plusieurs coups de bâton sur le sac.)* Tiens ! Boilà cé que jé té vaille pour lui. – Ah, ah, ah, ah, monsieur ! Ah, ah, monsieur ! tout beau ! Ah, doucement, ah, ah, ah ! – Va, porte-lui cela de ma part. Adiusias[9] ! » Ah ! diable soit le Gascon ! Ah ! *(En se plaignant et remuant le dos, comme s'il avait reçu les coups de bâton.)*

GÉRONTE, *mettant la tête hors du sac.* Ah ! Scapin, je n'en puis plus.

SCAPIN. Ah ! monsieur, je suis tout moulu, et les épaules me font un mal épouvantable.

GÉRONTE. Comment ? c'est sur les miennes qu'il a frappé.

SCAPIN. Nenni, monsieur, c'était sur mon dos qu'il frappait.

GÉRONTE. Que veux-tu dire ? J'ai bien senti les coups, et les sens bien encore.

[...]

SCAPIN, *lui remettant sa tête dans le sac.* Prenez garde, voici une demi-douzaine de soldats tout ensemble. *(Il contrefait plusieurs personnes ensemble.)* « Allons, tâchons à trouver ce Géronte, cherchons partout. N'épargnons point nos pas. Courons toute la ville. N'oublions aucun lieu. Visitons tout. Furetons de tous les côtés. Par où irons-nous ? Tournons par là. Non, par ici. À gauche. À droit. Nenni. Si fait. » *(À Géronte, avec sa voix ordinaire.)* Cachez-vous bien. « Ah ! camarades, voici son valet. Allons, coquin, il faut que tu nous enseignes où est ton maître. – Eh ! messieurs, ne me maltraitez point. – Allons, dis-nous où il est. Parle. Hâte-toi. Expédions. Dépêche vite. Tôt. – Eh ! messieurs, doucement. *(Géronte met doucement la tête hors du sac et aperçoit la fourberie de Scapin.)* – Si tu ne nous fais trouver ton maître tout à l'heure, nous allons faire pleuvoir sur toi une ondée de coups de bâton. – J'aime mieux souffrir toute chose que de vous découvrir mon maître. – Nous allons t'assommer. – Faites tout ce qu'il vous plaira. – Tu as envie d'être battu ? – Je ne trahirai point mon maître. – Ah ! tu en veux tâter ? Voilà... » Oh ! *(Comme il est prêt de frapper, Géronte sort du sac et Scapin s'enfuit.)*

GÉRONTE. Ah, infâme ! Ah, traître ! Ah, scélérat ! C'est ainsi que tu m'assassines.

Molière, *Les Fourberies de Scapin*, extrait de la scène 2 de l'acte III, 1671.

1. **affaire** : il s'agit ici du sac.
2. **imposture** : mauvais tour.
3. **ne branler pas** : ne pas bouger.
4. **spadassin** : soldat.
5. Scapin imite l'accent gascon où « b » et « v » sont inversés ; il accentue aussi le « e ».
6. **Cadédis** : tête de Dieu (juron).
7. **vaille** : paye, soudoie.
8. **vélître** : bélître, homme de rien, fainéant.
9. **Adiusias** : adieu.

Texte C : Beaumarchais, *Le Mariage de Figaro*

Le Mariage de Figaro *fait suite au* Barbier de Séville *(1775). À nouveau Beaumarchais (1732-1799) y met en scène son double, le valet Figaro, qui doit épouser Suzanne. Mais Almaviva entend bien rétablir le droit de cuissage exprès pour la jeune soubrette. Suzanne va devoir déployer des trésors de malice pour échapper à l'appétit du Comte, par ailleurs lassé de son épouse, Rosine, pourtant autrefois épousée par amour. Chérubin, quant à lui, vient parler d'amour à la jeune Suzanne dans sa chambre mais le Comte arrive et risque de le surprendre. Pris de panique, le jeune page ne trouve rien de mieux que se cacher... derrière le fauteuil.*

Scène 8. SUZANNE, LE COMTE, CHÉRUBIN, *caché*.

SUZANNE *aperçoit le Comte*. Ah !...

Elle s'approche du fauteuil pour masquer Chérubin.

LE COMTE *s'avance*. Tu es émue, Suzon ! tu parlais seule, et ton petit cœur paraît dans une agitation... bien pardonnable, au reste, un jour comme celui-ci.

SUZANNE, *troublée*. Monseigneur, que me voulez-vous ? Si l'on vous trouvait avec moi...

LE COMTE. Je serais désolé qu'on m'y surprît ; mais tu sais tout l'intérêt que je prends à toi. Bazile ne t'a pas laissé ignorer mon amour. Je n'ai qu'un instant pour t'expliquer mes vues[1] ; écoute.

Il s'assied dans le fauteuil.

SUZANNE, *vivement*. Je n'écoute rien.

LE COMTE *lui prend la main*. Un seul mot. Tu sais que le roi m'a nommé son ambassadeur à Londres. J'emmène avec moi Figaro ; je lui donne un excellent poste ; et, comme le devoir d'une femme est de suivre son mari...

SUZANNE. Ah ! si j'osais parler !

LE COMTE *la rapproche de lui*. Parle, parle, ma chère ; use aujourd'hui d'un droit que tu prends sur moi pour la vie.

SUZANNE, *effrayée*. Je n'en veux point, Monseigneur, je n'en veux point. Quittez-moi, je vous prie.

LE COMTE. Mais dis auparavant[2].

SUZANNE, *en colère*. Je ne sais plus ce que je disais.

LE COMTE. Sur le devoir des femmes.

SUZANNE. Eh bien ! lorsque Monseigneur enleva la sienne de chez le docteur, et qu'il l'épousa par amour[3] ; lorsqu'il abolit pour elle un certain affreux droit du seigneur...

LE COMTE, *gaiement*. Qui faisait bien de la peine aux filles ! Ah ! Suzette ! ce droit charmant ! Si tu venais en jaser sur la brune[4] au jardin, je mettrais un tel prix à cette légère faveur...

BAZILE *parle en dehors*. Il n'est pas chez lui, Monseigneur.

LE COMTE *se lève*. Quelle est cette voix ?

SUZANNE. Que je suis malheureuse !

LE COMTE. Sors, pour qu'on n'entre pas.

SUZANNE, *troublée*. Que je vous laisse ici ?

BAZILE *crie en dehors*. Monseigneur était chez Madame, il en est sorti ; je vais voir.

LE COMTE. Et pas un lieu pour se cacher ! Ah ! derrière ce fauteuil... assez mal ; mais renvoie-le bien vite.

Suzanne lui barre le chemin ; il la pousse doucement, elle recule, et se met ainsi entre lui et le petit page ; mais, pendant que le Comte s'abaisse et prend sa place, Chérubin tourne et se jette effrayé sur le fauteuil à genoux et s'y blottit. Suzanne prend la robe qu'elle apportait, en couvre le page, et se met devant le fauteuil.

Beaumarchais, *Le Mariage de Figaro*, scène 8 de l'acte I, 1784.

1. vues : projets, intentions à l'égard de quelqu'un.
2. dis auparavant : dis d'abord ce que tu voulais me dire.
3. Rappel du dénouement du *Barbier de Séville* : Almaviva arrache Rosine des griffes du barbon pour l'épouser et annule ensuite le droit de cuissage auquel il n'hésitait pas à s'adonner auparavant.
4. jaser sur la brune : parler quand il fait sombre, au crépuscule.

Document : Georges de La Tour, *Le Tricheur à l'as de carreau* (1635)

Le Tricheur à l'as de carreau *de Georges de La Tour (1593-1652) reprend le thème du tricheur exploité par Caravage. Il représente les trois tentations majeures condamnées au XVIIe siècle : la femme, le jeu et le vin. L'art de Georges de La Tour y est flagrant : mains admirables, reflets du satin, plume mouvante, verre fragile rempli de vin couleur rubis. Mais, au-delà de ces qualités, il y a le jeu des regards et des mains qui dénonce l'illusion de ce jeune homme confiant pourtant berné au jeu proposé par la courtisane.*

Corpus

Texte A : Scène 1 de l'acte I d'*Hernani* de Victor Hugo (pp. 17-21).
Texte B : Extrait de la scène 2 de l'acte III des *Fourberies de Scapin* de Molière (pp. 24-27).
Texte C : Scène 8 de l'acte I du *Mariage de Figaro* de Beaumarchais (pp. 27-29).
Document : *Le Tricheur à l'as de carreau* de Georges de La Tour (p. 29).

Examen des textes et de l'image

❶ Quelle est la cachette et que cache-t-on dans chaque document ?
❷ Quel rôle jouent les didascalies* dans la scène de duperie des textes A, B et C ?
❸ Dans chacun des documents, montrez que des personnages de statuts sociaux différents sont mis en scène.
❹ Montrez que l'artifice de la cachette relève du comique* dans les trois textes.
❺ Dans les textes A et C et le document, quel rôle joue la femme dans la scène de duperie ?
❻ À quels vices et à quelles corruptions est associée la cachette dans les textes A et C et le document ?

Travaux d'écriture

Question préliminaire
Peut-on dire que la cachette, en plus d'être un artifice scénique, est un puissant ressort dramaturgique* et comique ?

Commentaire
Vous ferez le commentaire composé de l'extrait du *Mariage de Figaro* de Beaumarchais (texte C).

* *Cf.* Lexique.

Dissertation

Peut-on dire que les décors et les objets jouent, au théâtre, un rôle dramatique* ?

Vous vous appuierez sur les textes du corpus mais aussi sur vos expériences de spectateur(trice) et de lecteur(trice) pour traiter ce sujet.

Écriture d'invention

Imaginez des dialogues pour la scène peinte par Georges de La Tour (document). Vous pourrez utiliser toutes les caractéristiques du discours dramatique : didascalies*, apartés, différents types de répliques* qui refléteront l'atmosphère de cette scène et l'enjeu de cette partie de cartes.

* *Cf.* Lexique.

Hernani

Scène 2

DOÑA JOSEFA, DON CARLOS, *caché*,
DOÑA SOL, *puis* HERNANI.

DOÑA SOL

Josefa !

DOÑA JOSEFA

Madame ?

DOÑA SOL

Ah ! je crains quelque malheur.
Hernani devrait être ici.

Bruit de pas à la petite porte.

Voici qu'il monte.
Ouvre avant qu'il ne frappe, et fais vite, et sois prompte.

Josefa ouvre la petite porte. Entre Hernani. Grand manteau, grand chapeau. Dessous, un costume de montagnard d'Aragon[1], gris, avec une cuirasse de cuir ; une épée, un poignard et un cor à la ceinture[2].

DOÑA SOL, *courant à lui.*

Hernani !

HERNANI

Doña Sol ! Ah ! c'est vous que je vois
Enfin ! et cette voix qui parle est votre voix !
Pourquoi le sort mit-il mes jours si loin des vôtres ?
J'ai tant besoin de vous pour oublier les autres !

DOÑA SOL, *touchant ses vêtements.*

Jésus ! votre manteau ruisselle ! Il pleut donc bien ?

notes

1. ***Aragon*** : royaume dont l'union avec la Castille fonde, en 1749, le noyau de la monarchie espagnole.

2. ***costume* [...] *ceinture*** : costume de théâtre conventionnel du brigand d'honneur dans les drames du XIXe siècle.

HERNANI
Je ne sais.

DOÑA SOL
Vous devez avoir froid ?

HERNANI
Ce n'est rien.

DOÑA SOL
Ôtez donc ce manteau !

HERNANI
Doña Sol, mon amie,
Dites-moi, quand la nuit vous êtes endormie,
Calme, innocente et pure, et qu'un sommeil joyeux
Entrouvre votre bouche et du doigt clôt vos yeux,
Un ange vous dit-il combien vous êtes douce
Au malheureux que tout abandonne et repousse ?

DOÑA SOL
Vous avez bien tardé, seigneur ! Mais dites-moi
Si vous avez froid.

HERNANI
Moi ! je brûle près de toi !
Ah ! quand l'amour jaloux bouillonne dans nos têtes,
Quand notre cœur se gonfle et s'emplit de tempêtes,
Qu'importe ce que peut un nuage des airs
Nous jeter en passant de tempête et d'éclairs !

DOÑA SOL, *lui défaisant son manteau.*
Allons ! donnez la cape et l'épée avec elle !

HERNANI, *la main sur son épée.*
Non. C'est mon autre amie, innocente et fidèle.
– Doña Sol, le vieux duc, votre futur époux,
Votre oncle, est donc absent ?

DOÑA SOL
Oui, cette heure est à nous.

HERNANI

Cette heure ! et voilà tout. Pour nous, plus rien qu'une heure !
Après, qu'importe ! Il faut qu'on oublie ou qu'on meure.
Ange ! une heure avec vous ! une heure, en vérité,
À qui voudrait la vie, et puis l'éternité !

DOÑA SOL

Hernani !

HERNANI, *amèrement.*

Que je suis heureux que le duc sorte !
Comme un larron[1] qui tremble et qui force une porte,
Vite, j'entre, et vous vois, et dérobe au vieillard
Une heure de vos chants et de votre regard ;
Et je suis bien heureux, et sans doute on m'envie
De lui voler une heure, et lui me prend ma vie !

DOÑA SOL

Calmez-vous.
Remettant le manteau à la duègne.
Josefa, fais sécher le manteau.
Josefa sort.
Elle s'assied et fait signe à Hernani de venir près d'elle.
Venez là.

HERNANI, *sans l'entendre.*

Donc le duc est absent du château ?

DOÑA SOL, *souriant.*

Comme vous êtes grand !

HERNANI

Il est absent.

note

1. **larron** : voleur.

DOÑA SOL

Chère âme,
Ne pensons plus au duc.

HERNANI

Ah ! pensons-y, madame !
Ce vieillard ! il vous aime, il va vous épouser !
Quoi donc ! vous prit-il pas l'autre jour un baiser ?
N'y plus penser !

DOÑA SOL, *riant.*

C'est là ce qui vous désespère !
Un baiser d'oncle ! au front ! presque un baiser de père !

HERNANI

Non. Un baiser d'amant, de mari, de jaloux.
Ah ! vous serez à lui, madame, y pensez-vous ?
Ô l'insensé vieillard, qui, la tête inclinée,
Pour achever sa route et finir sa journée,
A besoin d'une femme, et va, spectre glacé,
Prendre une jeune fille ! ô vieillard insensé !
Pendant que d'une main il s'attache à la vôtre,
Ne voit-il pas la mort qui l'épouse de l'autre ?
Il vient dans nos amours se jeter sans frayeur !
Vieillard, va-t'en donner mesure[1] au fossoyeur !
– Qui fait ce mariage ? On vous force, j'espère !

DOÑA SOL

Le roi, dit-on, le veut.

HERNANI

Le roi ! le roi ! Mon père
Est mort sur l'échafaud, condamné par le sien[2].
Or, quoiqu'on ait vieilli depuis ce fait ancien,

notes

1. donner mesure : indiquer ses mesures (sous-entendu « mourir »).

2. le sien : le père de Charles Quint, Philippe le Beau, archiduc d'Autriche puis roi de Castille en 1504, en réalité venu en Espagne en 1506 et mort la même année.

Pour l'ombre du feu roi[1], pour son fils, pour sa veuve,
Pour tous les siens, ma haine est encor[2] toute neuve !
Lui, mort, ne compte plus. Et, tout enfant, je fis
Le serment de venger mon père sur son fils.
Je te cherchais partout, Carlos, roi des Castilles[3] !
Car la haine est vivace entre nos deux familles.
Les pères ont lutté sans pitié, sans remords,
Trente ans[4] ! Or, c'est en vain que les pères sont morts,
Leur haine vit. Pour eux la paix n'est point venue,
Car les fils sont debout, et le duel[5] continue.
Ah ! c'est donc toi qui veux cet exécrable hymen[6] !
Tant mieux. Je te cherchais, tu viens dans mon chemin !

DOÑA SOL

Vous m'effrayez !

HERNANI

Chargé d'un mandat d'anathème[7],
Il faut que j'en arrive à m'effrayer moi-même !
Écoutez. L'homme auquel, jeune, on vous destina,
Ruy de Silva, votre oncle, est duc de Pastraña,
Riche homme[8] d'Aragon, comte et grand de Castille.
À défaut de jeunesse, il peut, ô jeune fille,
Vous apporter tant d'or, de bijoux, de joyaux,
Que votre front reluise entre des fronts royaux,
Et pour le rang, l'orgueil, la gloire et la richesse,
Mainte reine peut-être enviera sa duchesse.
Voilà donc ce qu'il est. Moi, je suis pauvre, et n'eus,

notes

1. feu roi : roi défunt.
2. encor : encore.
3. Castilles : la Vieille Castille (capitale : Burgos) et la Nouvelle Castille (capitale : Madrid).
4. Invraisemblance historique : le père d'Hernani n'a pas pu se battre trente ans contre Philippe le Beau.
5. « *Duel* » est à prononcer en une seule syllabe (synérèse).
6. hymen : mariage.
7. mandat d'anathème : mission qui exclut de la société celui qui en est l'objet.
8. riche homme : de l'espagnol *rico hombre* qui désigne un grand seigneur (titre de noblesse espagnol).

Tout enfant, que les bois où je fuyais pieds nus.
Peut-être aurai-je aussi quelque blason[1] illustre
Qu'une rouille de sang à cette heure délustre[2] ;
Peut-être ai-je des droits, dans l'ombre ensevelis,
Qu'un drap d'échafaud noir[3] cache encor sous ses plis,
Et qui, si mon attente un jour n'est pas trompée,
Pourront de ce fourreau sortir avec l'épée.
En attendant, je n'ai reçu du ciel jaloux
Que l'air, le jour et l'eau, la dot[4] qu'il donne à tous.
Or du duc ou de moi souffrez[5] qu'on vous délivre.
Il faut choisir des deux : l'épouser, ou me suivre.

DOÑA SOL

Je vous suivrai.

HERNANI

Parmi nos rudes compagnons,
Proscrits[6] dont le bourreau sait d'avance les noms,
Gens dont jamais le fer[7] ni le cœur ne s'émousse,
Ayant tous quelque sang à venger qui les pousse ?
Vous viendrez commander ma bande[8], comme on dit ?
Car, vous ne savez pas, moi, je suis un bandit[9] !
Quand tout me poursuivait dans toutes les Espagnes[10],
Seule, dans ses forêts, dans ses hautes montagnes,
Dans ses rocs où l'on n'est que de l'aigle aperçu,
La vieille Catalogne[11] en mère m'a reçu.
Parmi ses montagnards, libres, pauvres, et graves,
Je grandis, et demain trois mille de ses braves,
Si ma voix dans leurs monts fait résonner ce cor,

notes

1. **blason :** emblème d'une famille noble.
2. **qu'une rouille [...] délustre :** qu'une tache de sang (un crime impuni) ternit.
3. **drap d'échafaud noir :** drap qui couvre l'échafaud lors des exécutions (celle du père d'Hernani).
4. **dot :** biens accordés par les parents (en vue du mariage).
5. **souffrez :** permettez.
6. **proscrits :** bannis, exilés.
7. **fer :** épée.
8. **bande :** troupe armée.
9. **bandit :** banni, proscrit (de l'italien *bandito*, issu du latin *bandire*, « bannir »).
10. **les Espagnes :** les provinces espagnoles.
11. **Catalogne :** province d'Aragon.

Viendront... – Vous frissonnez ! Réfléchissez encor.
Me suivre dans les bois, dans les monts, sur les grèves[1],
Chez des hommes pareils aux démons de vos rêves,
Soupçonner tout, les yeux, les voix, les pas, le bruit,
Dormir sur l'herbe, boire au torrent, et la nuit
Entendre, en allaitant quelque enfant qui s'éveille,
Les balles des mousquets[2] siffler à votre oreille.
Être errante avec moi, proscrite, et, s'il le faut,
Me suivre où je suivrai mon père, – à l'échafaud.

DOÑA SOL

Je vous suivrai.

HERNANI

Le duc est riche, grand, prospère.
Le duc n'a pas de tache au vieux nom de son père.
Le duc peut tout. Le duc vous offre avec sa main
Trésors, titres, bonheur...

DOÑA SOL

Nous partirons demain.
Hernani, n'allez pas sur mon audace étrange
Me blâmer. Êtes-vous mon démon ou mon ange ?
Je ne sais, mais je suis votre esclave. Écoutez,
Allez où vous voudrez, j'irai. Restez, partez,
Je suis à vous. Pourquoi fais-je ainsi ? je l'ignore.
J'ai besoin de vous voir et de vous voir encore
Et de vous voir toujours. Quand le bruit de vos pas
S'efface, alors je crois que mon cœur ne bat pas,
Vous me manquez, je suis absente de moi-même ;
Mais dès qu'enfin ce pas que j'attends et que j'aime
Vient frapper mon oreille, alors il me souvient
Que je vis, et je sens mon âme qui revient !

notes

1. **grèves** : rivages.
2. **mousquets** : ancêtres des fusils.

HERNANI, *la serrant dans ses bras.*

Ange !

DOÑA SOL

À minuit. Demain. Amenez votre escorte,
Sous ma fenêtre. Allez, je serai brave et forte.
Vous frapperez trois coups.

HERNANI

Savez-vous qui je suis,
Maintenant ?

DOÑA SOL

Monseigneur, qu'importe ! je vous suis.

HERNANI

Non. Puisque vous voulez me suivre, faible femme,
Il faut que vous sachiez quel nom, quel rang, quelle âme,
Quel destin est caché dans le pâtre[1] Hernani.
Vous voulez d'un brigand ? voulez-vous d'un banni[2] ?

DON CARLOS, *ouvrant avec fracas la porte de l'armoire.*

Quand aurez-vous fini de conter votre histoire ?
Croyez-vous donc qu'on soit à l'aise en cette armoire ?
Hernani recule étonné. Doña Sol pousse un cri et se réfugie dans ses bras, en fixant sur don Carlos des yeux effarés.

HERNANI, *la main sur la garde de son épée.*

Quel est cet homme ?

DOÑA SOL

Ô ciel ! au secours !

HERNANI

Taisez-vous,
Doña Sol ! vous donnez l'éveil aux yeux jaloux.

notes

1. pâtre : berger (personnage type de l'univers littéraire de la pastorale), compagnon.

2. banni : homme mis au ban, proclamé hors-la-loi et contraint à l'exil (terme féodal).

Quand je suis près de vous, veuillez, quoi qu'il advienne,
Ne réclamer jamais d'autre aide que la mienne.
À don Carlos.
Que faisiez-vous là ?

DON CARLOS

Moi ? – Mais, à ce qu'il paraît,
Je ne chevauchais pas à travers la forêt.

HERNANI

Qui raille après l'affront s'expose à faire rire
Aussi son héritier !

DON CARLOS

Chacun son tour ! – Messire,
Parlons franc. Vous aimez madame et ses yeux noirs,
Vous y venez mirer les vôtres tous les soirs,
C'est fort bien. J'aime aussi madame, et veux connaître
Qui j'ai vu tant de fois entrer par la fenêtre,
Tandis que je restais à la porte.

HERNANI

En honneur,
Je vous ferai sortir par où j'entre, seigneur.

DON CARLOS

Nous verrons. J'offre donc mon amour à madame.
Partageons. Voulez-vous ? J'ai vu dans sa belle âme
Tant d'amour, de bonté, de tendres sentiments,
Que madame, à coup sûr, en a pour deux amants.
– Or, ce soir, voulant mettre à fin[1] mon entreprise,
Pris, je pense, pour vous, j'entre ici par surprise,
Je me cache, j'écoute, à ne vous celer[2] rien ;
Mais j'entendais très mal et j'étouffais très bien.

notes

1. **mettre à fin** : réaliser, faire aboutir.

2. **celer** : cacher (« *à ne vous celer rien* », « pour ne rien vous cacher »).

Et puis je chiffonnais ma veste à la française[1].
Ma foi, je sors !

HERNANI

Ma dague aussi n'est pas à l'aise,
Et veut sortir !

DON CARLOS, *le saluant.*

Monsieur, c'est comme il vous plaira.

HERNANI, *tirant son épée.*

En garde !

Don Carlos tire son épée.

DOÑA SOL, *se jetant entre eux.*

Hernani ! ciel !

DON CARLOS

Calmez-vous, señora.

HERNANI, *à don Carlos.*

Dites-moi votre nom.

DON CARLOS

Hé ! dites-moi le vôtre !

HERNANI

Je le garde, secret et fatal, pour un autre
Qui doit un jour sentir, sous mon genou vainqueur,
Mon nom à son oreille, et ma dague à son cœur !

DON CARLOS

Alors, quel est le nom de l'autre ?

HERNANI

Que t'importe ?
En garde ! défends-toi !

note

1. veste à la française : habit de Cour à collet droit.

Ils croisent leurs épées. Doña Sol tombe tremblante sur un fauteuil. On entend des coups à la porte.

DOÑA SOL, *se levant avec effroi.*

Ciel ! on frappe à la porte !

Les champions[1] *s'arrêtent. Entre Josefa par la petite porte et tout effarée.*

HERNANI, *à Josefa.*

Qui frappe ainsi ?

DOÑA JOSEFA, *à doña Sol.*

Madame ! un coup inattendu !
C'est le duc qui revient !

DOÑA SOL, *joignant les mains.*

Le duc ! tout est perdu !
Malheureuse !

DOÑA JOSEFA, *jetant les yeux autour d'elle.*

Jésus ! l'inconnu ! des épées !
On se battait. Voilà de belles équipées[2] !

Les deux combattants remettent leurs épées dans le fourreau. Don Carlos s'enveloppe dans son manteau et rabat son chapeau sur ses yeux. On frappe.

HERNANI

Que faire ?

On frappe.

UNE VOIX, *au-dehors.*

Doña Sol, ouvrez-moi !

Doña Josefa fait un pas vers la porte, Hernani l'arrête.

HERNANI

N'ouvrez pas.

notes

1. ***champions*** : rivaux qui s'affrontent en duel.
2. **équipées** : aventures irréfléchies.

DOÑA JOSEFA, *tirant son chapelet.*
Saint Jacques Monseigneur[1], tirez-nous de ce pas !
On frappe de nouveau.

HERNANI, *montrant l'armoire à don Carlos.*
Cachons-nous.

DON CARLOS
Dans l'armoire ?

HERNANI, *montrant la porte.*
Entrez-y. Je m'en charge.
Nous y tiendrons tous deux.

DON CARLOS
Grand merci, c'est trop large.

HERNANI, *montrant la petite porte.*
Fuyons par là.

DON CARLOS
Bonsoir. Pour moi, je reste ici.

HERNANI
Ah ! tête et sang ! Monsieur, vous me paierez ceci !
À doña Sol.
Si je barricadais l'entrée ?

DON CARLOS, *à Josefa.*
Ouvrez la porte.

HERNANI
Que dit-il ?

DON CARLOS, *à Josefa interdite[2].*
Ouvrez donc, vous dis-je !

notes

1. Inversion de « Monseigneur Saint Jacques », saint patron de l'Espagne vénéré à Compostelle.

2. ***interdite*** : stupéfaite.

Acte 1, scène 3

On frappe toujours. Doña Josefa va ouvrir en tremblant.

DOÑA SOL

Je suis morte !

Scène 3

LES MÊMES, DON RUY GOMEZ DE SILVA, *barbe et cheveux blancs, en noir ; valets avec des flambeaux.*

DON RUY GOMEZ

Des hommes chez ma nièce à cette heure de nuit !
Venez tous ! cela vaut la lumière et le bruit.
À doña Sol.
Par saint Jean d'Avila[1], je crois que, sur mon âme,
Nous sommes trois chez vous ! C'est trop de deux, madame.
Aux deux jeunes gens.
Mes jeunes cavaliers, que faites-vous céans ? –
Quand nous avions le Cid et Bernard[2], ces géants
De l'Espagne et du monde allaient par les Castilles
Honorant les vieillards et protégeant les filles.
C'étaient des hommes forts et qui trouvaient moins lourds
Leur fer et leur acier que vous votre velours.
Ces hommes-là portaient respect aux barbes grises,
Faisaient agenouiller leur amour aux églises[3],
Ne trahissaient personne, et donnaient pour raison
Qu'ils avaient à garder l'honneur de leur maison.
S'ils voulaient une femme, ils la prenaient sans tache,
En plein jour, devant tous, et l'épée, ou la hache,
Ou la lance à la main ! – Et quant à ces félons[4]

notes

1. Saint Jean d'Avila (1500-1569), prédicateur espagnol et conseiller d'Ignace de Loyola.
2. **le Cid et Bernard** : héros légendaires de l'Espagne du XIe siècle.
3. **faisaient [...] églises** : aimaient dans la légitimité, dans le mariage religieux.
4. **félons** : traîtres.

Qui, le soir, et les yeux tournés vers leurs talons[1],
Ne fiant[2] qu'à la nuit leurs manœuvres infâmes,
Par-derrière aux maris volent l'honneur des femmes,
J'affirme que le Cid, cet aïeul de nous tous,
Les eût tenus pour vils et fait mettre à genoux,
Et qu'il eût, dégradant leur noblesse usurpée,
Souffleté leur blason du plat de son épée !
Voilà ce que feraient, j'y songe avec ennui[3],
Les hommes d'autrefois aux hommes d'aujourd'hui.
– Qu'êtes-vous venus faire ici ? C'est donc à dire
Que je ne suis qu'un vieux dont les jeunes vont rire ?
On va rire de moi, soldat de Zamora[4] ?
Et quand je passerai, tête blanche, on rira ?
Ce n'est pas vous du moins qui rirez !

HERNANI

Duc...

DON RUY GOMEZ

Silence !

Quoi ! vous avez l'épée, et la dague, et la lance,
La chasse, les festins, les meutes, les faucons[5],
Les chansons à chanter le soir sous les balcons,
Les plumes au chapeau, les casaques[6] de soie,
Les bals, les carrousels[7], la jeunesse, la joie,
Enfants, l'ennui vous gagne ! À tout prix, au hasard,
Il vous faut un hochet. Vous prenez un vieillard !

notes

1. les yeux tournés vers leurs talons : pour vérifier qu'on ne les suivait pas.
2. fiant : confiant.
3. ennui : grande tristesse.
4. Zamora : ville d'Espagne où se sont déroulées des batailles célèbres (901-1093). Anachronisme volontaire.
5. faucons : oiseaux utilisés pour la chasse au vol.
6. casaques : manteaux à larges manches.
7. carrousels : parades de cavaliers.

Ah ! vous l'avez brisé, le hochet ! mais Dieu fasse
Qu'il vous puisse en éclats rejaillir à la face ! –
Suivez-moi[1] !

HERNANI

Seigneur duc...

DON RUY GOMEZ

Suivez-moi ! suivez-moi !
Messieurs, avons-nous fait cela pour rire ? Quoi !
Un trésor est chez moi : c'est l'honneur d'une fille,
D'une femme, l'honneur de toute une famille ;
Cette fille, je l'aime, elle est ma nièce, et doit
Bientôt changer sa bague à l'anneau de mon doigt[2].
Je la crois chaste et pure, et sacrée à tout homme ;
Or il faut que je sorte une heure, et moi qu'on nomme
Ruy Gomez de Silva, je ne puis l'essayer[3]
Sans qu'un larron d'honneur[4] se glisse à mon foyer !
Arrière ! lavez donc vos mains, hommes sans âmes,
Car, rien qu'en y touchant, vous nous tachez nos femmes !
Non. C'est bien. Poursuivez. Ai-je autre chose encor ?
Il arrache son collier.
Tenez, foulez aux pieds, foulez ma Toison d'or[5].
Il jette son chapeau.
Arrachez mes cheveux, faites-en chose vile !
Et vous pourrez demain vous vanter par la ville
Que jamais débauchés, dans leurs jeux insolents,
N'ont sur plus noble front souillé cheveux plus blancs !

notes

1. **Suivez-moi :** provocation en duel.
2. **changer [...] doigt :** m'épouser.
3. **l'essayer :** risquer de le faire.
4. **larron d'honneur :** séducteur, voleur d'honneur.
5. **Toison d'or :** ordre de chevalerie illustre fondé en 1429 par Philippe le Bon ; son insigne est un mouton d'or.

DOÑA SOL

Monseigneur...

DON RUY GOMEZ, *à ses valets.*

Écuyers ! écuyers ! à mon aide !
Ma hache, mon poignard, ma dague de Tolède[1] !
Aux deux jeunes gens.
Et suivez-moi tous deux.

DON CARLOS, *faisant un pas.*

Duc, ce n'est pas d'abord
De cela qu'il s'agit. Il s'agit de la mort
De Maximilien[2], empereur d'Allemagne.
Il jette son manteau, et découvre son visage caché par son chapeau.

DON RUY GOMEZ

Raillez-vous ?... – Dieu ! le roi !

DOÑA SOL

Le roi !

HERNANI, *dont les yeux s'allument.*

Le roi d'Espagne !

DON CARLOS, *gravement.*

Oui, Carlos. – Seigneur duc, es-tu donc insensé ?
Mon aïeul l'empereur est mort. Je ne le sai[3]
Que de ce soir. Je viens, tout en hâte, et moi-même,
Dire la chose à toi, féal[4] sujet que j'aime,
Te demander conseil, incognito, la nuit,
Et l'affaire est bien simple, et voilà bien du bruit !

notes

1. Tolède : ville d'Espagne célèbre pour ses manufactures d'armes blanches et de soie.
2. Maximilien Ier (1459-1519), empereur du Saint Empire romain germanique et grand-père de Don Carlos. On devait procéder à des élections car le titre d'empereur n'était pas héréditaire.
3. sai : sais (licence orthographique favorisant la rime pour l'œil).
4. féal : fidèle (terme féodal).

Acte 1, scène 3

Don Ruy Gomez renvoie ses gens d'un signe. Il s'approche de don Carlos que doña Sol examine avec crainte et surprise, et sur lequel Hernani, demeuré dans un coin, fixe des yeux étincelants.

DON RUY GOMEZ

Mais pourquoi tarder tant à m'ouvrir cette porte ?

DON CARLOS

Belle raison ! tu viens avec toute une escorte !
Quand un secret d'État m'amène en ton palais,
Duc, est-ce pour l'aller dire à tous tes valets ?

DON RUY GOMEZ

Altesse[1], pardonnez... l'apparence...

DON CARLOS

Bon père,
Je t'ai fait gouverneur du château de Figuère[2] ;
Mais qui dois-je à présent faire ton gouverneur[3] ?

DON RUY GOMEZ

Pardonnez...

DON CARLOS

Il suffit. N'en parlons plus, seigneur.
Donc l'empereur est mort.

DON RUY GOMEZ

L'aïeul de votre altesse
Est mort ?

DON CARLOS

Duc, tu m'en vois pénétré de tristesse.

notes

1. **Altesse :** titre officiel du roi d'Espagne.
2. **Figuère :** ville espagnole située dans la province de Barcelone.
3. **gouverneur** : précepteur (terme ironique attribuant à Don Ruy Gomez un comportement d'enfant).

DON RUY GOMEZ

Qui lui succède ?

DON CARLOS

Un duc de Saxe[1] est sur les rangs.
François Premier, de France[2], est un des concurrents.

DON RUY GOMEZ

Où vont se rassembler les électeurs d'Empire ?

DON CARLOS

Ils ont choisi, je crois, Aix-la-Chapelle, – ou Spire,
– Ou Francfort[3].

DON RUY GOMEZ

Notre roi, dont Dieu garde les jours,
N'a-t-il pensé jamais à l'Empire ?

DON CARLOS

Toujours.

DON RUY GOMEZ

C'est à vous qu'il revient[4].

DON CARLOS

Je le sais.

DON RUY GOMEZ

Votre père
Fut archiduc d'Autriche, et l'Empire, j'espère,
Aura ceci présent, que c'était votre aïeul,
Celui qui vient de choir de la pourpre au linceul[5].

notes

1. Frédéric III le Sage (1463-1525), duc de Saxe, candidat à l'Empire et qui se désista en faveur de Don Carlos.
2. François Ier (1494-1547), roi de France, fut le rival malheureux de Charles Quint pour le trône impérial.
3. Aix-la-Chapelle, Spire, Francfort : villes d'Allemagne. En réalité, la diète s'est tenue à Francfort ; mais, dans la pièce, elle se passe à Aix-la-Chapelle.
4. Don Carlos est le chef de la maison d'Autriche.
5. choir [...] linceul : tomber du trône impérial (pourpre) à la tombe (linceul). Figure de métonymie.

Acte 1, scène 3

DON CARLOS

Et puis on est[1] bourgeois de Gand[2].

DON RUY GOMEZ

Dans mon jeune âge
Je le vis, votre aïeul. Hélas ! seul je surnage
D'un siècle tout entier. Tout est mort à présent.
C'était un empereur magnifique et puissant !

DON CARLOS

Rome[3] est pour moi.

DON RUY GOMEZ

Vaillant, ferme, point tyrannique.
Cette tête allait bien au vieux corps germanique !

Il s'incline sur les mains du roi et les baise.

Que je vous plains ! – Si jeune, en un tel deuil plongé !

DON CARLOS

Le pape veut ravoir la Sicile que j'ai ;
Un empereur ne peut posséder la Sicile[4].
Il me fait empereur : alors, en fils docile,
Je lui rends Naple[5]. – Ayons l'aigle[6], et puis nous verrons
Si je lui laisserai rogner les ailerons. –

DON RUY GOMEZ

Qu'avec joie il verrait, ce vétéran du trône,
Votre front déjà large aller à sa couronne !
Ah ! seigneur, avec vous nous le pleurerons bien,
Cet empereur très grand, très bon et très chrétien !

notes

1. on est : je suis.
2. Gand : ville principale du comté de Flandre, héritée par Don Carlos de sa grand-mère et par laquelle il est « citoyen d'Empire », condition pour prétendre au trône.
3. Désigne (par métonymie) le pape Léon X, élu au conclave de 1513 et qui soutint Charles Quint.
4. Depuis 1514, la Sicile est sous le contrôle du royaume d'Aragon dont Carlos est l'héritier. Or les papes s'opposent à la présence germanique en Sicile et en Italie du Sud – ce qui pourrait gêner Don Carlos.
5. Licence poétique pour « Naples ».
6. aigle : symbole de l'Empire.

DON CARLOS

Le Saint-Père est adroit. – Qu'est-ce que la Sicile ?
C'est une île qui pend à mon royaume, une île,
Une pièce, un haillon, qui, tout déchiqueté,
Tient à peine à l'Espagne et qui traîne à côté.
– Que ferez-vous, mon fils, de cette île bossue,
Au monde impérial au bout d'un fil cousue ?
Votre Empire est mal fait : vite, venez ici,
Des ciseaux ! et coupons ! – Très-Saint-Père, merci !
Car de ces pièces-là, si j'ai bonne fortune,
Je compte au Saint Empire[1] en recoudre plus d'une,
Et, si quelques lambeaux m'en étaient arrachés,
Rapiécer mes états d'îles et de duchés !

DON RUY GOMEZ

Consolez-vous ! Il est un empire des justes
Où l'on revoit les morts plus saints et plus augustes[2] !

DON CARLOS

Ce roi François Premier, c'est un ambitieux !
Le vieil empereur mort, vite ! il fait les doux yeux
À l'Empire ! A-t-il pas sa France très chrétienne ?
Ah ! la part est pourtant belle, et vaut qu'on s'y tienne !
L'empereur mon aïeul disait au roi Louis[3] :
– Si j'étais Dieu le Père, et si j'avais deux fils,
Je ferais l'aîné Dieu, le second roi de France. –
Au duc.
Crois-tu que François puisse avoir quelque espérance ?

notes

1. Le Saint Empire romain germanique.
2. **augustes** : vénérables.
3. Louis XII (1462-1515), roi de France.

Acte 1, scène 3

DON RUY GOMEZ

C'est un victorieux.

DON CARLOS

Il faudrait tout changer.
La Bulle d'or[1] défend d'élire un étranger.

DON RUY GOMEZ

À ce compte, seigneur, vous êtes roi d'Espagne ?

DON CARLOS

Je suis bourgeois de Gand.

DON RUY GOMEZ

La dernière campagne[2]
A fait monter bien haut le roi François Premier.

DON CARLOS

L'aigle qui va peut-être éclore à mon cimier[3]
Peut aussi déployer ses ailes.

DON RUY GOMEZ

Votre Altesse
Sait-elle le latin[4] ?

DON CARLOS

Mal.

DON RUY GOMEZ

Tant pis. La noblesse
D'Allemagne aime fort qu'on lui parle latin.

notes

1. Bulle d'or : Constitution promulguée en 1356 par l'empereur Charles IV (1316-1378), qui codifie les élections des empereurs allemands et qui sera la charte du Saint Empire jusqu'en 1806.

2. La dernière campagne : celle de François Ier en Italie, marquée par la victoire de Marignan (1515) et le concordat avec le pape Léon X (1516).

3. cimier : ornement placé au sommet du casque.

4. latin : langue officielle de l'Empire.

DON CARLOS
Ils se contenteront d'un espagnol hautain,
Car il importe peu, croyez-en le roi Charle,
Quand la voix parle haut, quelle langue elle parle.
– Je vais en Flandre. Il faut que ton roi, cher Silva,
Te revienne empereur. Le roi de France va
Tout remuer. Je veux le gagner de vitesse.
Je partirai sous peu.

DON RUY GOMEZ
Vous nous quittez, Altesse,
Sans purger l'Aragon de ces nouveaux bandits
Qui partout dans nos monts lèvent leurs fronts hardis ?

DON CARLOS
J'ordonne au duc d'Arcos d'exterminer la bande.

DON RUY GOMEZ
Donnez-vous aussi l'ordre au chef qui la commande
De se laisser faire ?

DON CARLOS
Hé ! Quel est ce chef ? son nom ?

DON RUY GOMEZ
Je l'ignore. On le dit un rude compagnon.

DON CARLOS
Bah ! je sais que pour l'heure il se cache en Galice[1],
Et j'en aurai raison avec quelque milice[2].

DON RUY GOMEZ
De faux avis alors le disaient près d'ici.

notes

1. **Galice** : province du Nord-Ouest de l'Espagne.
2. **milice** : troupe militaire.

DON CARLOS

Faux avis ! – Cette nuit, tu me loges.

DON RUY GOMEZ, *s'inclinant jusqu'à terre.*

Merci,
Altesse !

Il appelle ses valets.

Faites tous honneur au roi mon hôte.

Les valets rentrent avec des flambeaux. Le duc les range sur deux haies jusqu'à la porte du fond. Cependant, doña Sol s'approche lentement d'Hernani. Le roi les épie tous deux.

DOÑA SOL, *bas à Hernani.*

Demain, sous ma fenêtre, à minuit, et sans faute,
Vous frapperez des mains trois fois.

HERNANI, *bas.*

Demain.

DON CARLOS, *à part.*

Demain !

Haut à doña Sol vers laquelle il fait un pas avec galanterie.

Souffrez que pour rentrer je vous offre la main.

Il la reconduit à la porte. Elle sort.

HERNANI,

la main dans sa poitrine sur la poignée de sa dague.

Mon bon poignard !

DON CARLOS, *revenant, à part.*

Notre homme a la mine attrapée[1].

Il prend à part Hernani.

Je vous ai fait l'honneur de toucher votre épée[2],
Monsieur. Vous me seriez suspect pour cent raisons.

notes

1. **la mine attrapée :** l'air déçu, déconfit.

2. **toucher votre épée :** me battre avec vous en duel (*cf.* scène précédente).

Mais le roi don Carlos répugne aux trahisons.
Allez. Je daigne encor protéger votre fuite.

DON RUY GOMEZ, *revenant et montrant Hernani.*

Qu'est ce seigneur ?

DON CARLOS

Il part. C'est quelqu'un de ma suite.

Ils sortent avec les valets et les flambeaux, le duc précédant le roi, une cire à la main.

Scène 4

HERNANI, *seul.*

passage analysé

Oui, de ta suite, ô roi ! de ta suite ! – J'en suis.
Nuit et jour, en effet, pas à pas, je te suis !
Un poignard à la main, l'œil fixé sur ta trace,
Je vais ! Ma race en moi poursuit en toi ta race !
Et puis, te voilà donc mon rival ! Un instant,
Entre aimer et haïr je suis resté flottant,
Mon cœur pour elle et toi n'était point assez large,
J'oubliais en l'aimant ta haine qui me charge ;
Mais puisque tu le veux, puisque c'est toi qui viens
Me faire souvenir, c'est bon, je me souviens !
Mon amour fait pencher la balance incertaine,
Et tombe tout entier du côté de ma haine.
Oui, je suis de ta suite, et c'est toi qui l'as dit !
Va, jamais courtisan de ton lever maudit,
Jamais seigneur baisant ton ombre, ou majordome[1]
Ayant à te servir abjuré son cœur d'homme[2],
Jamais chiens de palais dressés à suivre un roi

notes

1. majordome : chef des domestiques d'une maison princière.

2. abjuré son cœur d'homme : renoncé à sa liberté.

Acte I, scène 4

passage analysé

Ne seront sur tes pas plus assidus que moi !
Ce qu'ils veulent de toi, tous ces grands de Castille,
C'est quelque titre creux, quelque hochet qui brille,
C'est quelque mouton d'or qu'on se va pendre au cou ;
Moi, pour vouloir si peu je ne suis pas si fou !
Ce que je veux de toi, ce n'est point faveurs vaines,
C'est l'âme de ton corps, c'est le sang de tes veines,
C'est tout ce qu'un poignard, furieux et vainqueur,
En y fouillant longtemps peut prendre au fond d'un cœur !
Va devant ! je te suis. Ma vengeance qui veille
Avec moi toujours marche et me parle à l'oreille !
Va ! je suis là, j'épie et j'écoute, et sans bruit
Mon pas cherche ton pas et le presse et le suit !
Le jour tu ne pourras, ô roi, tourner la tête
Sans me voir immobile et sombre dans ta fête ;
La nuit tu ne pourras tourner les yeux, ô roi,
Sans voir mes yeux ardents luire derrière toi !
Il sort par la petite porte.

suite, p. 71

Le monologue : vers l'accomplissement d'un destin

Lecture analytique de la scène 4 de l'acte I, pp. 56-57.

Le premier acte d'*Hernani* nous projette immédiatement dans l'action, l'intrigue et le conflit : trois hommes convoitent la même femme, qui se retrouvent confrontés les uns aux autres dans l'espace exigu d'une chambre.

Alors que chaque scène a vu paraître un personnage nouveau et que les échanges de paroles se sont succédé, parfois sous forme de stichomythies*, Hernani, après tant d'agitation, se retrouve seul en scène et monologue dans cette ultime scène de l'acte d'exposition*.

Cet artifice dramatique* offre au héros un moment privilégié de parole : il occupe l'espace et, le temps de quelques vers, rompt l'action en cours pour se laisser submerger par ses préoccupations et ses doutes.

À y regarder de plus près, il n'y a pas réellement rupture de l'action. Ici, il y a même continuité car les paroles d'Hernani rebondissent sur les derniers mots prononcés par le roi avant sa sortie.

Le lecteur doit saisir de quelle manière le monologue lui révèle les conflits intérieurs du héros et l'issue qu'il entend y trouver. Une issue tragique* semble ici se dessiner et l'on ne voit pas comment le destin pourrait arrêter la course effrénée d'Hernani vers la vengeance.

Le monologue : une nécessité dramatique ?

❶ Hernani a-t-il beaucoup pris la parole durant la scène précédente ? Pourquoi ?

❷ De quelle manière le monologue de la scène 4 s'articule-t-il avec la fin de la scène précédente ?

* *Cf.* Lexique.

Scène 4 de l'acte 1, pp. 56-57

❸ À quel absent s'adresse ce monologue ? Relevez les apostrophes* qui le montrent.

❹ Relisez la scène 2 du même acte. Comment Hernani s'adresse-t-il alors à Don Carlos ? Quelle différence observez-vous par rapport au monologue de la scène 4 ? Qu'est-ce qui a changé entre ces deux scènes ?

Un héros partagé entre haine et amour

❺ Quels indices grammaticaux montrent que le héros parle essentiellement de lui ?

❻ Relevez les termes qui montrent quels sentiments s'affrontent chez Hernani.

❼ Entre l'amour et la haine, quel sentiment finit par l'emporter ? Quels vers l'expriment précisément ?

❽ Que signifie « être de la suite d'un roi » ? Relevez les vers qui l'expliquent. Quelle image du courtisan ces vers nous renvoient-ils ? Hernani veut-il faire partie de ces courtisans ?

❾ Que veut Hernani ? Quelle(s) figure(s) de rhétorique* exprime(nt) ce désir aux vers 403 et 404 ?

Un destin tragique* en marche

❿ Quels verbes de mouvement montrent qu'Hernani poursuivra sans relâche son projet de vengeance ?

⓫ De quelle manière la métrique* (césures, enjambements*, rejets...) mime-t-elle le cours inexorable du destin ?

⓬ Comment s'opère la personnification* du poignard dans les propos d'Hernani ?

⓭ Relevez au moins une autre personnification dans les vers 407 à 410. Qu'exprime-t-elle ?

⓮ Quels éléments concourent à nous laisser penser que l'issue de ce drame* sera tragique* ?

* *Cf.* Lexique.

Le héros romantique : une âme tourmentée

Lectures croisées et travaux d'écriture

Le héros romantique est ce jeune homme que l'on se représente volontiers échevelé, l'habit au vent, le regard perdu vers un paysage sans fin. Cette image, traditionnelle et parfois caricaturale, est pourtant bien celle qui se dessine chez les plus grands auteurs du XIXe siècle, quel que soit le genre littéraire convoqué.

Le héros de Chateaubriand, René, est sans doute le premier vrai héros romantique, mais on en rencontre déjà chez Rousseau les balbutiements.

En 1836, Lamartine rédigea *Jocelyn,* un roman sous forme versifiée qu'il qualifia d'*« épopée de l'homme intérieur »*. Pour exprimer cette intériorité, la dimension « monologique* est un espace privilégié et les différents genres littéraires s'en serviront, du théâtre, naturellement, au roman, en passant par la poésie. Cette intériorité est le lieu de conflits personnels et sociaux : l'amour, la politique sont autant de sujets de tourmente pour l'âme romantique et c'est souvent par des actes forts, comme le meurtre ou le suicide, que le héros espère se sortir des conflits qui l'animent.

Texte A : Scène 4 de l'acte I d'*Hernani* de Victor Hugo (pp. 56-57)

Texte B : Alfred de Musset, *Lorenzaccio*

Après l'échec de* La Nuit vénitienne *(1830), Alfred de Musset (1810-1857) a décidé de ne plus composer ses pièces pour la représentation mais seulement pour la lecture. Il met en pratique, à outrance, les spécificités du drame* romantique : lieux multiples, mélange des genres, action qui s'étale puis se resserre.

Le héros, Lorenzo, partagé entre vice et pureté, a décidé de tuer Alexandre pour libérer Florence de sa tyrannie et s'accomplir lui-même. Cette longue

* *Cf.* Lexique

tirade aux allures de monologue s'inclut dans un dialogue avec son ami républicain Philippe Strozzi à qui il dévoile son funeste projet.

Lorenzo – Tu me demandes pourquoi je tue Alexandre[1] ? Veux-tu donc que je m'empoisonne, ou que je saute dans l'Arno ? veux-tu donc que je sois un spectre, et qu'en frappant sur ce squelette *(il frappe sa poitrine)*, il n'en sorte aucun son ? Si je suis l'ombre de moi-même, veux-tu donc que je m'arrache le seul fil qui rattache aujourd'hui mon cœur à quelques fibres de mon cœur d'autrefois ? Songes-tu que ce meurtre, c'est tout ce qui me reste de ma vertu ? Songes-tu que je glisse depuis deux ans sur un rocher taillé à pic, et que ce meurtre est le seul brin d'herbe où j'aie pu cramponner mes ongles ? Crois-tu donc que je n'aie plus d'orgueil, parce que je n'ai plus de honte ? et veux-tu que je laisse mourir en silence l'énigme de ma vie ? Oui, cela est certain, si je pouvais revenir à la vertu, si mon apprentissage du vice pouvait s'évanouir, j'épargnerais peut-être ce conducteur de bœufs[2]. Mais j'aime le vin, le jeu et les filles ; comprends-tu cela ? Si tu honores en moi quelque chose, toi qui me parles, c'est mon meurtre que tu honores, peut-être justement parce que tu ne le ferais pas. Voilà assez longtemps, vois-tu, que les républicains me couvrent de boue et d'infamie[3] ; voilà assez longtemps que les oreilles me tintent[4], et que l'exécration des hommes empoisonne le pain que je mâche ; j'en ai assez de me voir conspué[5] par les lâches sans nom, qui m'accablent d'injures pour se dispenser de m'assommer, comme ils le devraient. J'en ai assez d'entendre brailler en plein vent le bavardage humain ; il faut que le monde sache un peu qui je suis, et qui il est. Dieu merci, c'est peut-être demain que je tue Alexandre ; dans deux jours j'aurai fini. Ceux qui tournent autour de moi avec des yeux louches[6], comme autour d'une curiosité monstrueuse[7] apportée d'Amérique[8], pourront satisfaire leur gosier et vider leur sac à paroles. Que les hommes me comprennent ou non, qu'ils agissent ou n'agissent pas, j'aurai dit aussi ce que j'ai à dire ; je leur ferai tailler leurs plumes si je ne leur fais pas nettoyer leurs piques, et l'humanité gardera sur sa joue le soufflet de mon épée marqué en traits de sang. Qu'ils m'appellent comme ils voudront, Brutus ou Erostrate[9], il ne me plaît pas qu'ils m'oublient. Ma vie entière est au bout de ma dague[10], et que la Providence retourne ou non la tête en m'entendant frapper, je jette la nature humaine à pile ou face sur la tombe d'Alexandre : dans deux jours, les hommes comparaîtront devant le tribunal de ma volonté.

Alfred de Musset, *Lorenzaccio*, extrait de la scène 3 de l'acte III, 1834.

1. Quelques répliques* auparavant, Lorenzo a dit à Philippe : « *Je te fais une gageure. Je vais tuer Alexandre.* » 2. Dans les répliques qui précèdent, Lorenzo dit que « *l'empereur et le pape ont fait un duc d'un garçon boucher* » ; cela fait référence au physique bestial d'Alexandre et à ses mœurs peu raffinées. 3. **infamie** : honte. 4. Ses oreilles tintent parce que l'on dit du mal de lui. 5. **conspué** : hué en public. 6. **louches** : qui louchent, parce qu'ils fixent une « *curiosité* ». 7. **monstrueuse** : digne d'être montrée. 8. *Lorenzaccio* est un drame* historique qui se passe au début du XVIe siècle ; l'Amérique a été découverte récemment. 9. Brutus tua César ; Érostrate se fit connaître en brûlant le temple d'Artémis (réputé une des Sept Merveilles du monde) à Éphèse en 356 av. J.-C. 10. **dague** : courte épée.

Texte C : Alphonse de Lamartine, *Méditations poétiques*

Le recueil des* Méditations poétiques *(1820) marqua le public français du début du XIXe siècle, tant il marcha dans les traces de Goethe et Byron et s'inscrivit dans la lignée de Chateaubriand. Dans la préface, Alphonse de Lamartine (1790-1869) affirme avoir donné* « à ce qu'on nommait la Muse [...] les fibres mêmes du cœur de l'homme, touchées et émues par les innombrables frissons de l'âme et de la nature ». *Le poème « Le Lac » nous montre le poète seul face au spectacle de la nature, n'y voyant que l'absence de l'être aimé et la fragilité de la condition humaine face au destin.

Le Lac

Ainsi, toujours poussés vers de nouveaux rivages,
Dans la nuit éternelle emportés sans retour,
Ne pourrons-nous jamais sur l'océan des âges
Jeter l'ancre un seul jour ?

Ô lac ! l'année à peine a fini sa carrière,
Et près des flots chéris qu'elle[1] devait revoir,
Regarde ! je viens seul m'asseoir sur cette pierre
Où tu la vis s'asseoir !

Tu mugissais ainsi sous ces roches profondes ;
Ainsi tu te brisais sur leurs flancs déchirés ;
Ainsi le vent jetait l'écume de tes ondes
Sur ses pieds adorés.

Un soir, t'en souvient-il ? nous voguions en silence ;
On n'entendait au loin, sur l'onde et sous les cieux,
Que le bruit des rameurs qui frappaient en cadence
Tes flots harmonieux.

* *Cf.* Lexique.

Tout à coup des accents inconnus à la terre
Du rivage charmé frappèrent les échos ;
Le flot fut attentif, et la voix qui m'est chère
Laissa tomber ces mots :

« Ô temps, suspends ton vol ! et vous, heures propices[2],
Suspendez votre cours !
Laissez-nous savourer les rapides délices
Des plus beaux de nos jours !

Assez de malheureux ici-bas vous implorent :
Coulez, coulez pour eux ;
Prenez avec leurs jours les soins[3] qui les dévorent ;
Oubliez les heureux.

Mais je demande en vain quelques moments encore,
Le temps m'échappe et fuit ;
Je dis à cette nuit : "Sois plus lente" ; et l'aurore
Va dissiper la nuit.

Aimons donc, aimons donc ! de l'heure fugitive
Hâtons-nous, jouissons[4] !
L'homme n'a point de port, le temps n'a point de rive ;
Il coule, et nous passons ! »

Temps jaloux[5], se peut-il que ces moments d'ivresse,
Où l'amour à longs flots nous verse le bonheur,
S'envolent loin de nous de la même vitesse
Que les jours de malheur ?

Hé quoi ! n'en pourrons-nous fixer au moins la trace ?
Quoi ! passés pour jamais ? quoi ! tout entiers perdus ?
Ce temps qui les donna, ce temps qui les efface,
Ne nous les rendra plus ?

Éternité, néant, passé, sombres abîmes,
Que faites-vous des jours que vous engloutissez ?
Parlez : nous rendrez-vous ces extases sublimes
Que vous nous ravissez[6] ?

Ô lac ! rochers muets ! grottes ! forêt obscure !
Vous que le temps épargne ou qu'il peut rajeunir,
Gardez de cette nuit, gardez, belle nature,
Au moins le souvenir !

Qu'il soit dans ton repos, qu'il soit dans tes orages,
Beau lac, et dans l'aspect de tes riants coteaux,
Et dans ces noirs sapins, et dans ces rocs sauvages
Qui pendent sur tes eaux !

Qu'il soit dans le zéphir qui frémit et qui passe,
Dans les bruits de tes bords par tes bords répétés,
Dans l'astre au front d'argent qui blanchit ta surface
De ses molles clartés !

Que le vent qui gémit, le roseau qui soupire,
Que les parfums légers de ton air embaumé,
Que tout ce qu'on entend, l'on voit ou l'on respire,
Tout dise : « Ils ont aimé ! »

Alphonse de Lamartine, « Le Lac », *in Méditations poétiques*, 1820.

1. elle : il s'agit de la femme qu'il aime, malade, retenue à Paris et qui meurt peu de temps après.
2. propices : favorables.
3. soins : soucis.
4. Philosophie épicurienne face au temps qui passe ; cela rappelle les poètes latins mais aussi Ronsard.
5. Temps jaloux du bonheur humain.
6. ravissez : prenez, volez.

Texte D : Stendhal, *Le Rouge et le Noir*

Stendhal, de son vrai nom Henri Beyle (1783-1842), voulait **« écrire des comédies* comme Molière »** ***mais s'illustra dans le roman : ses héros (Julien, Lucien, Fabrice) portent en eux les espoirs et les déceptions d'une génération marquée par les élans romantiques et les désirs de conquête napoléonienne. Dans*** **Le Rouge et le Noir,** ***Julien Sorel, fils d'un ouvrier analphabète de Verrières, est engagé comme précepteur des enfants d'un notable. Très rapidement, Julien remporte une double victoire sur M. de Rênal, son employeur : il a réussi à dissimuler un portrait de Napoléon dans sa chambre (alors qu'il vit chez un royaliste !) et à obtenir une augmenta-***

* *Cf.* Lexique

tion de salaire. Afin de savourer cette journée victorieuse, il prétexte un retour à Verrières pour aller marcher seul dans la nature.

J'ai gagné une bataille, se dit-il aussitôt qu'il se vit dans les bois et loin du regard des hommes, j'ai donc gagné une bataille !

Ce mot lui peignait en beau toute sa position, et rendit à son âme quelque tranquillité.

Me voilà avec cinquante francs d'appointements par mois, il faut que M. de Rênal ait eu une belle peur. Mais de quoi ?

Cette méditation sur ce qui avait pu faire peur à l'homme heureux et puissant contre lequel une heure auparavant il était bouillant de colère acheva de rasséréner[1] l'âme de Julien. Il fut presque sensible un moment à la beauté ravissante des bois au milieu desquels il marchait. D'énormes quartiers de roches nues étaient tombés jadis au milieu de la forêt du côté de la montagne. De grands hêtres s'élevaient presque aussi haut que ces rochers dont l'ombre donnait une fraîcheur délicieuse à trois pas des endroits où la chaleur des rayons du soleil eût rendu impossible de s'arrêter.

Julien prenait haleine un instant à l'ombre de ces grandes roches, et puis se remettait à monter. Bientôt par un étroit sentier à peine marqué et qui sert seulement aux gardiens de chèvres, il se trouva debout sur un roc immense, sûr d'être séparé de tous les hommes. Cette position physique le fit sourire, elle lui peignait la position qu'il brûlait d'atteindre au moral. L'air pur de ces montagnes élevées communiqua la sérénité et même la joie à son âme. Le maire de Verrières était bien toujours, à ses yeux, le représentant de tous les riches et de tous les insolents de la terre ; mais Julien sentait que la haine qui venait de l'agiter, malgré la violence de ses mouvements, n'avait rien de personnel. S'il eût cessé de voir M. de Rênal, en huit jours il l'eût oublié, lui, son château, ses chiens, ses enfants et toute sa famille. Je l'ai forcé, je ne sais comment, à faire le plus grand sacrifice. Quoi ! plus de cinquante écus par an ! Un instant auparavant je m'étais tiré du plus grand danger. Voilà deux victoires en un jour ; la seconde est sans mérite, il faudrait en deviner le comment. Mais à demain les pénibles recherches.

Julien, debout sur son grand rocher, regardait le ciel, embrasé par un soleil d'août. Les cigales chantaient dans le champ au-dessous du rocher, quand elles se taisaient tout était silence autour de lui. Il voyait à ses pieds vingt lieues de pays. Quelque épervier parti des grandes roches au-dessus de sa

tête était aperçu par lui, de temps à autre, décrivant en silence ses cercles immenses. L'œil de Julien suivait machinalement l'oiseau de proie. Ses mouvements tranquilles et puissants le frappaient, il enviait cette force, il enviait cet isolement.
C'était la destinée de Napoléon, serait-ce un jour la sienne ?

Stendhal, *Le Rouge et le Noir*, 1830.

1. rasséréner : rendre serein, apaiser.

Texte E : François-René de Chateaubriand, *René*

François-René de Chateaubriand (1768-1848) n'était pas destiné à une carrière littéraire mais son enthousiasme pour Rousseau le mena vers la poésie et les élans du moi. Il publia en 1802 le* Génie du christianisme *dont faisaient partie* Atala *et* René *avant de les en détacher en 1805 et de les publier conjointement.* René *illustre* « le vague des passions » *: l'âme torturée du jeune héros cède à la violence des passions pour échapper à l'ennui de sa vie ; il porte en lui les traces du* Werther *de Goethe et fera après lui bien des émules.* « Si René n'existait pas, je ne l'écrirais plus ; s'il m'était possible de le détruire, je le détruirais : il a infesté l'esprit d'une partie de la jeunesse, effet que je n'avais pu prévoir, car j'avais au contraire voulu la corriger. Une famille de Renés poètes et de Renés prosateurs a pullulé [...] ; il n'a plus été question que de vents d'orages, de maux inconnus livrés aux nuages et à la nuit » *(*Mémoires d'outre-tombe, *II, 1).

« Mais comment exprimer cette foule de sensations fugitives que j'éprouvais dans mes promenades ? Les sons que rendent les passions dans le vide d'un cœur solitaire ressemblent au murmure que les vents et les eaux font entendre dans le silence d'un désert : on en jouit, mais on ne peut les peindre.
« L'automne me surprit au milieu de ces incertitudes : j'entrai avec ravissement dans les mois des tempêtes. Tantôt j'aurais voulu être un de ces guerriers errant au milieu des vents, des nuages et des fantômes ; tantôt j'enviais jusqu'au sort du pâtre[1] que je voyais réchauffer ses mains à l'humble feu de broussailles qu'il avait allumé au coin d'un bois. J'écoutais ses chants mélancoliques, qui me rappelaient que dans tout pays le chant naturel de l'homme est triste, lors même qu'il exprime le bonheur. Notre cœur est un instrument incomplet, une lyre où il manque des cordes, et où nous sommes forcés de rendre les accents de la joie sur le ton consacré aux soupirs.

« Le jour, je m'égarais sur de grandes bruyères terminées par des forêts. Qu'il fallait peu de chose à ma rêverie ! une feuille séchée que le vent chassait devant moi, une cabane dont la fumée s'élevait dans la cime dépouillée des arbres, la mousse qui tremblait au souffle du nord sur le tronc d'un chêne, une roche écartée, un étang désert où le jonc flétri murmurait ! Le clocher solitaire s'élevant au loin dans la vallée a souvent attiré mes regards ; souvent j'ai suivi des yeux les oiseaux de passage qui volaient au-dessus de ma tête. Je me figurais les bords ignorés, les climats lointains où ils se rendent ; j'aurais voulu être sur leurs ailes. Un secret instinct me tourmentait ; je sentais que je n'étais moi-même qu'un voyageur ; mais une voix du ciel semblait me dire : "Homme, la saison de ta migration n'est pas encore venue ; attends que le vent de la mort se lève, alors tu déploieras ton vol vers ces régions inconnues que ton cœur demande."

« "Levez-vous vite, orages désirés qui devez emporter René dans les espaces d'une autre vie !" Ainsi disant, je marchais à grands pas, le visage enflammé, le vent sifflant dans ma chevelure, ne sentant ni pluie ni frimas[2], enchanté, tourmenté, et comme possédé par le démon de mon cœur.

« La nuit, lorsque l'aquilon[3] ébranlait ma chaumière, que les pluies tombaient en torrent sur mon toit, qu'à travers ma fenêtre je voyais la lune sillonner les nuages amoncelés, comme un pâle vaisseau qui laboure les vagues, il me semblait que la vie redoublait au fond de mon cœur, que j'aurais eu la puissance de créer des mondes. »

François-René de Chateaubriand, *René*, 1802.

1. **pâtre** : homme qui fait paître un troupeau.
2. **frimas** : brouillard froid et épais.
3. **aquilon** : vent du Nord.

Document : Caspar David Friedrich, *Le Voyageur au-dessus de la mer de nuages* (1817)

Caspar David Friedrich (1774-1840) naquit au nord de l'Allemagne, sur les rives de la mer Baltique. Après des études aux Beaux-Arts de Copenhague, il forma avec d'autres un groupe d'artistes particulièrement représentatif du romantisme allemand. Il s'inspire beaucoup de la nature et la transfigure à l'aune de l'âme romantique : la fonction du tableau n'est plus de décrire un paysage naturel mais de mettre l'âme en éveil.

Document reproduit page 68.

Corpus

Texte A : Scène 4 de l'acte I d'*Hernani* de Victor Hugo (pp. 56-57).
Texte B : Extrait de la scène 3 de l'acte III de *Lorenzaccio* d'Alfred de Musset (pp. 60-62).
Texte C : « Le Lac », extrait des *Méditations poétiques* d'Alphonse de Lamartine (pp. 62-64).
Texte D : Extrait de *Le Rouge et le Noir* de Stendhal (pp. 64-66).
Texte E : Extrait de *René* de François-René de Chateaubriand (pp. 66-67).
Document : *Le Voyageur au-dessus de la mer de nuages* de Caspar David Friedrich (pp. 67-68).

Examen des textes et de l'image

❶ Comment la dimension monologique* est-elle présente dans ces textes ?
❷ De quelle manière la métrique* ou le rythme des phrases suggèrent-ils la fuite inéluctable du temps dans les textes A, C et E ?
❸ Montrez que le projet de meurtre ou de domination d'un homme puissant donne l'occasion aux héros des textes A, B et D de devenir des hommes accomplis, des hommes de valeur.
❹ Quel est le rôle de la femme aimée dans les textes A et C ?
❺ Comment l'évocation de la nature révèle-t-elle les tourments qui agitent les héros des textes C, D et E ?
❻ Qu'apportent les références à Brutus, Érostrate et Napoléon dans les textes B et D ?
❼ Relevez une personnification* dans chaque texte. Sur quoi porte-t-elle et qu'exprime-t-elle ?
❽ Relevez deux autres types d'images dans le texte E. Quel effet ces images produisent-elles ?
❾ Montrez que la solitude est une composante incontournable du héros romantique.
❿ Quels contrastes observez-vous entre le promeneur sur son rocher et le paysage de brume qui s'offre à lui ?

* *Cf.* Lexique.

Travaux d'écriture

Question préliminaire

Quels tourments agitent les héros de chacun des cinq textes ?

Commentaire

Vous ferez le commentaire composé du poème « Le Lac » d'Alphonse de Lamartine (texte C).

Dissertation

Dans *William Shakespeare*, paru en 1864, Victor Hugo a écrit : « *À temps nouveaux, devoirs nouveaux. La fonction des penseurs aujourd'hui est complexe ; penser ne suffit plus, il faut aimer. Penser et aimer ne suffit plus, il faut agir ; penser, aimer et agir ne suffit plus, il faut souffrir.* » En quoi cette citation éclaire-t-elle les différents aspects de la littérature romantique ?

Écriture d'invention

Transformez l'extrait du roman *Le Rouge et le Noir* (texte D) en monologue de théâtre. Vous pourrez contextualiser ce monologue en indiquant qui parle et en donnant des indications scéniques. Vous utiliserez les spécificités énonciatives* du monologue de théâtre (personne de l'énonciation*, temps utilisé, ponctuation expressive*, termes subjectifs). Vous pourrez utiliser des didascalies* à l'intérieur du monologue pour rendre la scène plus vivante.

* *Cf.* Lexique.

Acte II

LE BANDIT

SARAGOSSE

Un patio[1] du palais de Silva. – À gauche, les grands murs du palais, avec une fenêtre à balcon. Au-dessous de la fenêtre, une petite porte. À droite et au fond, des maisons et des rues. – Il est nuit. On voit briller çà et là, aux façades des édifices, quelques fenêtres encore éclairées.

Scène 1

DON CARLOS, DON SANCHO SANCHEZ DE ZUNIGA, *comte de Monterey*, DON MATIAS CENTURION, *marquis d'Almuñan*, DON RICARDO DE ROXAS, *seigneur de Casapalma.*

Ils arrivent tous quatre, don Carlos en tête, chapeaux rabattus, enveloppés de longs manteaux dont leurs épées soulèvent le bord inférieur.

note

1. ***patio*** : cour intérieure servant de promenade.

DON CARLOS, *examinant le balcon.*

Voilà bien le balcon, la porte... Mon sang bout.
Montrant la fenêtre qui n'est pas éclairée.
Pas de lumière encor !
Il promène ses yeux sur les autres croisées[1] éclairées.
Des lumières partout
Où je n'en voudrais pas, hors à cette fenêtre
Où j'en voudrais !

DON SANCHO

Seigneur, reparlons de ce traître.
Et vous l'avez laissé partir !

DON CARLOS

Comme tu dis !

DON MATIAS

Et peut-être c'était le major[2] des bandits !

DON CARLOS

Qu'il en soit le major ou bien le capitaine,
Jamais roi couronné n'eut mine plus hautaine.

DON SANCHO

Son nom, seigneur ?

DON CARLOS, *les yeux fixés sur la fenêtre.*

Muñoz... Fernan...
Avec le geste d'un homme qui se rappelle tout à coup.
Un nom en i.

DON SANCHO

Hernani, peut-être ?

DON CARLOS

Oui.

notes

1. ***croisées*** : fenêtres.

2. **major** : officier supérieur ; ici, chef des bandits.

DON SANCHO

C'est lui !

DON MATIAS

C'est Hernani !

Le chef !

DON SANCHO, *au roi.*

De ses propos vous reste-t-il mémoire ?

DON CARLOS, *qui ne quitte pas la fenêtre des yeux.*

Hé ! je n'entendais rien dans leur maudite armoire !

DON SANCHO

Mais pourquoi le lâcher lorsque vous le tenez ?

Don Carlos se tourne gravement et le regarde en face.

DON CARLOS

Comte de Monterey, vous me questionnez[1].

Les deux seigneurs reculent et se taisent.

Et d'ailleurs, ce n'est point le souci qui m'arrête.
J'en veux à sa maîtresse et non point à sa tête.
J'en suis amoureux fou ! Les yeux noirs les plus beaux,
Mes amis ! deux miroirs ! deux rayons ! deux flambeaux !
Je n'ai bien entendu de toute leur histoire
Que ces trois mots : – Demain, venez à la nuit noire !
Mais c'est l'essentiel. Est-ce pas excellent ?
Pendant que ce bandit, à mine de galant,
S'attarde à quelque meurtre, à creuser quelque tombe,
Je viens tout doucement dénicher sa colombe.

DON RICARDO

Altesse, il eût fallu, pour compléter le tour,
Dénicher la colombe en tuant le vautour.

note

1. questionnez : interrogez (nul n'a le droit d'interroger le roi sur sa conduite).

DON CARLOS, *à don Ricardo.*

Comte ! un digne conseil ! vous avez la main prompte !

DON RICARDO, *s'inclinant profondément.*

Sous quel titre plaît-il au roi que je sois comte ?

DON SANCHO, *vivement.*

C'est méprise !

DON RICARDO, *à don Sancho.*

Le roi m'a nommé comte.

DON CARLOS

Assez !

Bien.

À Ricardo.

J'ai laissé tomber ce titre. Ramassez.

DON RICARDO, *s'inclinant à nouveau.*

Merci, seigneur !

DON SANCHO, *à don Matias.*

Beau comte ! un comte de surprise[1] !

Le roi se promène au fond, examinant avec impatience les fenêtres éclairées. Les deux seigneurs causent sur le devant de la scène.

DON MATIAS, *à don Sancho.*

Mais que fera le roi, la belle une fois prise ?

DON SANCHO, *regardant Ricardo de travers.*

Il la fera comtesse, et puis dame d'honneur.
Puis, qu'il en ait un fils, il sera roi.

DON MATIAS

Seigneur !

Allons donc, un bâtard ! Comte, fût-on altesse,
On ne saurait tirer un roi d'une comtesse !

note

1. **de surprise :** nommé par surprise.

DON SANCHO

Il la fera marquise ; alors, mon cher marquis...

DON MATIAS

On garde les bâtards pour les pays conquis.
On les fait vice-rois[1]. C'est à cela qu'ils servent.
Don Carlos revient.

DON CARLOS, *regardant avec colère toutes les fenêtres éclairées.*

Dirait-on pas des yeux jaloux qui nous observent ?
Enfin ! en voilà deux qui s'éteignent ! allons !
Messieurs, que les instants de l'attente sont longs !
Qui fera marcher l'heure avec plus de vitesse ?

DON SANCHO

C'est ce que nous disons souvent chez votre altesse.

DON CARLOS

Cependant que chez vous mon peuple le redit.
La dernière fenêtre éclairée s'éteint.
– La dernière est éteinte ! –
Tourné vers le balcon de doña Sol toujours noir.
Ô vitrage maudit !
Quand t'éclaireras-tu ? – Cette nuit est bien sombre !
Doña Sol, viens briller comme un astre dans l'ombre !
À don Ricardo.
Est-il minuit ?[2]

DON RICARDO

Minuit bientôt.

notes

1. vice-rois : régents ou gouverneurs qui représentaient le roi (en Flandre, en Sicile et à Naples).

2. Variante : « *Quelle heure est-il ?* »

DON CARLOS

Il faut finir
Pourtant ! À tout moment l'autre peut survenir.

La fenêtre de doña Sol s'éclaire. On voit son ombre se dessiner sur les vitraux lumineux.

Mes amis ! un flambeau ! son ombre à la fenêtre !
Jamais jour ne me fut plus charmant à voir naître.
Hâtons-nous ! faisons-lui le signal qu'elle attend.
Il faut frapper des mains trois fois. – Dans un instant,
Mes amis, vous allez la voir !... – Mais notre nombre
Va l'effrayer peut-être... – Allez tous trois dans l'ombre,
Là-bas, épier l'autre. Amis, partageons-nous
Les deux amants. Tenez, à moi la dame, à vous
Le brigand.

DON RICARDO

Grand merci !

DON CARLOS

S'il vient, de l'embuscade
Sortez vite, et poussez au drôle une estocade[1].
Pendant qu'il reprendra ses esprits sur le grès[2],
J'emporterai la belle, et nous rirons après.
N'allez pas cependant le tuer ! C'est un brave
Après tout, et la mort d'un homme est chose grave.

Les deux seigneurs s'inclinent et sortent. Don Carlos les laisse s'éloigner, puis frappe des mains à deux reprises. À la deuxième fois la fenêtre s'ouvre, et Doña Sol paraît en blanc sur le balcon.

notes

1. poussez [...] estocade : donnez-lui un coup avec la pointe de l'épée.
2. grès : pavé (en grès).

Acte II, scène 2

Scène 2

DON CARLOS, DOÑA SOL

DOÑA SOL, *au balcon.*

Est-ce vous, Hernani ?

DON CARLOS, *à part.*

Diable ! ne parlons pas !

Il frappe de nouveau des mains.

DOÑA SOL

Je descends.

Elle referme la fenêtre, dont la lumière disparaît. Un moment après, la petite porte s'ouvre et doña Sol en sort sa lampe à la main, sa mante[1] sur les épaules.

DOÑA SOL, *entrouvrant la porte.*

Hernani !

Don Carlos rabat son chapeau sur son visage et s'avance précipitamment vers elle.

DOÑA SOL, *laissant tomber sa lampe.*

Dieu ! ce n'est point son pas !

Elle veut rentrer. Don Carlos court à elle et la retient par le bras.

DON CARLOS

Doña Sol !

DOÑA SOL

Ce n'est point sa voix ! Ah ! malheureuse !

DON CARLOS

Eh ! quelle voix veux-tu qui soit plus amoureuse ?
C'est toujours un amant, et c'est un amant roi !

note

1. ***mante*** : manteau de femme ou cape très ample.

DOÑA SOL

Le roi !

DON CARLOS

Souhaite, ordonne, un royaume est à toi !
Car celui dont tu veux briser la douce entrave,
C'est le roi ton seigneur ! c'est Carlos ton esclave !

DOÑA SOL, *cherchant à se dégager de ses bras.*

Au secours, Hernani !

DON CARLOS

Le juste et digne effroi !
Ce n'est pas ton bandit qui te tient, c'est le roi !

DOÑA SOL

Non. Le bandit, c'est vous. – N'avez-vous pas de honte ?
Ah ! pour vous à la face une rougeur me monte.
Sont-ce là les exploits dont le roi fera bruit[1] ?
Venir ravir de force une femme la nuit !
Que mon bandit vaut mieux cent fois ! Roi, je proclame
Que, si l'homme naissait où le place son âme,
Si Dieu faisait le rang à la hauteur du cœur,
Certe, il serait le roi, prince, et vous le voleur !

DON CARLOS, *essayant de l'attirer.*

Madame...

DOÑA SOL

Oubliez-vous que mon père était comte ?

DON CARLOS

Je vous ferai duchesse.

DOÑA SOL, *le repoussant.*

Allez ! c'est une honte !

note

1. **fera bruit :** se vantera.

Elle recule de quelques pas.

Il ne peut être rien entre nous, don Carlos.
Mon vieux père a pour vous versé son sang à flots,
Moi je suis fille noble, et de ce sang jalouse[1].
Trop pour la concubine, et trop peu pour l'épouse !

DON CARLOS

Princesse ![2]

DOÑA SOL

Roi Carlos, à des filles de rien
Portez votre amourette, ou je pourrais fort bien,
Si vous m'osez traiter d'une façon infâme,
Vous montrer que je suis dame, et que je suis femme !

DON CARLOS

Eh bien, partagez donc et mon trône et mon nom.
Venez ! vous serez reine, impératrice !

DOÑA SOL

Non.

C'est un leurre[3]. – Et d'ailleurs, Altesse, avec franchise,
S'agit-il pas de vous[4], s'il faut que je le dise,
J'aime mieux avec lui, mon Hernani, mon roi,
Vivre errante, en dehors du monde et de la loi,
Ayant faim, ayant soif, fuyant toute l'année,
Partageant jour à jour sa pauvre destinée,
Abandon, guerre, exil, deuil, misère et terreur,
Que d'être impératrice avec un empereur !

notes

1. **jalouse :** attachée farouchement.
2. Sous-entendu : « Je vous ferai princesse. »
3. **leurre :** piège, mensonge.
4. **s'agit-il pas de vous :** même s'il ne s'agissait pas de vous.

DON CARLOS
Que cet homme est heureux !

DOÑA SOL
Quoi ! pauvre, proscrit [même !...

DON CARLOS
Qu'il fait bien d'être pauvre et proscrit, puisqu'on l'aime !
Moi, je suis seul ! – Un ange accompagne ses pas !
– Donc vous me haïssez ?

DOÑA SOL
Je ne vous aime pas.

DON CARLOS, *la saisissant avec violence.*
Eh bien, que vous m'aimiez ou non, cela n'importe !
Vous viendrez, et ma main plus que la vôtre est forte.
Vous viendrez ! je vous veux ! Pardieu, nous verrons bien
Si je suis roi d'Espagne et des Indes[1] pour rien !

DOÑA SOL, *se débattant.*
Seigneur ! oh ! par pitié ! – Quoi ! vous êtes altesse,
Vous êtes roi. Duchesse, ou marquise, ou comtesse,
Vous n'avez qu'à choisir. Les femmes de la Cour
Ont toujours un amour tout prêt pour votre amour.
Mais mon proscrit, qu'a-t-il reçu du Ciel avare ?
Ah ! vous avez Castille, Aragon, et Navarre,
Et Murcie, et Léon[2], dix royaumes encor !
Et les Flamands[3], et l'Inde avec les mines d'or !
Vous avez un empire auquel nul roi ne touche,
Si vaste, que jamais le soleil ne s'y couche[4] !

notes

1. Les Indes occidentales, territoires d'Amérique conquis par les Espagnols depuis 1492.
2. Léon : León, ville et royaume d'Espagne.
3. Le roi d'Espagne possédait la Flandre, héritage des ducs de Bourgogne.
4. L'Empire est si vaste que le soleil l'éclaire toujours en partie. Formule empruntée au *Don Carlos* de Schiller (1787).

Et, quand vous avez tout, voudrez-vous, vous, le roi,
Me prendre, pauvre fille, à lui qui n'a que moi ?
Elle se jette à ses genoux. Il cherche à l'entraîner.

DON CARLOS

Viens ! Je n'écoute rien. Viens ! Si tu m'accompagnes,
Je te donne, choisis, quatre de mes Espagnes[1] !
Dis, lesquelles veux-tu ? Choisis !
Elle se débat dans ses bras.

DOÑA SOL

Pour mon honneur,
Je ne veux rien de vous que ce poignard, seigneur !
Elle lui arrache le poignard de sa ceinture. Il la lâche et recule.
Avancez maintenant ! faites un pas !

DON CARLOS

La belle !
Je ne m'étonne plus si l'on aime un rebelle.
Il veut faire un pas. Elle lève le poignard.

DOÑA SOL

Pour un pas, je vous tue, et me tue !
Il recule encore. Elle se détourne et crie avec force.
Hernani !
Hernani !

DON CARLOS

Taisez-vous !

DOÑA SOL, *le poignard levé.*

Un pas ! tout est fini.

DON CARLOS

Madame ! à cet excès ma douceur est réduite.
J'ai là pour vous forcer trois hommes de ma suite...

note

1. Espagnes : provinces espagnoles.

Mounet-Sully (1841-1916) dans le rôle d'Hernani, photographie de Nadar.

Acte II, scène 3

HERNANI,

surgissant tout à coup derrière lui.

Vous en oubliez un !

Le roi se retourne et voit Hernani, immobile derrière lui, dans l'ombre, les bras croisés sous le long manteau qui l'enveloppe, et le large bord de son chapeau relevé. – Doña Sol pousse un cri, court à Hernani et l'entoure de ses bras.

Scène 3

DON CARLOS, DOÑA SOL, HERNANI

passage analysé

HERNANI, *immobile, les bras toujours croisés, et ses yeux étincelants fixés sur le roi.*

Ah ! le ciel m'est témoin
Que volontiers je l'eusse été chercher plus loin !

DOÑA SOL

Hernani, sauvez-moi de lui !

HERNANI

Soyez tranquille,
Mon amour !

DON CARLOS

Que font donc mes amis par la ville ?
Avoir laissé passer ce chef de bohémiens !
Appelant.
Monterey !

HERNANI

Vos amis sont au pouvoir des miens.
Et ne réclamez pas leur épée impuissante ;
Pour trois qui vous viendraient, il m'en viendrait soixante,
Soixante dont un seul vous vaut tous quatre. Ainsi
Vidons entre nous deux notre querelle ici.
Quoi ! vous portiez la main sur cette jeune fille !

Hernani

passage analysé

C'était d'un imprudent, seigneur roi de Castille,
Et d'un lâche !

DON CARLOS, *souriant avec dédain.*

Seigneur bandit, de vous à moi
Pas de reproche !

HERNANI

Il raille ! Oh ! je ne suis pas roi !
Mais quand un roi m'insulte et pour surcroît me raille,
Ma colère va haut et me monte à sa taille,
Et, prenez garde, on craint, quand on me fait affront,
Plus qu'un cimier de roi la rougeur de mon front !
Vous êtes insensé si quelque espoir vous leurre.
Il lui saisit le bras.
Savez-vous quelle main vous étreint à cette heure ?
Écoutez : votre père a fait mourir le mien,
Je vous hais. Vous avez pris mon titre et mon bien,
Je vous hais. Nous aimons tous deux la même femme,
Je vous hais, je vous hais, – oui, je te hais dans l'âme !

DON CARLOS

C'est bien.

HERNANI

Ce soir pourtant ma haine était bien loin.
Je n'avais qu'un désir, qu'une ardeur, qu'un besoin,
Doña Sol ! – Plein d'amour, j'accourais... Sur mon âme !
Je vous trouve essayant contre elle un rapt infâme !
Quoi ! vous que j'oubliais, sur ma route placé !... –
Seigneur, je vous le dis, vous êtes insensé !
Don Carlos, te voilà pris à ton propre piège !
Ni fuite, ni secours ! je te tiens et t'assiège !
Seul, entouré partout d'ennemis acharnés,
Que vas-tu faire ?

Acte II, scène 3

passage analysé

DON CARLOS, *fièrement.*

Allons ! vous me questionnez !

HERNANI

Va, va, je ne veux pas qu'un bras obscur te frappe.
Il ne sied pas qu'ainsi ma vengeance m'échappe !
Tu ne seras touché par un autre que moi.
Défends-toi donc.

Il tire son épée.

DON CARLOS

Je suis votre seigneur le roi.
Frappez, mais pas de duel[1].

HERNANI

Seigneur, qu'il te souvienne
Qu'hier encor ta dague a rencontré la mienne.

DON CARLOS

Je le pouvais hier. J'ignorais votre nom,
Vous ignoriez mon titre. Aujourd'hui, compagnon,
Vous savez qui je suis et je sais qui vous êtes.

HERNANI

Peut-être.

DON CARLOS

Pas de duel. Assassinez-moi. Faites !

HERNANI

Crois-tu donc que les rois à moi me sont sacrés ?
Çà, te défendras-tu ?

note

1. Le roi refuse de se battre avec quelqu'un qui n'est pas de son rang.

passage analysé

DON CARLOS

Vous m'assassinerez !
Ah ! vous croyez, bandits, que vos brigades[1] viles
Pourront impunément s'épandre[2] dans les villes ?
Hernani recule. Don Carlos fixe des yeux d'aigle sur lui.
Que, teints de sang, chargés de meurtres, malheureux !
Vous pourrez après tout[3] faire les généreux !
Et que nous daignerons, nous, victimes trompées,
Anoblir vos poignards du choc de nos épées !
Non, le crime vous tient. Partout vous le traînez.
Nous, des duels avec vous ! arrière ! assassinez.
Hernani, sombre et pensif, tourmente quelques instants de la main la poignée de son épée, puis se retourne brusquement vers le roi, et brise la lame sur le pavé.

HERNANI

Va-t'en donc !
Le roi se tourne à demi vers lui et le regarde avec hauteur.
Nous aurons des rencontres meilleures.
Va-t'en.

DON CARLOS

C'est bien, monsieur. Je vais dans quelques heures
Rentrer, moi votre roi, dans le palais ducal[4].
Mon premier soin sera de mander le fiscal[5].
A-t-on fait mettre à prix votre tête ?

HERNANI

Oui.

DON CARLOS

Mon maître,

notes

1. brigades : troupes gouvernées par un chef.
2. s'épandre : se répandre.
3. après tout : malgré tout.
4. palais ducal : ici, palais du souverain.
5. fiscal : officier chargé des poursuites judiciaires.

Je vous tiens[1] de ce jour sujet rebelle et traître.
Je vous en avertis, partout je vous poursuis.
Je vous fais mettre au ban[2] du royaume.

HERNANI

J'y suis
Déjà.

DON CARLOS

Bien.

HERNANI

Mais la France est auprès de l'Espagne.
C'est un port[3].

DON CARLOS

Je vais être empereur d'Allemagne.
Je vous fais mettre au ban de l'Empire.

HERNANI

À ton gré.
J'ai le reste du monde où je te braverai.
Il est plus d'un asile où ta puissance tombe.

DON CARLOS

Et quand j'aurai le monde ?

HERNANI

Alors, j'aurai la tombe.

DON CARLOS

Je saurai déjouer vos complots insolents.

HERNANI

La vengeance est boiteuse, elle vient à pas lents,
Mais elle vient.

notes

1. je vous tiens : je vous considère comme.
2. mettre au ban : mettre hors la loi et contraindre à l'exil.
3. port : asile, refuge.

DON CARLOS, *riant à demi, avec dédain.*
Toucher à la dame qu'adore
Ce bandit !

HERNANI, *dont les yeux se rallument.*
Songes-tu que je te tiens encore ?
Ne me rappelle pas, futur césar romain[1],
Que je t'ai là, chétif et petit dans ma main,
Et que, si je serrais cette main trop loyale,
J'écraserais dans l'œuf ton aigle impériale !

DON CARLOS
Faites !

HERNANI
Va-t'en ! va-t'en !
Il ôte son manteau et le jette sur les épaules du roi.
Fuis, et prends ce manteau,
Car dans nos rangs pour toi je crains quelque couteau.
Le roi s'enveloppe du manteau.
Pars tranquille à présent ! Ma vengeance altérée[2]
Pour tout autre que moi fait ta tête sacrée[3].

DON CARLOS
Monsieur, vous qui venez de me parler ainsi,
Ne demandez un jour ni grâce ni merci !
Il sort.

suite, p. 100

notes

1. césar romain : empereur.
2. altérée : assoiffée, excitée.
3. pour [...] sacrée : protège ta tête contre tout autre que moi.

Amour, rivalité et vengeance : des ressorts dramatiques

Lecture analytique de l'extrait, p. 83, v. 547, à p. 86, v. 600.

Bien qu'éconduit à l'acte I, Don Carlos réitère ses avances auprès de Doña Sol à l'acte II. Se heurtant à un nouveau refus, il décide de recourir à la force (v. 521-523). Doña Sol, pour se défendre, dérobe au roi son poignard et menace de le tuer puis de se suicider (v. 544).

La femme bafouée dans son honneur appelle celui qu'elle aime à son secours : l'entrée d'Hernani se fait alors sur un mode héroïque, même si Don Carlos a assuré ses arrières et n'entend pas se laisser chasser impunément par un vulgaire brigand.

L'amour motive donc *a priori* l'affrontement entre les deux hommes et la rivalité ne fait qu'embraser davantage leur querelle, même si Doña Sol, elle, a déjà clairement fait son choix. Il apparaît cependant vite que c'est surtout la vengeance qui anime Hernani et que l'ombre d'un conflit plus ancien plane sur les deux rivaux : amour, vengeance et rivalité deviennent dès lors les ingrédients indissociables du destin en marche d'Hernani et ne semblent annoncer qu'une issue fatale.

Pour l'amour d'une femme bafouée

❶ De quelle manière Hernani entre-t-il en scène ? En quoi son attitude et ses paroles contrastent-elles avec l'affolement de Doña Sol ? Comparez cette entrée avec celle de la scène 2 de l'acte I.

❷ Montrez que Don Carlos avait assuré ses arrières et que le rapt de Doña Sol était prémédité.

❸ Comment Don Carlos réagit-il à l'arrivée d'Hernani ? Est-il intimidé ?

❹ Relevez les termes qui expriment l'amour d'Hernani pour Doña Sol. En quoi font-ils écho à la scène 2 de l'acte I ?

Un conflit qui remonte plus loin

❺ En vous aidant du paragraphe d'introduction, expliquez à quoi fait allusion la première réplique* d'Hernani dans cette scène.

❻ Quel autre vers dans cet extrait fait écho à cette première réplique ? Retrouvez dans le monologue de la scène 4 de l'acte I une allusion à cette vengeance familiale.

❼ Trouvez l'anaphore* dans les vers 560 à 570. Quel effet produit-elle ?

❽ Victor Hugo voulait éviter les tirades dans le drame* romantique. Montrez que certaines répliques d'Hernani pourraient pourtant en former une. Par quel artifice la tirade est-elle déconstruite ?

Une vengeance en marche

❾ Que révèlent les différentes didascalies* sur l'attitude des deux personnages au fil des répliques ?

❿ Quels pronoms personnels Hernani et Don Carlos utilisent-ils respectivement, quand ils s'adressent l'un à l'autre ? Quelle évolution constatez-vous dans les propos d'Hernani ?

⓫ Quels appellatifs* les deux personnages s'adressent-ils ? Que révèlent-ils sur leurs relations ?

⓬ Relevez le champ lexical* du combat. En quoi le duel et l'assassinat sont-ils deux options qui s'opposent ?

* *Cf.* Lexique.

La main vengeresse

Lectures croisées et travaux d'écriture

La littérature exploite des thèmes récurrents, auxquels les siècles montrent tout leur attachement : l'amour, la rivalité et la vengeance sont parmi les principaux et vont d'ailleurs souvent ensemble.

Des conflits naissent entre des familles et se perpétuent de génération en génération. Ces querelles ne peuvent généralement se résoudre que dans un bain de sang – ce qui offre un puissant ressort dramatique* aux écrivains : duels, luttes sans merci, assassinats, obsession de la vengeance et de l'honneur bafoué.

Ainsi, Victor Hugo ne s'y est pas trompé, en reprenant ces thèmes chers à un public avide de sensations fortes et de passions démesurées. Shakespeare lui-même avait largement exploité ces ressorts et, après lui, nos grands auteurs classiques comme Corneille.

Le théâtre n'est pas le seul genre à puiser là son inspiration. Le genre narratif aussi y trouve largement son compte. Auteur contemporain de Victor Hugo, Prosper Mérimée, par exemple, a utilisé la vendetta comme principal moteur de sa nouvelle corse *Colomba*.

À chaque fois, celui sur qui repose le poids de la vengeance vit une sorte d'épreuve initiatique qui lui permettra ou non d'accéder au rang de héros ; et, à chaque fois, une femme semble armer la main vengeresse.

Texte A : Extrait de la scène 3 de l'acte II d'*Hernani* de Victor Hugo (p. 83, v. 547, à p. 86, v. 600)

Texte B : William Shakespeare, *Comme il vous plaira*

Comme il vous plaira *n'est pas la pièce la plus connue de Shakespeare (1564-1616), bien qu'il s'agisse d'une joyeuse comédie pastorale* aux multiples intrigues. On connaît davantage* Hamlet *(1602),* Othello *(1604) ou* Roméo et Juliette *(1595).*

* *Cf.* Lexique

Le jeune Orlando a été confié, après la mort de son père, à son frère Olivier qui le traite comme un animal. Orlando se rebelle et menace son frère de le tuer. Il affrontera finalement le lutteur Charles à sa place, sous les yeux du terrible duc Frédérick, qui a banni le vieux duc, père de Rosalinde, cousine inséparable de Célia, fille de Frédérick.

LE DUC FRÉDÉRICK. Vous vous en tiendrez à un seul assaut.

CHARLES. Je vous garantis, monseigneur, que vous n'aurez pas à le persuader d'un second, après l'avoir si bien dissuadé du premier.

ORLANDO. Vous comptez vous moquer de moi tout à l'heure ? Dans ce cas, mieux valait ne pas vous moquer avant. Allons-y !

ROSALINDE. Qu'Hercule te protège, jeune homme !

CÉLIA. Je voudrais être invisible, pour accrocher ce fier-à-bras par la jambe.

Ils combattent.

ROSALINDE. Oh, il est merveilleux !

CÉLIA. Si mes yeux pouvaient lancer de la foudre, je sais bien qui irait par terre.

Charles est renversé. Clameurs.

[...] *On emporte Charles.*

LE DUC FRÉDÉRICK. Comment t'appelles-tu, mon garçon ?

ORLANDO. Orlando, messire. Je suis le plus jeune fils du chevalier Roland de Boys.

LE DUC FRÉDÉRICK. Je t'aurais préféré le fils de quelqu'un d'autre. Le monde tenait ton père en grande estime, moi je l'ai toujours vu mon ennemi. Et ton exploit m'aurait plus satisfait si tu étais issu d'une autre maison. Mais bonne chance, tu es un valeureux jeune homme. Je voudrais que tu m'aies parlé d'un autre père.

Sortent le Duc et les autres.

CÉLIA. Si j'étais mon père, petite cousine, agirais-je comme cela ?

ORLANDO. Je suis fier d'être le fils du chevalier Roland, son fils cadet, et ne changerais pas de nom, fût-ce pour hériter de Frédérick !

ROSALINDE. Mon père aimait Roland comme son âme, et tout le monde pensait comme mon père. Aurais-je su que ce jeune homme, c'était son fils, j'aurais mêlé mes larmes à mes prières avant qu'il ne risquât cette aventure.

CÉLIA. Ma gentille cousine, allons le remercier et l'encourager. Ces façons rudes et jalouses de mon père, elles me brisent le cœur... Monsieur, vous avez eu bien du mérite, et si dans vos amours vous tenez vos promesses tout aussi bien que celles-ci, qui sont plus que comblées, bien heureuse sera votre bien-aimée.

ROSALINDE, *prenant une chaîne de son cou.* Monsieur, portez ceci, pour me faire plaisir, moi, que n'apprécie guère la fortune, et qui voudrais pouvoir donner bien plus mais dont les mains sont pauvres. Rentrons-nous, ma cousine ?

CÉLIA. Oui. Allez bien, beau jeune homme.

Rosalinde et Célia s'éloignent.

William Shakespeare, *Comme il vous plaira* (1599), extrait de la scène 2 de l'acte I, trad. d'Yves Bonnefoy, « Le Livre de Poche », Librairie Générale Française, 2003.

Texte C : Pierre Corneille, *Le Cid*

Le Cid *est sans doute l'une des pièces les plus connues de Pierre Corneille (1606-1684). Le père de Rodrigue a été offensé d'un soufflet par le Comte ; cet affront ne peut rester impuni mais sa vieillesse l'empêche de se venger lui-même. Il demande donc à son fils de provoquer le Comte en duel à sa place. Pour Rodrigue, il y a là matière à un véritable dilemme car il doit épouser Chimène, la fille du Comte. Si Rodrigue tue ce dernier, il perd la femme qu'il aime ; mais s'il ne venge pas son père, il le déshonore. Il décide finalement de défier le Comte.*

Scène 2. LE COMTE, DON RODRIGUE

DON RODRIGUE
À moi, Comte, deux mots.

LE COMTE
Parle.

DON RODRIGUE
Ôte-moi d'un doute.
Connais-tu bien don Diègue ?

LE COMTE
Oui.

Don Rodrigue

Parlons bas ; écoute.

Sais-tu que ce vieillard fut la même vertu[1],
La vaillance et l'honneur de son temps ? le sais-tu ?

Le Comte

Peut-être.

Don Rodrigue

Cette ardeur que dans les yeux je porte,
Sais-tu que c'est son sang ? le sais-tu ?

Le Comte

Que m'importe ?

Don Rodrigue

À quatre pas d'ici je te le fais savoir.

Le Comte

Jeune présomptueux !

Don Rodrigue

Parle sans t'émouvoir[2].
Je suis jeune, il est vrai ; mais aux âmes bien nées[3]
La valeur n'attend point le nombre des années.

Le Comte

Te mesurer à moi ! qui t'a rendu si vain,
Toi qu'on n'a jamais vu les armes à la main ?

Don Rodrigue

Mes pareils à deux fois ne se font point connaître[4],
Et pour leurs coups d'essai veulent des coups de maître.

Le Comte

Sais-tu bien qui je suis ?

Don Rodrigue

Oui ; tout autre que moi
Au seul bruit de ton nom pourrait trembler d'effroi.
Les palmes[5] dont je vois ta tête si couverte
Semblent porter écrit le destin de ma perte.

J'attaque en téméraire un bras toujours vainqueur ;
Mais j'aurai trop de force, ayant assez de cœur.
À qui venge son père il n'est rien impossible[6].
Ton bras est invaincu, mais non pas invincible.

LE COMTE
Ce grand cœur, qui paraît aux discours que tu tiens,
Par tes yeux, chaque jour, se découvrait aux miens ;
Et croyant voir en toi l'honneur de la Castille,
Mon âme avec plaisir te destinait ma fille.
Je sais ta passion, et suis ravi de voir
Que tous ses mouvements[7] cèdent à ton devoir ;
Qu'ils n'ont point affaibli cette ardeur magnanime[8] ;
Que ta haute vertu répond à mon estime ;
Et que, voulant pour gendre un cavalier[9] parfait,
Je ne me trompais point au[10] choix que j'avais fait ;
Mais je sens que pour toi ma pitié s'intéresse[11] ;
J'admire ton courage, et je plains ta jeunesse.
Ne cherche point à faire un coup d'essai fatal ;
Dispense ma valeur d'un combat inégal ;
Trop peu d'honneur pour moi suivrait cette victoire :
À vaincre sans péril, on triomphe sans gloire.
On te croirait toujours abattu sans effort ;
Et j'aurais seulement le regret de ta mort.

DON RODRIGUE
D'une indigne pitié ton audace est suivie :
Qui m'ose ôter l'honneur craint de m'ôter la vie ?

LE COMTE
Retire-toi d'ici.

DON RODRIGUE
Marchons sans discourir.

LE COMTE
Es-tu si las de vivre ?

DON RODRIGUE
As-tu peur de mourir ?

LE COMTE
Viens, tu fais ton devoir, et le fils dégénère[12]
Qui[13] survit un moment à l'honneur de son père.

Pierre Corneille, *Le Cid*, scène 2 de l'acte II, 1637.

1. **la même vertu** : le courage même, la bravoure incarnée.
2. **t'émouvoir** : perdre ton calme.
3. **bien nées** : nobles.
4. Les hommes comme moi n'ont pas besoin de deux occasions pour révéler ce qu'ils sont.
5. **palmes** : lauriers de la victoire.
6. **rien impossible** : rien d'impossible.
7. **mouvements** : élans.
8. **magnanime** : généreuse.
9. **cavalier** : jeune noble, gentilhomme.
10. **au** : dans le.
11. **s'intéresse** : s'émeut.
12. **dégénère** : est indigne.
13. **qui** : s'il.

Texte D : Prosper Mérimée, *Colomba*

Prosper Mérimée (1803-1870) a rapporté le sujet de* Colomba *d'un voyage en Corse. Orso Della Rebbia est un jeune lieutenant d'origine corse. Alors qu'il regagne sa terre natale, il retrouve sa sœur Colomba qui n'attend qu'une chose : que son frère venge la mort de leur père. En effet, ce dernier a été assassiné et Colomba pense que l'assassin est le chef d'une famille rivale, l'avocat Barricini. Orso est loin d'être un lâche mais il considère la vendetta comme une coutume barbare et sa formation militaire lui a enseigné le respect de la légalité. De plus, il s'est épris d'une jeune lady irlandaise et cet amour l'aide à lutter contre les exhortations à la violence de sa sœur Colomba. Mais celle-ci va trouver des arguments pour faire fléchir son frère.

À un demi-mille du village, après bien des détours, Colomba s'arrêta tout à coup dans un endroit où le chemin faisait un coude. Là s'élevait une petite pyramide de branchages, les uns verts, les autres desséchés, amoncelés à la hauteur de trois pieds environ. Du sommet on voyait percer l'extrémité d'une croix de bois peinte en noir. Dans plusieurs cantons de la Corse, surtout dans les montagnes, un usage extrêmement ancien, et qui se rattache peut-être à des superstitions du paganisme[1], oblige les passants à jeter une pierre ou un rameau d'arbre sur le lieu où un homme a péri de mort violente. Pendant de longues années, aussi longtemps que le souvenir de sa fin tragique demeure dans la mémoire des hommes, cette offrande singulière s'accumule ainsi de jour en jour. On appelle cela l'*amas*, le *mucchio* d'un tel.

Colomba s'arrêta devant ce tas de feuillage, et, arrachant une branche d'arbousier, l'ajouta à la pyramide.

« Orso, dit-elle, c'est ici que notre père est mort. Prions pour son âme, mon frère ! »

Et elle se mit à genoux. Orso l'imita aussitôt. En ce moment la cloche du village tinta lentement, car un homme était mort dans la nuit. Orso fondit en larmes.

Au bout de quelques minutes, Colomba se leva, l'œil sec, mais la figure animée. Elle fit du pouce à la hâte le signe de croix familier à ses compatriotes et qui accompagne d'ordinaire leurs serments solennels, puis, entraînant son frère, elle reprit le chemin du village. Ils rentrèrent dans leur maison. Orso monta dans sa chambre. Un instant après, Colomba l'y suivit, portant une petite cassette qu'elle posa sur la table. Elle l'ouvrit et en tira une chemise couverte de larges taches de sang.

« Voici la chemise de votre père, Orso. »

Et elle la jeta sur ses genoux.

« Voici le plomb qui l'a frappé. »

Et elle posa sur la chemise deux balles oxydées.

« Orso, mon frère ! cria-t-elle en se précipitant dans ses bras et l'étreignant avec force. Orso ! tu le vengeras ! »

Elle l'embrassa avec une espèce de fureur[2], baisa les balles et la chemise, et sortit de la chambre, laissant son frère comme pétrifié sur sa chaise.

Orso resta quelque temps immobile, n'osant éloigner de lui ces épouvantables reliques. Enfin, faisant un effort, il les remit dans la cassette et courut à l'autre bout de la chambre se jeter sur son lit, la tête tournée vers la muraille, enfoncée dans l'oreiller, comme s'il eût voulu se dérober à la vue d'un spectre. Les dernières paroles de sa sœur retentissaient sans cesse dans ses oreilles, et il lui semblait entendre un oracle fatal[3], inévitable, qui lui demandait du sang, et du sang innocent. Je n'essaierai pas de rendre les sensations du malheureux jeune homme, aussi confuses que celles qui bouleversent la tête d'un fou. Longtemps il demeura dans la même position, sans oser détourner la tête. Enfin il se leva, ferma la cassette, et sortit précipitamment de sa maison, courant la campagne et marchant devant lui sans savoir où il allait.

Prosper Mérimée, *Colomba*, extrait du chapitre XI, 1840.

1. **paganisme :** polythéisme (croyance en plusieurs divinités).
2. **fureur :** passion démesurée.
3. **oracle fatal :** prédiction de mort.

Corpus

Texte A : Extrait de la scène 3 de l'acte II d'*Hernani* de Victor Hugo (p. 83, v. 547, à p. 86, v. 600).
Texte B : Extrait de la scène 2 de l'acte I de *Comme il vous plaira* de William Shakespeare (pp. 91-93).
Texte C : Scène 2 de l'acte II du *Cid* de Pierre Corneille (pp. 93-96).
Texte D : Extrait de *Colomba* de Prosper Mérimée (pp. 96-97).

Examen des textes

❶ Comment et pourquoi la haine se transmet-elle d'une génération à l'autre dans ces différents textes ?
❷ Relevez, dans chaque texte, les termes qui expriment la haine et la vengeance. À quel champ lexical* commun appartiennent-ils ?
❸ En quoi la vengeance relève-t-elle d'un code d'honneur, voire d'une coutume dans les textes A, C et D ?
❹ Peut-on dire que les personnages des textes A, B et C construisent leur identité de héros à travers leur projet de vengeance ? L'accomplissement de la vengeance n'apparaît-il pas finalement comme une sorte de rite initiatique ?
❺ De quelle manière les femmes sont-elles mêlées aux histoires de vengeance dans chaque texte ?
❻ Quel est le rôle des objets dans les textes A, B et D ?

Travaux d'écriture

Question préliminaire
Comment, par qui et pourquoi la vengeance s'exerce-t-elle dans les textes du corpus ?

Commentaire
Vous ferez le commentaire composé de l'extrait du *Cid* de Pierre Corneille (texte C).

* *Cf.* Lexique.

Dissertation

Amour, rivalité, vengeance... la littérature n'est-elle, selon vous, qu'un renouvellement de thèmes éternels ? Vous vous appuierez, pour répondre, sur les textes du corpus et sur vos expériences personnelles de lecture.

Écriture d'invention

Imaginez un court dialogue entre Célia et Rosalinde, après avoir quitté Orlando vainqueur (texte B). Chacune d'elles est tombée sous le charme du jeune homme. Elles se querellent pour déterminer laquelle d'entre elles aura ses faveurs.

N'oubliez pas qu'il s'agit d'une comédie*. Le ton devra être léger mais vous respecterez les conventions théâtrales (organisation des répliques*, didascalies*...).

* *Cf.* Lexique.

Scène 4

HERNANI, DOÑA SOL

DOÑA SOL, *saisissant la main d'Hernani.*
Maintenant, fuyons vite.

HERNANI, *la repoussant avec une douceur grave.*
Il vous sied[1], mon amie,
D'être dans mon malheur toujours plus raffermie[2],
De n'y point renoncer, et de vouloir toujours,
Jusqu'au fond, jusqu'au bout, accompagner mes jours.
C'est un noble dessein, digne d'un cœur fidèle !
Mais, tu le vois, mon Dieu, pour tant accepter d'elle,
Pour emporter joyeux dans mon antre avec moi
Ce trésor de beauté qui rend jaloux un roi,
Pour que ma doña Sol me suive et m'appartienne,
Pour lui prendre sa vie et la joindre à la mienne,
Pour l'entraîner sans honte encore et sans regrets,
Il n'est plus temps ! je vois l'échafaud de trop près.

DOÑA SOL
Que dites-vous ?

HERNANI
Ce roi que je bravais en face
Va me punir d'avoir osé lui faire grâce.
Il fuit ! Déjà peut-être il est dans son palais.
Il appelle ses gens, ses gardes, ses valets,
Ses seigneurs, ses bourreaux...

DOÑA SOL
Hernani ! Dieu ! Je tremble !
Eh bien, hâtons-nous donc alors ! Fuyons ensemble !

notes

1. **sied** : convient.
2. **raffermie** : forte.

Acte II, scène 4

HERNANI

Ensemble ! Non, non. L'heure en est passée ! Hélas !
Doña Sol, à mes yeux quand tu te révélas,
Bonne, et daignant m'aimer d'un amour secourable,
J'ai bien pu vous offrir, moi, pauvre misérable,
Ma montagne, mon bois, mon torrent, – ta pitié
M'enhardissait, – mon pain de proscrit, la moitié
Du lit vert et touffu que la forêt me donne ;
Mais t'offrir la moitié de l'échafaud ! pardonne,
Doña Sol ! l'échafaud, c'est à moi seul !

DOÑA SOL

Pourtant
Vous me l'aviez promis !

HERNANI, *tombant à ses genoux.*

Ange ! ah ! dans cet instant
Où la mort vient peut-être, où s'approche dans l'ombre
Un sombre dénouement pour un destin bien sombre,
Je le déclare ici, proscrit, traînant au flanc[1]
Un souci profond, né dans un berceau sanglant[2],
Si noir que soit le deuil qui s'épand sur ma vie,
Je suis un homme heureux, et je veux qu'on m'envie,
Car vous m'avez aimé ! car vous me l'avez dit !
Car vous avez tout bas béni mon front maudit !

DOÑA SOL, *penchée sur sa tête.*

Hernani !

HERNANI

Loué soit le sort doux et propice
Qui me mit cette fleur au bord du précipice !

notes

1. **au flanc :** dans mon cœur.

2. **sanglant :** ensanglanté par la mort de son père.

Geneviève Casile (Doña Sol) et François Beaulieu (Hernani)
dans la mise en scène de Robert Hossein (Paris, 1974).

Acte II, scène 4

Il se relève.

Et ce n'est pas pour vous que je parle en ce lieu,
Je parle pour le ciel qui m'écoute et pour Dieu !

DOÑA SOL

Souffre que je te suive !

HERNANI

Oh ! ce serait un crime
Que d'arracher la fleur en tombant dans l'abîme !
Va, j'en ai respiré le parfum ! c'est assez !
Renoue à d'autres jours tes jours par moi froissés.
Épouse ce vieillard. C'est moi qui te délie.
Je rentre dans ma nuit. Toi, sois heureuse, oublie !

DOÑA SOL

Non, je te suis ! je veux ma part de ton linceul !
Je m'attache à tes pas !

HERNANI, *la serrant dans ses bras.*

Oh ! laisse-moi fuir seul !

Il la quitte avec un mouvement convulsif et veut fuir.

DOÑA SOL, *douloureusement et joignant les mains.*

Hernani ! tu me fuis ! Ainsi donc, insensée,
Avoir donné sa vie, et se voir repoussée,
Et n'avoir, après tant d'amour et tant d'ennui,
Pas même le bonheur de mourir près de lui.

HERNANI

Je suis banni ! je suis proscrit ! je suis funeste[1] !

DOÑA SOL

Ah ! vous êtes ingrat !

note

1. je suis funeste : je porte la mort avec moi.

HERNANI, *revenant sur ses pas.*

Eh bien, non ! non, je reste.[1]
Tu le veux, me voici. Viens, oh ! viens dans mes bras !
Je reste et resterai tant que tu le voudras.
Oublions-les ! restons ! –

Il l'assied sur un banc.

Sieds-toi sur cette pierre !

Il se place à ses pieds.

Des flammes de tes yeux inonde ma paupière.
Chante-moi quelque chant comme parfois le soir
Tu m'en chantais, avec des pleurs dans ton œil noir !
Soyons heureux ! buvons, car la coupe est remplie,
Car cette heure est à nous, et le reste est folie.
Parle-moi, ravis-moi ! N'est-ce pas qu'il est doux
D'aimer et de savoir qu'on vous aime à genoux ?
D'être deux ? d'être seuls ? et que c'est douce chose
De se parler d'amour la nuit, quand tout repose ?
Oh ! laisse-moi dormir et rêver sur ton sein,
Doña Sol ! mon amour ! ma beauté !...

Bruit de cloches au loin.

DOÑA SOL, *se levant effarée.*

Le tocsin[2] !
Entends-tu le tocsin ?

HERNANI, *toujours à ses genoux.*

Eh non ! c'est notre noce
Qu'on sonne.

Le bruit de cloches augmente. Cris confus, flambeaux et lumières à toutes les fenêtres, sur tous les toits, dans toutes les rues.

notes

1. Les vers 677 à 682 viennent de l'édition de l'Imprimerie nationale. Dans l'édition Furne, le vers 681 suit le vers 676 et le premier hémistiche du vers 682 (« *Ah ! vous êtes ingrat !* ») est remplacé par « *Hernani ! tu me fuis !* ».

2. tocsin : sonnerie de cloches qui donne l'alarme.

Acte II, scène 4

DOÑA SOL

Lève-toi ! fuis ! Grand Dieu ! Saragosse
S'allume !

HERNANI, *se soulevant à demi.*

Nous aurons une noce aux flambeaux !

DOÑA SOL

C'est la noce des morts ! la noce des tombeaux !
Bruit d'épées. Cris.

HERNANI, *se recouchant sur le banc de pierre.*

Rendormons-nous !

UN MONTAGNARD, *l'épée à la main, accourant.*

Seigneur ! les sbires[1], les alcades[2],
Débouchent dans la place en longues cavalcades !
Alerte, monseigneur !
Hernani se lève.

DOÑA SOL, *pâle.*

Ah ! tu l'avais bien dit !

LE MONTAGNARD

Au secours !...

HERNANI, *au montagnard.*

Me voici. C'est bien.

CRIS CONFUS, *au-dehors.*

Mort au bandit !

HERNANI, *au montagnard.*

Ton épée...
À doña Sol.
Adieu donc !

notes

1. sbires : agents de police.

2. alcades : officiers de justice.

DOÑA SOL

C'est moi qui fais ta perte !

Où vas-tu ?

Lui montrant la petite porte.

Viens ! Fuyons par cette porte ouverte.

HERNANI

Dieu ! laisser mes amis ! que dis-tu ?

Tumulte et cris.

DOÑA SOL

Ces clameurs

Me brisent.

Retenant Hernani.

Souviens-toi que, si tu meurs, je meurs !

HERNANI, *la tenant embrassée.*

Un baiser !

DOÑA SOL

Mon époux ! mon Hernani ! mon maître !...

HERNANI, *la baisant au front.*

Hélas ! c'est le premier !

DOÑA SOL

C'est le dernier peut-être.

Il part. Elle tombe sur le banc.

Acte III

LE VIEILLARD

LE CHÂTEAU DE SILVA

Dans les montagnes d'Aragon.

La galerie des portraits de la famille de Silva ; grande salle, dont ces portraits, entourés de riches broderies et surmontés de couronnes ducales et d'écussons[1] *dorés, font la décoration. Au fond, une haute porte gothique. Entre chaque portrait, une panoplie*[2] *complète, toutes de siècles différents.*

Scène 1

DOÑA SOL, *blanche, et debout près d'une table ;* DON RUY GOMEZ DE SILVA, *assis dans son grand fauteuil ducal en bois de chêne.*

DON RUY GOMEZ

Enfin ! c'est aujourd'hui ! dans une heure on[3] sera
Ma duchesse ! plus d'oncle ! et l'on m'embrassera !

notes

1. ***écussons*** : plaques portant le blason d'une famille noble.

2. ***panoplie*** : collection d'armes disposée sur un panneau et servant d'ornement.

3. **on** : mis pour « tu ».

Mais m'as-tu pardonné ? J'avais tort, je l'avoue.
J'ai fait rougir ton front, j'ai fait pâlir ta joue,
J'ai soupçonné trop vite, et je n'aurais point dû
Te condamner ainsi sans avoir entendu.
Que l'apparence a tort ! Injustes que nous sommes !
Certe, ils étaient bien là, les deux beaux jeunes hommes !
C'est égal[1]. Je devais n'en pas croire mes yeux.
Mais que veux-tu, ma pauvre enfant ! quand on est vieux !

DOÑA SOL, *immobile et grave.*

Vous reparlez toujours de cela. Qui vous blâme ?

DON RUY GOMEZ

Moi, j'eus tort. Je devais savoir qu'avec ton âme
On n'a point de galants lorsqu'on est doña Sol,
Et qu'on a dans le cœur de bon sang espagnol.

DOÑA SOL

Certe, il est bon et pur, monseigneur, et peut-être
On le verra bientôt.

DON RUY GOMEZ, *se levant et allant à elle.*

Écoute : on n'est pas maître
De soi-même, amoureux comme je suis de toi,
Et vieux. On est jaloux, on est méchant ; pourquoi ?
Parce que l'on est vieux. Parce que beauté, grâce,
Jeunesse dans autrui, tout fait peur, tout menace ;
Parce qu'on est jaloux des autres et honteux
De soi. Dérision ! Que cet amour boiteux[2],
Qui nous remet au cœur tant d'ivresse et de flamme,
Ait oublié le corps en rajeunissant l'âme !
– Quand passe un jeune pâtre – oui, c'en est là ! – souvent,
Tandis que nous allons, lui chantant, moi rêvant,
Lui dans son pré vert, moi dans mes noires allées,

notes

1. **C'est égal :** cela ne fait rien.

2. **boiteux :** en décalage avec l'âge.

Souvent je dis tout bas : – Ô mes tours crénelées,
Mon vieux donjon ducal, que je vous donnerais,
Oh ! que je donnerais mes blés et mes forêts,
Et les vastes troupeaux qui tondent mes collines,
Mon vieux nom, mon vieux titre, et toutes mes ruines,
Et tous mes vieux aïeux qui bientôt m'attendront,
Pour sa chaumière neuve, et pour son jeune front !
Car ses cheveux sont noirs, car son œil reluit comme
Le tien. Tu peux le voir et dire : Ce jeune homme !
Et puis penser à moi qui suis vieux. Je le sais !
Pourtant j'ai nom Silva ; mais ce n'est plus assez !
Oui, je me dis cela. Vois à quel point je t'aime.
Le tout[1], pour être jeune et beau comme toi-même !
Mais à quoi vais-je ici rêver ? Moi, jeune et beau !
Qui te dois de si loin devancer au tombeau !

DOÑA SOL

Qui sait ?

DON RUY GOMEZ

Mais va, crois-moi, ces cavaliers frivoles
N'ont pas d'amour si grand qu'il ne s'use en paroles.
Qu'une fille aime et croie un de ces jouvenceaux[2],
Elle en meurt, il en rit. Tous ces jeunes oiseaux,
À l'aile vive et peinte, au langoureux ramage[3],
Ont un amour qui mue ainsi que leur plumage[4].
Les vieux, dont l'âge éteint la voix et les couleurs,
Ont l'aile plus fidèle, et, moins beaux, sont meilleurs.
Nous aimons bien. – Nos pas sont lourds ? nos yeux arides ?
Nos fronts ridés ? Au cœur on n'a jamais de rides.
Hélas ! quand un vieillard aime, il faut l'épargner.

notes

1. Sous-entendu : « Je donnerais le tout. »
2. **jouvenceaux :** jeunes gens.
3. **langoureux ramage :** discours amoureux (métaphore filée des oiseaux).
4. **plumage :** apparence (suite de la métaphore).

Le cœur est toujours jeune et peut toujours saigner.
Oh ! mon amour n'est point comme un jouet de verre
Qui brille et tremble ; oh non ! c'est un amour sévère,
Profond, solide, sûr, paternel, amical,
De bois de chêne, ainsi que mon fauteuil ducal !
Voilà comme je t'aime, et puis je t'aime encore
De cent autres façons : comme on aime l'aurore,
Comme on aime les fleurs, comme on aime les cieux !
De te voir tous les jours, toi, ton pas gracieux,
Ton front pur, le beau feu de ta fière prunelle,
Je ris, et j'ai dans l'âme une fête éternelle !

DOÑA SOL

Hélas !

DON RUY GOMEZ

Et puis, vois-tu ? le monde trouve beau,
Lorsqu'un homme s'éteint, et, lambeau par lambeau,
S'en va, lorsqu'il trébuche au marbre de la tombe,
Qu'une femme, ange pur, innocente colombe,
Veille sur lui, l'abrite, et daigne encor souffrir
L'inutile vieillard qui n'est bon qu'à mourir !
C'est une œuvre sacrée, et qu'à bon droit on loue,
Que ce suprême effort d'un cœur qui se dévoue,
Qui console un mourant jusqu'à la fin du jour,
Et, sans aimer peut-être, a des semblants d'amour !
Oh ! tu seras pour moi cet ange au cœur de femme
Qui du pauvre vieillard réjouit encor l'âme,
Et de ses derniers ans lui porte la moitié,
Fille par le respect et sœur par la pitié !

DOÑA SOL

Loin de me précéder, vous pourrez bien me suivre,
Monseigneur. Ce n'est pas une raison pour vivre
Que d'être jeune. Hélas ! je vous le dis, souvent

Les vieillards sont tardifs[1], les jeunes vont devant !
Et leurs yeux brusquement referment leur paupière,
Comme un sépulcre[2] ouvert dont retombe la pierre !

DON RUY GOMEZ

Oh ! les sombres discours ! Mais je vous gronderai,
Enfant ! un pareil jour est joyeux et sacré.
Comment, à ce propos, quand l'heure nous appelle,
N'êtes-vous pas encor prête pour la chapelle ?
Mais, vite ! habillez-vous. Je compte les instants.
La parure de noce !

DOÑA SOL

Il sera toujours temps.

DON RUY GOMEZ

Non pas.
Entre un page.
Que veut Iaquez ?

LE PAGE

Monseigneur, à la porte,
Un homme, un pèlerin, un mendiant, n'importe,
Est là qui vous demande asile.

DON RUY GOMEZ

Quel qu'il soit,
Le bonheur entre avec l'étranger qu'on reçoit.
Qu'il vienne. – Du dehors a-t-on quelques nouvelles ?
Que dit-on de ce chef de bandits infidèles[3]
Qui remplit nos forêts de sa rébellion ?

notes

1. tardifs : lents, qui ne se hâtent pas.
2. sépulcre : tombeau.
3. infidèles : « rebelles » au sens politique et « impies » au sens religieux. Les musulmans sont appelés « infidèles ».

LE PAGE

C'en est fait d'Hernani, c'en est fait du lion
De la montagne.

DOÑA SOL, *à part.*

Dieu !

DON RUY GOMEZ, *au page.*

Quoi ?

LE PAGE

La troupe est détruite.
Le roi, dit-on, s'est mis lui-même à leur poursuite.
La tête d'Hernani vaut mille écus du roi[1]
Pour l'instant ; mais on dit qu'il est mort.

DOÑA SOL, *à part.*

Quoi ! sans moi,
Hernani !

DON RUY GOMEZ

Grâce au ciel ! il est mort, le rebelle !
On peut se réjouir maintenant, chère belle.
Allez donc vous parer, mon amour, mon orgueil.
Aujourd'hui, double fête !

DOÑA SOL, *à part.*

Oh ! des habits de deuil !

Elle sort.

DON RUY GOMEZ, *au page.*

Fais-lui vite porter l'écrin[2] que je lui donne.
Il se rassied dans son fauteuil.
Je veux la voir parée ainsi qu'une madone[3],
Et, grâce à ses doux yeux et grâce à mon écrin,

notes

1. Écu du roi (ou écu réal ou de Flandre), monnaie d'or frappée par le roi.
2. **écrin** : boîte de bijoux précieux.
3. **madone** : représentation de la Vierge Marie.

Acte III, scène 2

Belle à faire à genoux tomber un pèlerin.
À propos, et celui qui nous demande un gîte ?
Dis-lui d'entrer, fais-lui nos excuses, cours vite.
Le page salue et sort.
Laisser son hôte attendre ! ah ! c'est mal !
La porte du fond s'ouvre. Paraît Hernani déguisé en pèlerin. Le duc se lève.

Scène 2

DON RUY GOMEZ,
HERNANI, *déguisé en pèlerin.*

Hernani s'arrête sur le seuil de la porte.

HERNANI

Monseigneur,
Paix et bonheur à vous !

DON RUY GOMEZ, *le saluant de la main.*

À toi paix et bonheur,
Mon hôte !
Hernani entre. Le duc se rassied.
N'es-tu pas pèlerin ?

HERNANI, *s'inclinant.*

Oui.

DON RUY GOMEZ

Sans doute
Tu viens d'Armillas[1] ?

HERNANI

Non. J'ai pris une autre route.
On se battait par là.

note

1. Armillas : village proche de Saragosse.

DON RUY GOMEZ

La troupe du banni,

N'est-ce pas ?

HERNANI

Je ne sais.

DON RUY GOMEZ

Le chef, le Hernani,

Que devient-il ? sais-tu ?

HERNANI

Seigneur, quel est cet homme ?

DON RUY GOMEZ

Tu ne le connais pas ? Tant pis ! la grosse somme
Ne sera point pour toi. Vois-tu ? ce Hernani,
C'est un rebelle au roi, trop longtemps impuni.
Si tu vas à Madrid, tu le pourras voir pendre.

HERNANI

Je n'y vais pas.

DON RUY GOMEZ

Sa tête est à qui veut la prendre.

HERNANI, *à part*.

Qu'on y vienne !

DON RUY GOMEZ

Où vas-tu, bon pèlerin ?

HERNANI

Seigneur,

Je vais à Saragosse.

DON RUY GOMEZ

Un vœu fait en l'honneur

D'un saint ? de Notre-Dame ?...

HERNANI

Oui, duc, de Notre-Dame.

DON RUY GOMEZ

Del Pilar[1] ?

HERNANI

Del Pilar.

DON RUY GOMEZ

Il faut n'avoir point d'âme
Pour ne point acquitter les vœux qu'on fait aux saints.
Mais, le tien accompli, n'as-tu d'autres desseins ?
Voir le Pilier, c'est là tout ce que tu désires ?

HERNANI

Oui, je veux voir brûler les flambeaux et les cires[2],
Voir Notre-Dame, au fond du sombre corridor,
Luire en sa châsse[3] ardente avec sa chape[4] d'or,
Et puis m'en retourner.

DON RUY GOMEZ

Fort bien. – Ton nom, mon frère ?
Je suis Ruy de Silva.

HERNANI, *hésitant.*

Mon nom ?...

DON RUY GOMEZ

Tu peux le taire
Si tu veux. Nul n'a droit de le savoir ici.
Viens-tu pas demander asile ?

HERNANI

Oui, duc.

DON RUY GOMEZ

Merci.

notes

1. Notre-Dame del Pilar, statue de la Vierge placée contre un pilier (*pilar* en espagnol) et vénérée dans la cathédrale de Saragosse.
2. **cires** : cierges.
3. **châsse** : coffre où l'on conserve les reliques des saints ; ici, cadre et ornements de la statue.
4. **chape** : long manteau sans manches porté par la statue lors de cérémonies religieuses.

Sois le bienvenu ! – Reste, ami, ne te fais faute[1]
De rien. Quant à ton nom, tu te nommes mon hôte.
Qui que tu sois, c'est bien ! et, sans être inquiet,
J'accueillerais Satan, si Dieu me l'envoyait.

La porte du fond s'ouvre à deux battants. Entre doña Sol, en parure de mariée. Derrière elle, pages, valets, et deux femmes portant sur un coussin de velours un coffret d'argent ciselé, qu'elles vont déposer sur une table, et qui renferme un riche écrin, couronne de duchesse, bracelets, colliers, perles et brillants[2] pêle-mêle. – Hernani, haletant et effaré, considère doña Sol avec des yeux ardents sans écouter le duc.

Scène 3

LES MÊMES, DOÑA SOL, PAGES, VALETS, FEMMES

DON RUY GOMEZ, *continuant.*

– Voici ma Notre-Dame à moi. L'avoir priée
Te portera bonheur !

Il va présenter la main à doña Sol, toujours pâle et grave.

Ma belle mariée,
Venez. – Quoi ! pas d'anneau ! pas de couronne encor !

HERNANI, *d'une voix tonnante.*

Qui veut gagner ici mille carolus[3] d'or ?

Tous se retournent étonnés. Il déchire sa robe de pèlerin, la foule aux pieds et en sort en costume de montagnard.

Je suis Hernani !

notes

1. ne te fais faute : ne te prive.
2. *brillants* : diamants taillés.
3. carolus : monnaie d'or frappée en France par le roi Charles VIII (1470-1498).

Doña Sol, *à part, avec joie.*
Ciel ! vivant !

Hernani, *aux valets.*
Je suis cet homme
Qu'on cherche !
Au duc.
Vous vouliez savoir si je me nomme
Perez ou Diego ? – Non, je me nomme Hernani !
C'est un bien plus beau nom, c'est un nom de banni,
C'est un nom de proscrit ! Vous voyez cette tête ?
Elle vaut assez d'or pour payer votre fête !
Aux valets.
Je vous la donne à tous ! Vous serez bien payés !
Prenez ! liez mes mains, liez mes pieds, liez !
Mais non, c'est inutile, une chaîne me lie
Que je ne romprai point !

Doña Sol, *à part.*
Malheureuse !

Don Ruy Gomez
Folie !
Çà, mon hôte est un fou !

Hernani
Votre hôte est un bandit !

Doña Sol
Oh ! ne l'écoutez pas !

Hernani
J'ai dit ce que j'ai dit.

Don Ruy Gomez
Mille carolus d'or ! Monsieur, la somme est forte,
Et je ne suis pas sûr de tous mes gens !

HERNANI

Qu'importe !
Tant mieux si dans le nombre il s'en trouve un qui veut !
Aux valets.
Livrez-moi ! vendez-moi !

DON RUY GOMEZ, *s'efforçant de le faire taire.*

Taisez-vous donc ! on peut
Vous prendre au mot !

HERNANI

Amis ! l'occasion est belle !
Je vous dis que je suis le proscrit, le rebelle,
Hernani !

DON RUY GOMEZ

Taisez-vous !

HERNANI

Hernani !

DOÑA SOL, *d'une voix éteinte, à son oreille.*

Ho ! tais-toi !

HERNANI, *se détournant à demi vers doña Sol.*

On se marie ici ! Je veux en être, moi !
Mon épousée aussi m'attend.
Au duc.
Elle est moins belle
Que la vôtre, seigneur, mais n'est pas moins fidèle.
C'est la mort !
Aux valets.
Nul de vous ne fait un pas encor ?

DOÑA SOL, *bas.*

Par pitié !

HERNANI, *aux valets.*

Hernani ! mille carolus d'or !

Acte III, scène 3

DON RUY GOMEZ

C'est le démon !

HERNANI, *à un jeune valet.*

Viens, toi, tu gagneras la somme.
Riche alors, de valet tu redeviendras homme !
Aux valets qui restent immobiles.
Vous aussi, vous tremblez ! ai-je assez de malheur !

DON RUY GOMEZ

Frère, à toucher ta tête ils risqueraient la leur !
Fusses-tu Hernani, fusses-tu cent fois pire,
Pour ta vie au lieu d'or offrît-on un empire,
Mon hôte ! je te dois protéger en ce lieu,
Même contre le roi, car je te tiens de Dieu[1] !
S'il tombe un seul cheveu de ton front, que je meure !
À doña Sol.
Ma nièce, vous serez ma femme dans une heure ;
Rentrez chez vous ; je vais faire armer le château,
J'en vais fermer la porte.
Il sort. Les valets le suivent.

HERNANI, *regardant avec désespoir sa ceinture dégarnie et désarmée.*

Oh ! pas même un couteau !

Doña Sol, après que le duc a disparu, fait quelques pas comme pour suivre ses femmes, puis s'arrête, et, dès qu'elles sont sorties, revient vers Hernani avec anxiété.

note

1. je te tiens de Dieu : sous-entendu que l'hospitalité est un devoir sacré.

Scène 4

HERNANI, DOÑA SOL

Hernani considère avec un regard froid et comme inattentif l'écrin nuptial placé sur la table ; puis il hoche la tête, et ses yeux s'allument.

HERNANI

Je vous fais compliment ! – Plus que je ne puis dire
La parure me charme, et m'enchante, – et j'admire !
Il s'approche de l'écrin.
La bague est de bon goût, – la couronne me plaît, –
Le collier est d'un beau travail, – le bracelet
Est rare, – mais cent fois, cent fois moins que la femme
Qui sous un front si pur cache ce cœur infâme !
Examinant de nouveau le coffret.
Et qu'avez-vous donné pour tout cela ? – Fort bien !
Un peu de votre amour ? mais vraiment, c'est pour rien !
Grand Dieu ! trahir ainsi ! n'avoir pas honte, et vivre !
Examinant l'écrin.
– Mais peut-être après tout c'est perle fausse, et cuivre
Au lieu d'or, verre et plomb, diamants déloyaux,
Faux saphirs, faux bijoux, faux brillants, faux joyaux.
Ah ! s'il en est ainsi, comme cette parure,
Ton cœur est faux, duchesse, et tu n'es que dorure !
Il revient au coffret.
– Mais non, non. Tout est vrai, tout est bon, tout est beau.
Il n'oserait tromper, lui qui touche au tombeau !
Rien n'y manque.
Il prend l'une après l'autre toutes les pièces de l'écrin.
Colliers, brillants, pendants d'oreille,
Couronne de duchesse, anneau d'or..., – à merveille !
Grand merci de l'amour sûr, fidèle et profond !
Le précieux écrin !

DOÑA SOL

Elle va au coffret, y fouille, et en tire un poignard.
Vous n'allez pas au fond. –

C'est le poignard qu'avec l'aide de ma patronne[1]
Je pris au roi Carlos, lorsqu'il m'offrit un trône,
Et que je refusai pour vous qui m'outragez !

HERNANI, *toujours à ses pieds.*

Oh ! laisse qu'à genoux dans tes yeux affligés
J'efface tous ces pleurs amers et pleins de charmes !
Et tu prendras après tout mon sang pour[2] tes larmes !

DOÑA SOL, *attendrie.*

Hernani ! je vous aime et vous pardonne, et n'ai
Que de l'amour pour vous.

HERNANI

Elle m'a pardonné
Et m'aime ! Qui pourra faire aussi que moi-même,
Après ce que j'ai dit, je me pardonne et m'aime ?
Oh ! je voudrais savoir, ange au ciel réservé,
Où vous avez marché, pour baiser le pavé !

DOÑA SOL

Ami !

HERNANI

Non, je dois t'être odieux ! Mais, écoute,
Dis-moi : Je t'aime ! – Hélas ! rassure un cœur qui doute,
Dis-le-moi ! car souvent avec ce peu de mots
La bouche d'une femme a guéri bien des maux !

DOÑA SOL, *absorbée et sans l'entendre.*

Croire que mon amour eût si peu de mémoire !
Que jamais ils pourraient, tous ces hommes sans gloire,
Jusqu'à d'autres amours, plus nobles à leur gré,
Rapetisser un cœur où son nom est entré !

notes

1. **ma patronne** : la Vierge Marie.

2. **pour** : en échange de.

HERNANI

Hélas ! j'ai blasphémé[1] ! Si j'étais à ta place,
Doña Sol, j'en aurais assez, je serais lasse
De ce fou furieux, de ce sombre insensé
Qui ne sait caresser qu'après qu'il a blessé.
Je lui dirais : Va-t'en ! – Repousse-moi, repousse !
Et je te bénirai, car tu fus bonne et douce,
Car tu m'as supporté trop longtemps, car je suis
Mauvais, je noircirais tes jours avec mes nuits !
Car c'en est trop enfin, ton âme est belle et haute
Et pure ; et si je suis méchant, est-ce ta faute ?
Épouse le vieux duc ! il est bon, noble, il a
Par sa mère Olmedo, par son père Alcala[2].
Encore un coup[3], sois riche avec lui, sois heureuse !
Moi, sais-tu ce que peut cette main généreuse
T'offrir de magnifique ? une dot de douleurs.
Tu pourras y choisir ou du sang ou des pleurs.
L'exil, les fers, la mort, l'effroi qui m'environne,
C'est là ton collier d'or, c'est ta belle couronne,
Et jamais à l'épouse un époux plein d'orgueil
N'offrit plus riche écrin de misère et de deuil !
Épouse le vieillard, te dis-je ! il te mérite !
Eh ! qui jamais croira que ma tête proscrite
Aille avec ton front pur ? qui, nous voyant tous deux,
Toi, calme et belle, moi, violent, hasardeux[4],
Toi, paisible et croissant comme une fleur à l'ombre,
Moi, heurté dans l'orage à des écueils sans nombre,
Qui dira que nos sorts suivent la même loi ?
Non. Dieu qui fait tout bien ne te fit pas pour moi.
Je n'ai nul droit d'en haut sur toi, je me résigne !

notes

1. **blasphémé** : ici, insulté.
2. **Olmedo, Alcala** : ville de Nouvelle Castille et ville d'Andalousie.
3. **Encore un coup** : encore une fois.
4. **hasardeux** : exposé aux risques.

J'ai ton cœur, c'est un vol ! je le rends au plus digne.
Jamais à nos amours le ciel n'a consenti.
Si j'ai dit que c'était ton destin, j'ai menti !
D'ailleurs, vengeance, amour, adieu ! mon jour[1] s'achève,
Je m'en vais, inutile, avec mon double rêve,
Honteux de n'avoir pu ni punir, ni charmer,
Qu'on m'ait fait pour haïr, moi qui n'ai su qu'aimer !
Pardonne-moi ! fuis-moi ! ce sont mes deux prières.
Ne les rejette pas, car ce sont les dernières !
Tu vis, et je suis mort. Je ne vois pas pourquoi
Tu te ferais murer dans ma tombe avec moi !

DOÑA SOL

Ingrat !

HERNANI

Monts d'Aragon ! Galice ! Estramadoure[2] ! –
Oh ! je porte malheur à tout ce qui m'entoure ! –
J'ai pris vos meilleurs fils ; pour mes droits, sans remords
Je les ai fait combattre, et voilà qu'ils sont morts !
C'étaient les plus vaillants de la vaillante Espagne !
Ils sont morts ! ils sont tous tombés dans la montagne,
Tous sur le dos couchés, en braves, devant Dieu,
Et si leurs yeux s'ouvraient, ils verraient le ciel bleu !
Voilà ce que je fais de tout ce qui m'épouse !
Est-ce une destinée à te rendre jalouse ?
Doña Sol, prends le duc, prends l'enfer, prends le roi !
C'est bien. Tout ce qui n'est pas moi vaut mieux que moi !
Je n'ai plus un ami qui de moi se souvienne,
Tout me quitte, il est temps qu'à la fin ton tour vienne,
Car je dois être seul. Fuis ma contagion.

notes

1. jour : vie.

2. Estramadoure : région du Sud-Ouest de l'Espagne.

Ne te fais pas d'aimer une religion[1] !
Oh ! par pitié pour toi, fuis ! – Tu me crois peut-être
Un homme comme sont tous les autres, un être
Intelligent, qui court droit au but qu'il rêva.
Détrompe-toi. Je suis une force qui va !
Agent aveugle et sourd de mystères funèbres !
Une âme de malheur faite avec des ténèbres !
Où vais-je ? je ne sais. Mais je me sens poussé
D'un souffle impétueux, d'un destin insensé.
Je descends, je descends, et jamais ne m'arrête.
Si parfois, haletant, j'ose tourner la tête,
Une voix me dit : Marche ! et l'abîme est profond,
Et de flamme ou de sang je le vois rouge au fond !
Cependant, à l'entour de[2] ma course farouche,
Tout se brise, tout meurt. Malheur à qui me touche !
Oh ! fuis ! détourne-toi de mon chemin fatal ;
Hélas ! sans le vouloir, je te ferais du mal !

DOÑA SOL

Grand Dieu !

HERNANI

C'est un démon[3] redoutable, te dis-je,
Que le mien. Mon bonheur, voilà le seul prodige
Qui lui soit impossible. Et toi, c'est le bonheur !
Tu n'es donc pas pour moi, cherche un autre seigneur.
Va, si jamais le ciel à mon sort qu'il renie[4]
Souriait… n'y crois pas ! ce serait ironie !
Épouse le duc !

notes

1. **religion** : ici, devoir sacré, cas de conscience.
2. **à l'entour de** : autour de.
3. **démon** : être surnaturel qui inspire la destinée.
4. **renie** : ignore, abandonne.

Acte III, scène 4

DOÑA SOL

Donc ce n'était pas assez !
Vous aviez déchiré mon cœur, vous le brisez.
Ah ! vous ne m'aimez plus !

HERNANI

Oh ! mon cœur et mon âme,
C'est toi ! l'ardent foyer d'où me vient toute flamme,
C'est toi ! Ne m'en veux pas de fuir, être adoré !

DOÑA SOL

Je ne vous en veux pas. Seulement, j'en mourrai.

HERNANI

Mourir ! pour qui ? pour moi ? Se peut-il que tu meures
Pour si peu ?

DOÑA SOL,
laissant éclater ses larmes.

Voilà tout.
Elle tombe sur un fauteuil.

HERNANI,
s'asseyant près d'elle.

Oh ! tu pleures ! tu pleures !
Et c'est encor ma faute ! et qui me punira ?
Car tu pardonneras encor ! Qui te dira
Ce que je souffre au moins, lorsqu'une larme noie
La flamme de tes yeux dont l'éclair est ma joie ?
Oh ! mes amis sont morts ! Oh ! je suis insensé !
Pardonne. Je voudrais aimer, je ne le sai !
Hélas ! j'aime pourtant d'une amour bien profonde ! –
Ne pleure pas, mourons plutôt ! – Que n'ai-je un monde ?
Je te le donnerais ! Je suis bien malheureux !

DOÑA SOL, *se jetant à son cou.*

Vous êtes mon lion superbe et généreux !
Je vous aime.

HERNANI

Oh ! l'amour serait un bien suprême
Si l'on pouvait mourir de trop aimer !

DOÑA SOL

Je t'aime !
Monseigneur ! je vous aime et je suis toute à vous.

HERNANI, *laissant tomber sa tête sur son épaule.*

Oh ! qu'un coup de poignard de toi me serait doux !

DOÑA SOL, *suppliante.*

Quoi ! ne craignez-vous pas que Dieu ne vous punisse
De parler de la sorte ?

HERNANI, *toujours appuyé sur son sein.*

Eh bien ! qu'il nous unisse !
Tu le veux. Qu'il en soit ainsi ! – J'ai résisté.

Tous deux, dans les bras l'un de l'autre, se regardent avec extase, sans voir, sans entendre, et comme absorbés dans leur regard. – Entre don Ruy Gomez par la porte du fond. Il regarde, et s'arrête comme pétrifié sur le seuil.

Scène 5

HERNANI, DOÑA SOL,
DON RUY GOMEZ, *puis* UN PAGE

DON RUY GOMEZ, *immobile et croisant les bras sur le seuil de la porte.*

Voilà donc le paiement de l'hospitalité !

DOÑA SOL

Dieu ! le duc !

Tous deux se détournent comme réveillés en sursaut.

DON RUY GOMEZ, *toujours immobile.*

C'est donc là mon salaire, mon hôte ?
– Bon seigneur, va-t'en voir si ta muraille est haute,

Si la porte est bien close et l'archer dans sa tour,
De ton château pour nous fais et refais le tour,
Cherche en ton arsenal une armure à ta taille,
Ressaie à soixante ans ton harnais de bataille,
Voici la loyauté dont nous paierons ta foi !
Tu fais cela pour nous, et nous ceci pour toi !
Saints du ciel ! – J'ai vécu plus de soixante années,
J'ai rencontré parfois des âmes effrénées,
J'ai souvent, en tirant ma dague du fourreau,
Fait lever sur mes pas des gibiers de bourreau ;
J'ai vu des assassins, des monnoyeurs[1], des traîtres ;
De faux valets à table empoisonnant leurs maîtres ;
J'en ai vu qui mouraient sans croix et sans *pater*[2] ;
J'ai vu Sforce[3], j'ai vu Borgia[4], je vois Luther ;
Mais je n'ai jamais vu perversité si haute
Qui n'eût craint le tonnerre en trahissant son hôte !
Ce n'est pas de mon temps. – Si noire trahison
Pétrifie un vieillard au seuil de sa maison,
Et fait que le vieux maître, en attendant qu'il tombe,
A l'air d'une statue à mettre sur sa tombe !
Maures et Castillans[5] ! quel est cet homme-ci ?

Il lève les yeux et les promène sur les portraits qui entourent la salle.

Ô vous ! tous les Silva qui m'écoutez ici,
Pardon si devant vous, pardon si ma colère
Dit l'hospitalité mauvaise conseillère !

notes

1. monnoyeurs : faux-monnayeurs.
2. sans *pater* : sans dire leurs prières (le *Pater Noster*, « Notre Père »).
3. Ludovic Sforza (1452-1508), duc de Milan, dit « le More », célèbre pour ses trahisons.
4. César Borgia (1475-1507), fils naturel du pape Alexandre VI et frère de Lucrèce Borgia, était réputé pour ses vices et ses perfidies.
5. Pour les musulmans (Maures) comme pour les chrétiens (Castillans), l'hospitalité est sacrée.

HERNANI, *se levant.*

Duc...

DON RUY GOMEZ

Tais-toi ! –

Il fait lentement trois pas dans la salle et promène ses regards sur les portraits des Silva.

Morts sacrés ! aïeux ! hommes de fer !
Qui voyez ce qui vient du ciel et de l'enfer,
Dites-moi, messeigneurs, dites ! quel est cet homme ?
Ce n'est pas Hernani, c'est Judas[1] qu'on le nomme !
Oh ! tâchez de parler pour me dire son nom !

Croisant les bras.

Avez-vous de vos jours vu rien de pareil ? Non !

HERNANI

Seigneur duc...

DON RUY GOMEZ, *toujours aux portraits.*

Voyez-vous ? il veut parler, l'infâme !
Mais, mieux encor que moi, vous lisez dans son âme.
Oh ! ne l'écoutez pas ! C'est un fourbe ! il prévoit
Que mon bras va sans doute ensanglanter mon toit,
Que peut-être mon cœur couve dans ses tempêtes
Quelque vengeance, sœur du festin des Sept Têtes[2].
Il vous dira qu'il est proscrit, il vous dira
Qu'on va dire Silva comme l'on dit Lara,
Et puis qu'il est mon hôte, et puis qu'il est votre hôte... –
Mes aïeux, messeigneurs, voyez : est-ce ma faute ?
Jugez entre nous deux !

notes

1. Judas : l'un des douze apôtres de Jésus qui le trahit pour de l'argent ; il représente le traître.

2. festin des Sept Têtes : légende orientale évoquée par Hugo dans un poème des *Orientales*, « Romance mauresque ». Le seigneur de Lara, pour se venger de son beau-père, lui fait servir en festin les têtes de ses sept enfants.

Acte III, scène 5

HERNANI

Ruy Gomez de Silva,
Si jamais vers le ciel noble front s'éleva,
Si jamais cœur fut grand, si jamais âme haute,
C'est la vôtre, seigneur ! c'est la tienne, ô mon hôte !
Moi qui te parle ici, je suis coupable, et n'ai
Rien à dire, sinon que je suis bien damné.
Oui, j'ai voulu te prendre et t'enlever ta femme ;
Oui, j'ai voulu souiller ton lit ; oui, c'est infâme !
J'ai du sang : tu feras très bien de le verser,
D'essuyer ton épée et de n'y plus penser !

DOÑA SOL

Seigneur, ce n'est pas lui ! Ne frappez que moi-même !

HERNANI

Taisez-vous, doña Sol. Car cette heure est suprême !
Cette heure m'appartient. Je n'ai plus qu'elle. Ainsi
Laissez-moi m'expliquer avec le duc ici.
Duc ! – crois aux derniers mots de ma bouche, j'en jure,
Je suis coupable, mais sois tranquille, – elle est pure !
C'est là tout. Moi coupable, elle pure ; ta foi[1]
Pour elle, – un coup d'épée ou de poignard pour moi.
Voilà. – Puis fais jeter le cadavre à la porte
Et laver le plancher, si tu veux, il n'importe !

DOÑA SOL

Ah ! moi seule ai tout fait. Car je l'aime.

Don Ruy se détourne à ce mot en tressaillant, et fixe sur doña Sol un regard terrible. Elle se jette à ses genoux.

Oui, pardon !
Je l'aime, monseigneur !

note

1. **foi** : ici, confiance.

DON RUY GOMEZ

Vous l'aimez !

À Hernani.

Tremble donc[1] !

Bruit de trompettes au-dehors. – Entre le page. Au page.

Qu'est ce bruit ?

LE PAGE

C'est le roi, monseigneur, en personne,
Avec un gros[2] d'archers et son héraut[3] qui sonne.

DOÑA SOL

Dieu ! le roi ! dernier coup !

LE PAGE, *au duc.*

Il demande pourquoi
La porte est close, et veut qu'on ouvre.

DON RUY GOMEZ

Ouvrez au roi.

Le page s'incline et sort.

DOÑA SOL

Il est perdu.

Don Ruy Gomez va à l'un des tableaux, qui est son propre portrait et le dernier à gauche ; il presse un ressort, le portrait s'ouvre comme une porte, et laisse voir une cachette pratiquée dans le mur. – Il se tourne vers Hernani.

DON RUY GOMEZ

Monsieur, venez ici.

notes

1. On ne prononce pas le « c » final pour les besoins de la rime.
2. gros : troupe importante.
3. héraut : officier chargé de faire les proclamations solennelles.

HERNANI

Ma tête
Est à toi. Livre-la, seigneur. Je la tiens prête.
Je suis ton prisonnier.

Il entre dans la cachette. Don Ruy presse de nouveau le ressort, tout se referme, et le portrait revient à sa place.

DOÑA SOL, *au duc.*

Seigneur, pitié pour lui !

LE PAGE, *entrant.*

Son Altesse le roi !

Doña Sol baisse précipitamment son voile. – La porte s'ouvre à deux battants. Entre don Carlos en habit de guerre, suivi d'une foule de gentilshommes également armés, de pertuisaniers, d'arquebusiers, d'arbalétriers[1].

Scène 6

DON RUY GOMEZ, DOÑA SOL, *voilée,*
DON CARLOS, *suite.*

Don Carlos s'avance à pas lents, la main gauche sur le pommeau de son épée, la droite dans sa poitrine, et fixe sur le vieux duc un œil de défiance et de colère. Le duc va au-devant du roi et le salue profondément. – Silence. – Attente et terreur à l'entour. Enfin le roi, arrivé en face du duc, lève brusquement la tête.

DON CARLOS

D'où vient donc aujourd'hui,
Mon cousin, que ta porte est si bien verrouillée ?
Par les saints ! je croyais ta dague plus rouillée !
Et je ne savais pas qu'elle eût hâte à ce point,
Quand nous te venons voir, de reluire à ton poing !

note

1. ***pertuisaniers, arquebusiers, arbalétriers*** : soldats porteurs de pertuisanes (sortes de lances), d'arquebuses (anciennes armes à feu) et d'arbalètes (sortes d'arcs).

Don Ruy Gomez veut parler, le roi poursuit avec un geste impérieux.

C'est s'y prendre un peu tard pour faire le jeune homme !
Avons-nous des turbans[1] ? serait-ce qu'on me nomme
Boabdil[2] ou Mahom[3], et non Carlos, répond[4] !
Pour nous baisser la herse[5] et nous lever le pont[6] ?

DON RUY GOMEZ, *s'inclinant.*

Seigneur...

DON CARLOS, *à ses gentilshommes.*

Prenez les clefs ! saisissez-vous des portes !

Deux officiers sortent. Plusieurs autres rangent les soldats en triple haie dans la salle, du roi à la grande porte. Don Carlos se retourne vers le duc.

Ah ! vous réveillez donc les rébellions mortes[7] !
Pardieu, si vous prenez de ces airs avec moi,
Messieurs les ducs, le roi prendra des airs de roi !
Et j'irai par les monts, de mes mains aguerries,
Dans leurs nids crénelés[8] tuer les seigneuries !

DON RUY GOMEZ, *se redressant.*

Altesse, les Silva sont loyaux...

DON CARLOS, *l'interrompant.*

Sans détours,
Réponds, duc ! ou je fais raser tes onze tours !
De l'incendie éteint il reste une étincelle,
Des bandits morts, il reste un chef. – Qui le recèle[9] ?
C'est toi ! Ce Hernani, rebelle empoisonneur,
Ici, dans ton château, tu le caches !

notes

1. turbans : coiffes portées par les Maures, musulmans ennemis de l'Espagne.
2. Boabdil : dernier roi maure de Grenade, vaincu par Ferdinand II en 1492.
3. Mahom : abréviation courante de Mahomet (v. 570-632), prophète de l'islam.
4. répond : réponds (licence orthographique pour la rime à l'œil).
5. herse : grille armée de pointes qu'on abaisse pour interdire l'accès du château fort.
6. pont : ici, pont-levis.
7. rébellions mortes : allusion aux luttes qui ont opposé le roi et les grands seigneurs féodaux.
8. crénelés : à créneaux.
9. recèle : cache.

DON RUY GOMEZ

Seigneur,

C'est vrai.

DON CARLOS

Fort bien. Je veux sa tête, – ou bien la tienne,
Entends-tu, mon cousin ?

DON RUY GOMEZ, *s'inclinant.*

Mais qu'à cela ne tienne !...
Vous serez satisfait.

Doña Sol cache sa tête dans ses mains et tombe sur le fauteuil.

DON CARLOS, *radouci.*

Ah ! tu t'amendes ! – Va
Chercher mon prisonnier.

Le duc croise les bras, baisse la tête et reste quelques moments rêveur. Le roi et doña Sol l'observent en silence et agités d'émotions contraires. Enfin, le duc relève son front, va au roi, lui prend la main et le mène à pas lents devant le plus ancien des portraits, celui qui commence la galerie à droite du spectateur.

DON RUY GOMEZ, *montrant au roi le vieux portrait.*

Celui-ci, des Silva
C'est l'aîné, c'est l'aïeul, l'ancêtre, le grand homme !
Don Silvius[1], qui fut trois fois consul de Rome.

Passant au portrait suivant.

Voici don Galceran de Silva, l'autre Cid !
On lui garde à Toro[2], près de Valladolid[3],
Une châsse dorée où brûlent mille cierges.
Il affranchit Léon du tribut des cent vierges[4] !

Passant à un autre.

notes

1. Silvius : latinisation du nom de Silva pour lui donner des ancêtres romains et un lignage mythique.
2. Toro : ville de la province de Zamora dans le royaume de León.
3. Valladolid : ville du royaume de León.
4. Le royaume de León devait livrer cent jeunes filles à ses vainqueurs les Maures.

Hernani

– Don Blas[1], – qui, de lui-même et dans sa bonne foi,
S'exila pour avoir mal conseillé le roi.
À un autre.
– Christoval ! – Au combat d'Escalona[2], don Sanche[3],
Le roi, fuyait à pied, et sur sa plume blanche
Tous les coups s'acharnaient ; il cria : Christoval !
Christoval prit la plume et donna son cheval.
À un autre.
– Don Jorge, – qui paya la rançon de Ramire[4],
Roi d'Aragon.

DON CARLOS, *croisant les bras et le regardant de la tête aux pieds.*
Pardieu ! don Ruy, je vous admire !
Continuez !

DON RUY GOMEZ, *passant à un autre.*
Voici Ruy Gomez de Silva,
Grand-maître de Saint-Jacque et de Calatrava[5].
Son armure géante irait mal à nos tailles ;
Il prit trois cents drapeaux, gagna trente batailles,
Conquit au roi Motril, Antequera, Suez,
Nijar[6], et mourut pauvre. – Altesse, saluez !
Il s'incline, se découvre et passe à un autre. – Le roi l'écoute avec une impatience et une colère toujours croissantes.
Près de lui, Gil, son fils, cher aux âmes loyales.
Sa main pour un serment valait les mains royales.
À un autre.
– Don Gaspar, de Mendoce et de Silva l'honneur !
Toute noble maison tient à Silva, seigneur.

notes

1. Blas : nom espagnol qui évoque Ruy Blas, héros d'une pièce célèbre ultérieure de Victor Hugo.
2. Escalona : village de Tolède, au centre de l'Espagne.
3. don Sanche : nom porté par plusieurs souverains d'Espagne.
4. Plusieurs souverains d'Aragon et de Navarre portèrent ce nom du IXe au XIe siècle.
5. Saint-Jacque, Calatrava : ordres religieux célèbres de chevalerie fondés en 1175 et 1158.
6. Motril, Antequera, Suez, Nijar : villes espagnoles reprises aux Maures aux XIIIe et XIXe siècles.

Acte III, scène 6

Sandoval tour à tour nous craint ou nous épouse.
Manrique nous envie et Lara nous jalouse.
Alencastre[1] nous hait. Nous touchons à la fois
Du pied à tous les ducs, du front à tous les rois !

DON CARLOS, *impatienté.*

Vous raillez-vous ?...

DON RUY GOMEZ, *allant à d'autres portraits.*

Voilà don Vasquez, dit le Sage ;
Don Jayme, dit le Fort. Un jour, sur son passage,
Il arrêta Zamet[2] et cent Maures tout seul. –
J'en passe, et des meilleurs[3]. –

Sur un geste de colère du roi, il passe un grand nombre de tableaux, et vient tout de suite aux trois derniers portraits à gauche du spectateur.

Voici mon noble aïeul.
Il vécut soixante ans, gardant la foi jurée,
Même aux juifs[4]. –

À l'avant-dernier.

Ce vieillard, cette tête sacrée,
C'est mon père. Il fut grand, quoiqu'il vînt le dernier.
Les Maures de Grenade avaient fait prisonnier
Le comte Alvar Giron, son ami. Mais mon père
Prit pour l'aller chercher six cents hommes de guerre ;
Il fit tailler en pierre un comte Alvar Giron
Qu'à sa suite il traîna, jurant par son patron[5]
De ne point reculer, que le comte de pierre
Ne tournât front lui-même et n'allât en arrière.
Il combattit, puis vint au comte et le sauva.

notes

1. **Mendoce, Sandoval, Manrique, Alencastre :** noms de familles nobles espagnoles.
2. **Zamet :** émir arabe qui domina l'Espagne au VIIIe siècle.
3. Phrase devenue proverbiale.
4. Allusion à la répression menée par les Rois Catholiques contre les juifs contraints à la conversion ou à l'exil après 1492.
5. **patron :** saint protecteur.

DON CARLOS

Mon prisonnier !

DON RUY GOMEZ

C'était un Gomez de Silva !
Voilà donc ce qu'on dit quand dans cette demeure
On voit tous ces héros.

DON CARLOS

Mon prisonnier sur l'heure !

DON RUY GOMEZ

Il s'incline profondément devant le roi, lui prend la main et le mène devant le dernier portrait, celui qui sert de porte à la cachette où il a fait entrer Hernani. Doña Sol le suit des yeux avec anxiété. – Attente et silence dans l'assistance.

Ce portrait, c'est le mien. – Roi don Carlos, merci[1] ! –
Car vous voulez qu'on dise en le voyant ici :
« Ce dernier, digne fils d'une race si haute,
Fut un traître et vendit la tête de son hôte ! »

Joie de doña Sol. Mouvement de stupeur dans les assistants. – Le roi, déconcerté, s'éloigne avec colère, puis reste quelques instants silencieux, les lèvres tremblantes et l'œil enflammé.

DON CARLOS

Duc, ton château me gêne et je le mettrai bas !

DON RUY GOMEZ

Car vous me la paieriez[2], Altesse, n'est-ce pas ?

DON CARLOS

Duc, j'en ferai raser les tours pour tant d'audace,
Et je ferai semer du chanvre[3] sur la place !

notes

1. **merci** : exprime un refus net et ironique.
2. **vous me la paieriez** : vous seriez prêt à me payer la tête de mon hôte.
3. **chanvre** : plante utilisée pour fabriquer la corde servant aux pendaisons.

DON RUY GOMEZ

Mieux voir[1] croître du chanvre où ma tour s'éleva
Qu'une tache ronger le vieux nom de Silva.
Aux portraits.
N'est-il pas vrai, vous tous ?

DON CARLOS

Duc ! cette tête est nôtre,
Et tu m'avais promis...

DON RUY GOMEZ

J'ai promis l'une ou l'autre.

Aux portraits.
N'est-il pas vrai, vous tous ?
Montrant sa tête.

Je donne celle-ci.

Au roi.
Prenez-la.

DON CARLOS

Duc, fort bien. Mais j'y perds, grand merci !
La tête qu'il me faut est jeune, il faut que morte
On la prenne aux cheveux. La tienne ? que m'importe !
Le bourreau la prendrait par les cheveux en vain.
Tu n'en as pas assez pour lui remplir la main !

DON RUY GOMEZ

Altesse, pas d'affront ! Ma tête encore est belle,
Et vaut bien, que[2] je crois, la tête d'un rebelle.
La tête d'un Silva, vous êtes dégoûté[3] !

notes

1. Mieux voir : il vaut mieux voir.
2. que : à ce que.
3. vous êtes dégoûté : vous faites le dégoûté.

DON CARLOS

Livre-nous Hernani !

DON RUY GOMEZ

Seigneur, en vérité,

J'ai dit.

DON CARLOS, *à sa suite.*

Fouillez partout ! et qu'il ne soit point d'aile,

De cave, ni de tour…

DON RUY GOMEZ

Mon donjon est fidèle

Comme moi. Seul il sait le secret avec moi.

Nous le garderons bien tous deux !

DON CARLOS

Je suis le roi !

DON RUY GOMEZ

Hors que de mon château, démoli pierre à pierre,

On ne fasse ma tombe, on n'aura rien.[1]

DON CARLOS

Prière,

Menace, tout est vain ! – Livre-moi le bandit,

Duc, ou, tête et château, j'abattrai tout.

DON RUY GOMEZ

J'ai dit[2].

DON CARLOS

Hé bien donc ! au lieu d'une alors j'aurai deux têtes.

Au duc d'Alcala.

Jorge ! arrêtez le duc !

notes

1. Variante : « *À moins de démolir le château pierre à pierre, / D'assassiner le maître, on n'aura rien.* »

2. J'ai dit : je ne reviendrai pas sur ce que j'ai dit.

DOÑA SOL, *arrachant son voile et se jetant entre le roi, le duc et les gardes.*

Roi don Carlos, vous êtes
Un mauvais roi !

DON CARLOS

Grand Dieu ! que vois-je ? Doña Sol !

DOÑA SOL

Altesse, tu n'as pas le cœur d'un Espagnol !

DON CARLOS, *troublé.*

Madame, pour le roi vous êtes bien sévère.
Il s'approche de doña Sol.
Bas.
C'est vous qui m'avez mis au cœur cette colère !
Un homme devient ange ou monstre en vous touchant.
Ah ! quand on est haï, que vite on est méchant !
Si vous aviez voulu, peut-être, ô jeune fille,
J'étais grand, j'eusse été le lion de Castille ;
Vous m'en faites le tigre avec votre courroux.
Le voilà qui rugit, madame ! taisez-vous !
Doña Sol lui jette un regard. Il s'incline.
Pourtant, j'obéirai.
Se tournant vers le duc.
Mon cousin, je t'estime.
Ton scrupule après tout peut sembler légitime.
Sois fidèle à ton hôte, infidèle à ton roi,
C'est bien. – Je te fais grâce et suis meilleur que toi.
– J'emmène seulement ta nièce comme otage.

DON RUY GOMEZ

Seulement !

DOÑA SOL, *interdite.*

Moi, seigneur !

DON CARLOS

Oui, vous !

DON RUY GOMEZ

Pas davantage !

Oh ! la grande clémence ! ô généreux vainqueur
Qui ménage la tête et torture le cœur !
Belle grâce !

DON CARLOS

Choisis. – Doña Sol ou le traître.
Il me faut l'un des deux.

DON RUY GOMEZ

Oh ! vous êtes le maître !

Don Carlos s'approche de doña Sol pour l'emmener. Elle se réfugie vers don Ruy Gomez.

DOÑA SOL

Sauvez-moi, monseigneur !...

Elle s'arrête. – À part.

Malheureuse, il le faut !
La tête de mon oncle ou l'autre !... – moi plutôt !

Au roi.

Je vous suis !

DON CARLOS, *à part.*

Par les saints, l'idée est triomphante !
Il faudra bien enfin s'adoucir, mon infante[1] !

Doña Sol va d'un pas grave et assuré au coffret qui renferme l'écrin, l'ouvre et y prend le poignard qu'elle cache dans son sein. Don Carlos vient à elle et lui présente la main.

note

1. mon infante : titre de la fille du roi d'Espagne ; ici, connotation affectueuse, synonyme d'« enfant ».

DON CARLOS, *à doña Sol.*

Qu'emportez-vous là ?

DOÑA SOL

Rien.

DON CARLOS

Un joyau précieux ?

DOÑA SOL

Oui.

DON CARLOS, *souriant.*

Voyons.

DOÑA SOL

Vous verrez.

Elle lui donne la main et se dispose à le suivre. – Don Ruy Gomez, qui est resté immobile et profondément absorbé dans sa pensée, se retourne et fait quelques pas en criant.

DON RUY GOMEZ

Doña Sol ! terre et cieux !
Doña Sol ! – Puisque l'homme ici n'a point d'entrailles,
À mon aide, croulez, armures et murailles !

Il court au roi.

Laisse-moi mon enfant ! je n'ai qu'elle, ô mon roi !

DON CARLOS, *lâchant la main de doña Sol.*

Alors, mon prisonnier !

Le duc baisse la tête et semble en proie à une horrible hésitation, puis il se relève et regarde les portraits en joignant les mains vers eux.

DON RUY GOMEZ

Ayez pitié de moi,
Vous tous !

Il fait un pas vers la cachette d'Hernani ; doña Sol le suit des yeux avec anxiété. Il se retourne vers les portraits.

Oh ! voilez-vous ! votre regard m'arrête !

Il s'avance en chancelant jusqu'à son portrait, puis se retourne encore vers le roi.

Tu le veux ?

DON CARLOS

Oui.

Le duc lève en tremblant la main vers le ressort.

DOÑA SOL

Dieu !

DON RUY GOMEZ

Non !

Il se jette aux genoux du roi.

Par pitié, prends ma tête !

DON CARLOS

Ta nièce !

DON RUY GOMEZ, *se relevant.*

Prends-la donc ! et laisse-moi l'honneur !

DON CARLOS, *saisissant la main de doña Sol tremblante.*

Adieu, duc.

DON RUY GOMEZ

Au revoir. –

Il suit de l'œil le roi, qui se retire lentement avec doña Sol, puis il met la main sur son poignard.

Dieu vous garde, seigneur !

Il revient sur le devant du théâtre, haletant, immobile, sans plus rien voir ni entendre, l'œil fixe, les bras croisés sur sa poitrine, qui les soulève comme par des mouvements convulsifs. Cependant le roi sort avec doña Sol, et toute la suite des seigneurs sort après lui, deux à deux, gravement et chacun à son rang. Ils se parlent à voix basse entre eux.

DON RUY GOMEZ, *à part.*

Roi, pendant que tu sors joyeux de ma demeure,
Ma vieille loyauté sort de mon cœur qui pleure !

Acte III, scène 7

Il lève les yeux, les promène autour de lui et voit qu'il est seul. Il court à la muraille, détache deux épées d'une panoplie, les mesure toutes deux, puis les dépose sur une table. Cela fait, il va au portrait, pousse le ressort ; la porte cachée se rouvre.

Scène 7

DON RUY GOMEZ, HERNANI

DON RUY GOMEZ

Sors.

Hernani paraît à la porte de la cachette. Don Ruy lui montre les deux épées sur la table.

– Choisis. – Don Carlos est hors de la maison.
Il s'agit maintenant de me rendre raison.
Choisis ! – Et faisons vite. – Allons donc ! ta main tremble !

HERNANI

Un duel[1] ! nous ne pouvons, vieillard, combattre ensemble !

DON RUY GOMEZ

Pourquoi donc ? As-tu peur ? n'es-tu point noble ? enfer !
Noble ou non ! pour croiser le fer avec le fer,
Tout homme qui m'outrage est assez gentilhomme !

HERNANI

Vieillard...

DON RUY GOMEZ

Viens me tuer ou viens mourir, jeune homme !

HERNANI

Mourir, oui. – Vous m'avez sauvé malgré mes vœux.
Donc ma vie est à vous. Reprenez-la.

note

1. **duel** : mot à prononcer en une syllabe (synérèse).

DON RUY GOMEZ

Tu veux ?

Aux portraits.

Vous voyez qu'il le veut.

À Hernani.

C'est bon. Fais ta prière.

HERNANI

Oh ! c'est à toi, seigneur, que je fais la dernière.

DON RUY GOMEZ

Parle à l'autre Seigneur[1] !

HERNANI

Non, non, à toi ! – Vieillard,
Frappe-moi. Tout m'est bon, dague, épée ou poignard !
Mais fais-moi, par pitié, cette suprême joie !
Duc ! avant de mourir, permets que je la voie !

DON RUY GOMEZ

La voir !

HERNANI

Au moins permets que j'entende sa voix
Une dernière fois ! rien qu'une seule fois !

DON RUY GOMEZ

L'entendre !

HERNANI

Oh ! je comprends, seigneur, ta jalousie.
Mais déjà par la mort ma jeunesse est saisie,
Pardonne-moi. Veux-tu, dis-moi, que, sans la voir,
S'il le faut, je l'entende ? Et je mourrai ce soir.
L'entendre seulement ! contente mon envie !
Mais, oh ! qu'avec douceur j'exhalerais ma vie[2]

notes

1. **l'autre Seigneur** : Dieu, que l'on prie avant de mourir.

2. **j'exhalerais ma vie** : je rendrais ma vie, je mourrais.

Si tu daignais vouloir qu'avant de fuir aux cieux
Mon âme allât revoir la sienne dans ses yeux !
– Je ne lui dirai rien, tu seras là, mon père !
Tu me prendras après !

DON RUY GOMEZ,
montrant la cachette encore ouverte.
Saints du ciel ! ce repaire
Est-il donc si profond, si sourd et si perdu,
Qu'il n'ait entendu rien ?

HERNANI
Je n'ai rien entendu.

DON RUY GOMEZ
Il a fallu livrer doña Sol ou toi-même.

HERNANI
À qui, livrée ?

DON RUY GOMEZ
Au roi !

HERNANI
Vieillard stupide ! il l'aime !

DON RUY GOMEZ
Il l'aime !

HERNANI
Il nous l'enlève ! il est notre rival !

DON RUY GOMEZ
Ô malédiction ! – Mes vassaux ! à cheval !
À cheval ! poursuivons le ravisseur !

HERNANI
Écoute,
La vengeance au pied sûr fait moins de bruit en route.
Je t'appartiens. Tu peux me tuer. Mais veux-tu
M'employer à venger ta nièce et sa vertu ?

Ma part dans ta vengeance ! oh ! fais-moi cette grâce !
Et s'il faut embrasser tes pieds, je les embrasse !
Suivons le roi tous deux. Viens ; je serai ton bras,
Je te vengerai, duc. – Après, tu me tueras.

DON RUY GOMEZ

Alors, comme aujourd'hui, te laisseras-tu faire ?

HERNANI

Oui, duc.

DON RUY GOMEZ

Qu'en jures-tu ?

HERNANI

La tête de mon père.

DON RUY GOMEZ

Voudras-tu de toi-même un jour t'en souvenir ?

HERNANI, *lui présentant le cor qu'il détache de sa ceinture.*

Écoute, prends ce cor. Quoi qu'il puisse advenir,
Quand tu voudras, seigneur, quel que soit le lieu, l'heure,
S'il te passe à l'esprit qu'il est temps que je meure,
Viens, sonne de ce cor, et ne prends d'autres soins ;
Tout sera fait.

DON RUY GOMEZ, *lui tendant la main.*

Ta main ?

Tous deux se serrent la main. – Aux portraits.

Vous tous, soyez témoins.

Acte IV

LE TOMBEAU

AIX-LA-CHAPELLE[1]

Les caveaux qui renferment le tombeau de Charlemagne à Aix-la-Chapelle. De grandes voûtes d'architecture lombarde[2]. Gros piliers bas, pleins cintres[3], chapiteaux d'oiseaux et de fleurs. – À droite, le tombeau de Charlemagne, avec une petite porte de bronze, basse et cintrée. Une seule lampe suspendue à une clef de voûte en éclaire l'inscription : KAROLUS MAGNUS[4].
– Il est nuit. On ne voit pas le fond du souterrain ; l'œil se perd dans les arcades, les escaliers et les piliers qui s'entrecroisent dans l'ombre.

notes

1. **Aix-la-Chapelle** : ville d'Allemagne, ancienne capitale de l'Empire de Charlemagne, où se trouvent ses reliques, et lieu de couronnement des empereurs. L'élection de Charles Quint eut lieu en réalité à Francfort.
2. ***lombarde*** : de Lombardie, région du Nord de l'Italie.
3. ***pleins cintres*** : courbures d'une voûte en demi-cercle.
4. ***Karolus Magnus*** : Charles le Grand, nom latin de Charlemagne.

Scène 1

DON CARLOS, DON RICARDO DE ROXAS, *comte de Casapalma, une lanterne à la main. Grands manteaux, chapeaux rabattus.*

DON RICARDO, *son chapeau à la main.*

C'est ici.

DON CARLOS

C'est ici que la ligue[1] s'assemble !
Que je vais dans ma main les tenir tous ensemble !
– Ha ! monsieur l'électeur de Trèves[2], c'est ici !
Vous leur prêtez ce lieu ! Certe, il est bien choisi !
Un noir complot prospère à l'air des catacombes.
Il est bon d'aiguiser les stylets[3] sur des tombes.
Pourtant c'est jouer gros. La tête est de l'enjeu,
Messieurs les assassins ! et nous verrons. – Pardieu !
Ils font bien de choisir pour une telle affaire
Un sépulcre ; – ils auront moins de chemin à faire.
À don Ricardo.
Ces caveaux sous le sol s'étendent-ils bien loin ?

DON RICARDO

Jusques au château fort.

DON CARLOS

C'est plus qu'il n'est besoin.

DON RICARDO

D'autres, de ce côté, vont jusqu'au monastère
D'Altenheim[4]...

notes

1. **ligue :** assemblée des conspirateurs contre Charles Quint.
2. L'archevêque de Trèves (ville d'Allemagne) est depuis le XIIIe siècle l'un des sept électeurs du Saint Empire.
3. **stylets :** poignards à lame mince.
4. **Altenheim :** village des bords du Rhin, près d'Aix-la-Chapelle.

Acte IV, scène I

DON CARLOS

Où Rodolphe extermina Lothaire[1].
Bien. – Une fois encor, comte, redites-moi
Les noms et les griefs[2], où, comment et pourquoi.

DON RICARDO

Gotha.

DON CARLOS

Je sais pourquoi le brave duc conspire.
Il veut un Allemand d'Allemagne à l'Empire.

DON RICARDO

Hohenbourg.

DON CARLOS

Hohenbourg aimerait mieux, je croi[3],
L'enfer avec François[4] que le ciel avec moi.

DON RICARDO

Don Gil Tellez Giron[5].

DON CARLOS

Castille et Notre-Dame !
Il se révolte donc contre son roi, l'infâme !

DON RICARDO

On dit qu'il vous trouva chez madame Giron
Un soir que vous veniez de le faire baron.
Il veut venger l'honneur de sa tendre compagne.

notes

1. Rodolphe Ier ou Raoul (mort en 936), duc de Bourgogne, était l'adversaire de Lothaire Ier (795-855), petit-fils de Charlemagne. Allusion aux guerres pour le pouvoir après la mort de ce dernier.
2. **griefs :** reproches sérieux.
3. **croi :** crois (suppression du « s » pour la rime pour l'œil).
4. François Ier.
5. Don Gil Tellez Giron anima la Ligue des communes (c'est-à-dire la révolte des *communeros*, rebelles castillans) contre Charles Quint, après 1520.

DON CARLOS

C'est donc qu'il se révolte alors contre l'Espagne.
Qui nomme-t-on encore ?

DON RICARDO

On cite avec ceux-là
Le révérend Vasquez, évêque d'Avila[1].

DON CARLOS

Est-ce aussi pour venger la vertu de sa femme ?

DON RICARDO

Puis Guzman de Lara, mécontent, qui réclame
Le collier de votre ordre.

DON CARLOS

Ah ! Guzman de Lara !
Si ce n'est qu'un collier qu'il lui faut, il l'aura.

DON RICARDO

Le duc de Lutzelbourg. – Quant aux plans qu'on lui prête...

DON CARLOS

Le duc de Lutzelbourg est trop grand de la tête.

DON RICARDO

Juan de Haro, qui veut Astorga[2].

DON CARLOS

Ces Haro
Ont toujours fait doubler la solde du bourreau.

DON RICARDO

C'est tout.

DON CARLOS

Ce ne sont pas toutes mes têtes. Comte,
Cela ne fait que sept, et je n'ai pas mon compte.

notes

1. **Avila** : ville d'Espagne où se constitua la Ligue des communes *(communeros)*.

2. **Astorga** : ville de la province de León.

Acte IV, scène 1

DON RICARDO

Ah ! je ne nomme pas quelques bandits, gagés
Par Trève[1] ou par la France...

DON CARLOS

Hommes sans préjugés
Dont le poignard, toujours prêt à jouer son rôle,
Tourne aux plus gros écus, comme l'aiguille au pôle !

DON RICARDO

Pourtant j'ai distingué deux hardis compagnons,
Tous deux nouveaux venus, un jeune, un vieux...

DON CARLOS

Leurs noms ?

Don Ricardo lève les épaules en signe d'ignorance.

Leur âge ?

DON RICARDO

Le plus jeune a vingt ans.

DON CARLOS

C'est dommage.

DON RICARDO

Le vieux, soixante au moins.

DON CARLOS

L'un n'a pas encor l'âge
Et l'autre ne l'a plus. Tant pis. J'en prendrai soin.
Le bourreau peut compter sur mon aide au besoin.
Ah ! loin que mon épée aux factions[2] soit douce,
Je la lui prêterai si sa hache s'émousse,
Comte ! et pour l'élargir, je coudrai, s'il le faut,

notes

1. Trèves, ville du Centre de l'Allemagne. La suppression du « s » rend le « e » muet pour la mesure de l'alexandrin.

2. **factions** : associations de rebelles en vue d'une action politique violente.

Ma pourpre impériale au drap de l'échafaud.
– Mais serai-je empereur seulement ? –

DON RICARDO

Le collège[1],
À cette heure assemblé, délibère.

DON CARLOS

Que sais-je ?
Ils nommeront François Premier, ou leur Saxon,
Leur Frédéric le Sage[2]... Oh ! Luther a raison,
Tout va mal ! – Beaux faiseurs de majestés sacrées !
N'acceptant pour raisons que les raisons dorées[3] !
Un Saxon hérétique[4] ! un comte palatin[5]
Imbécile ! un primat[6] de Trèves libertin !
– Quant au roi de Bohême, il est pour moi. – Des princes
De Hesse, plus petits encor que leurs provinces !
De jeunes idiots ! des vieillards débauchés !
Des couronnes, fort bien ! mais des têtes ?... cherchez !
Des nains ! que je pourrais, concile[7] ridicule,
Dans ma peau de lion emporter comme Hercule[8] !
Et qui, démaillotés du manteau violet[9],
Auraient la tête encor de moins que Triboulet[10] !
– Il me manque trois voix, Ricardo ! tout me manque !
Oh ! je donnerais Gand, Tolède et Salamanque[11],

notes

1. collège : assemblée des sept grands électeurs chargés d'élire l'empereur.
2. Frédéric III de Saxe.
3. raisons dorées : raisons guidées par l'or (allusion à la corruption).
4. Frédéric III protégea Luther.
5. comte palatin : titre réservé depuis le XIIe siècle au comte de Rhénanie.
6. primat : archevêque supérieur aux autres. Celui de Trèves jouissait de ce titre en Allemagne.
7. concile : assemblée des évêques de l'Église catholique décidant de questions de doctrine ou de discipline.
8. dans [...] Hercule : référence au lion de Némée, tué par Hercule qui s'enveloppa de sa peau.
9. manteau violet : vêtement des électeurs de l'Empire.
10. Triboulet : nain bouffon de Louis XII puis de François Ier, mis en scène par Victor Hugo dans *Le roi s'amuse* (1832).
11. Salamanque : capitale du royaume de León.

Mon ami Ricardo, trois villes à leur choix,
Pour trois voix, s'ils voulaient ! Vois-tu, pour ces trois voix,
Oui, trois de mes cités de Castille ou de Flandre,
Je les donnerais ! – sauf, plus tard, à les reprendre !
Don Ricardo salue profondément le roi, et met son chapeau sur sa tête.
– Vous vous couvrez ?

DON RICARDO

Seigneur, vous m'avez tutoyé[1],
Saluant de nouveau.
Me voilà grand d'Espagne.

DON CARLOS, *à part.*

Ah ! tu me fais pitié,
Ambitieux de rien ! – Engeance[2] intéressée !
Comme à travers la nôtre ils suivent leur pensée !
Basse-cour où le roi, mendié sans pudeur,
À tous ces affamés émiette la grandeur !
Rêvant.
Dieu seul et l'empereur sont grands ! – et le Saint-Père !
Le reste !... rois et ducs ! qu'est cela ?

DON RICARDO

Moi, j'espère
Qu'ils prendront Votre Altesse.

DON CARLOS, *à part.*

Altesse ! Altesse, moi !
J'ai du malheur en tout. – S'il fallait rester roi !

DON RICARDO, *à part.*

Baste[3] ! empereur ou non, me voilà grand d'Espagne.

notes

1. Vous vous couvrez ? [...] tutoyé : le privilège d'être tutoyé par le roi et de garder son chapeau en sa présence appartenait aux grands seigneurs d'Espagne.

2. Engeance : catégorie de personnes méprisables.

3. Baste ! : qu'importe !

DON CARLOS

Sitôt qu'ils auront fait l'empereur d'Allemagne,
Quel signal à la ville annoncera son nom ?

DON RICARDO

Si c'est le duc de Saxe, un seul coup de canon ;
Deux, si c'est le Français ; trois, si c'est Votre Altesse.

DON CARLOS

Et cette doña Sol !... Tout m'irrite et me blesse !
Comte, si je suis fait empereur, par hasard,
Cours la chercher. – Peut-être on voudra d'un César !...[1]

DON RICARDO, *souriant.*

Votre Altesse est bien bonne !

DON CARLOS, *l'interrompant avec hauteur.*

Ha ! là-dessus, silence !
Je n'ai point dit encor ce que je veux qu'on pense.
– Quand saura-t-on le nom de l'élu ?

DON RICARDO

Mais, je crois,
Dans une heure, au plus tard.

DON CARLOS

Oh ! trois voix ! rien que trois !
– Mais écrasons d'abord ce ramas[2] qui conspire,
Et nous verrons après à qui sera l'Empire.

Il compte sur ses doigts et frappe du pied.

Toujours trois voix de moins ! – Ah ! ce sont eux qui l'ont !
– Ce Corneille Agrippa[3] pourtant en sait bien long !
Dans l'océan céleste il a vu treize étoiles
Vers la mienne, du Nord, venir à pleines voiles. –

notes

1. Peut-être [...] César !... : peut-être voudra-t-elle d'un empereur !...
2. ramas : ramassis de gens méprisables.
3. Corneille Agrippa (1486-1535), médecin et astrologue, fut l'historiographe de Charles Quint.

J'aurai l'Empire ! allons. – Mais d'autre part on dit
Que l'abbé Jean Tritême[1] à François l'a prédit.
– J'aurais dû, pour mieux voir ma fortune éclaircie,
Avec quelque armement aider la prophétie !
Toutes prédictions du sorcier le plus fin
Viennent bien mieux à terme et font meilleure fin
Quand une bonne armée, avec canons et piques,
Gens de pied, de cheval, fanfares et musiques,
Prête à montrer la route au sort qui veut broncher,
Leur sert de sage-femme et les fait accoucher.
Lequel vaut mieux : Corneille Agrippa ? Jean Tritême ?
Celui dont une armée explique le système,
Qui met un fer de lance au bout de ce qu'il dit,
Et compte maint soudard[2], lansquenet[3] ou bandit,
Dont l'estoc[4], refaisant la fortune imparfaite,
Taille l'événement au plaisir du prophète.
– Pauvres fous ! qui, l'œil fier, le front haut, visent droit
À l'empire du monde et disent : J'ai mon droit !
Ils ont force canons, rangés en longues files,
Dont le souffle embrasé ferait fondre des villes ;
Ils ont vaisseaux, soldats, chevaux, et vous croyez
Qu'ils vont marcher au but sur les peuples broyés...
Baste ! au grand carrefour de la fortune humaine,
Qui mieux encor qu'au trône à l'abîme nous mène,
À peine ils font trois pas, qu'indécis, incertains,
Tâchant en vain de lire au livre des destins,
Ils hésitent, peu sûrs d'eux-même[5], et dans le doute
Au nécroman[6] du coin vont demander leur route !

notes

1. L'abbé Jean Trithème (1483-1506), théologien et historien, censé avoir été l'astrologue de François Ier.
2. **soudard** : soldat de métier brutal et grossier.
3. **lansquenet** : mercenaire allemand servant les rois de France.
4. **estoc** : épée longue et droite.
5. **eux-même** : eux-mêmes (licence orthographique pour la mesure de l'alexandrin).
6. **nécroman** : devin qui lit l'avenir en évoquant les morts (nécromancien).

Hernani

À don Ricardo.

– Va-t'en. C'est l'heure où vont venir les conjurés.
Ah ! la clef du tombeau !

DON RICARDO, *remettant une clef au roi.*

Seigneur, vous songerez
Au comte de Limbourg[1], gardien capitulaire[2],
Qui me l'a confiée et fait tout pour vous plaire.

DON CARLOS, *le congédiant.*

Fais tout ce que j'ai dit ! tout !

DON RICARDO, *s'inclinant.*

J'y vais de ce pas,
Altesse !

DON CARLOS

Il faut trois coups de canon, n'est-ce pas ?

Don Ricardo s'incline et sort.

Don Carlos, resté seul, tombe dans une profonde rêverie. Ses bras se croisent, sa tête fléchit sur sa poitrine, puis il la relève et se tourne vers le tombeau.

Scène 2

DON CARLOS, *seul.*

Charlemagne, pardon ! – Ces voûtes solitaires
Ne devraient répéter que paroles austères ;
Tu t'indignes sans doute à ce bourdonnement
Que nos ambitions font sur ton monument.
– Charlemagne est ici ! – Comment, sépulcre sombre,
Peux-tu sans éclater contenir si grande ombre ?
Es-tu bien là, géant d'un monde créateur[3],

notes

1. **Limbourg** : province des Pays-Bas.
2. **gardien capitulaire** : gardien désigné par le chapitre ou assemblée de religieux.
3. **d'un monde créateur** : créateur d'un monde (inversion).

Acte IV, scène 2

Et t'y peux-tu coucher de toute ta hauteur ? –
Ah ! c'est un beau spectacle à ravir la pensée
Que l'Europe ainsi faite et comme il l'a laissée !
Un édifice, avec deux hommes au sommet,
Deux chefs élus[1] auxquels tout roi né[2] se soumet.
Presque tous les États, duchés, fiefs[3] militaires,
Royaumes, marquisats[4], tous sont héréditaires ;
Mais le peuple a parfois son pape ou son César,
Tout marche, et le hasard corrige le hasard.
De là vient l'équilibre, et toujours l'ordre éclate.
Électeurs de drap d'or[5], cardinaux d'écarlate[6],
Double sénat sacré dont la terre s'émeut,
Ne sont là qu'en parade, et Dieu veut ce qu'il veut.
Qu'une idée, au besoin des temps, un jour éclose,
Elle grandit, va, court, se mêle à toute chose,
Se fait homme, saisit les cœurs, creuse un sillon ;
Maint roi la foule aux pieds ou lui met un bâillon ;
Mais qu'elle entre un matin à la diète[7], au conclave[8],
Et tous les rois soudain verront l'idée esclave
Sur leurs têtes de rois que ses pieds courberont,
Surgir, le globe[9] en main ou la tiare[10] au front.
Le pape et l'empereur sont tout. Rien n'est sur terre
Que pour eux et par eux. Un suprême mystère
Vit en eux ; et le ciel, dont ils ont tous les droits,
Leur fait un grand festin des peuples et des rois
Et les tient sous sa nue[11], où son tonnerre gronde,

notes

1. deux chefs élus : l'empereur et le pape.
2. né : héréditaire.
3. fiefs : domaines donnés par des seigneurs à leurs vassaux en échange de services et de leur soumission.
4. marquisats : terres qui confèrent le titre de marquis à leur possesseur.
5. drap d'or : manteau brodé d'or.
6. écarlate : vêtement rouge.
7. diète : assemblée des électeurs, des princes et des villes, convoquée par l'empereur.
8. conclave : assemblée de cardinaux chargée d'élire le pape.
9. globe : symbole du pouvoir impérial.
10. tiare : coiffure à trois couronnes, attribut du pape.
11. nue : nuage.

Seuls, assis à la table où Dieu leur sert le monde.
Tête à tête ils sont là, réglant et retranchant,
Arrangeant l'univers comme un faucheur son champ.
Tout se passe entre eux deux. Les rois sont à la porte,
Respirant la vapeur des mets que l'on apporte,
Regardant à la vitre, attentifs, ennuyés,
Et se haussant pour voir sur la pointe des pieds.
Le monde au-dessous d'eux s'échelonne et se groupe.
Ils font et défont. L'un délie et l'autre coupe[1].
L'un est la vérité, l'autre est la force. Ils ont
Leur raison en eux-même, et sont parce qu'ils sont.
Quand ils sortent, tous deux égaux, du sanctuaire,
L'un dans sa pourpre, et l'autre avec son blanc suaire[2],
L'univers ébloui contemple avec terreur
Ces deux moitiés de Dieu, le pape et l'empereur.
– L'empereur ! l'empereur ! être empereur ! Ô rage,
Ne pas l'être ! – et sentir son cœur plein de courage !
Qu'il fut heureux celui qui dort dans ce tombeau !
Qu'il fut grand ! – De son temps c'était encor plus beau.
Le pape et l'empereur ! ce n'était plus deux hommes.
Pierre et César[3] ! en eux accouplant les deux Romes[4],
Fécondant l'une et l'autre en un mystique hymen,
Redonnant une forme, une âme au genre humain,
Faisant refondre en bloc peuples et pêle-mêle
Royaumes, pour en faire une Europe nouvelle,
Et tous deux remettant au moule de leur main
Le bronze qui restait du vieux monde romain !

notes

1. Le pape absout les péchés et l'empereur tranche par les armes. Évocation de la distinction entre pouvoir spirituel et pouvoir temporel.
2. **blanc suaire** : désigne ici le vêtement blanc du pape.
3. Saint Pierre (?-v. 64 ap. J.-C.) fut le premier pape et Jules César (100-44) le premier empereur.
4. **les deux Romes** : la capitale de l'Empire romain et la capitale de la Chrétienté.

passage analysé

Oh ! quel destin ! – Pourtant cette tombe est la sienne !
Tout est-il donc si peu que ce soit là qu'on vienne ?
Quoi donc ! avoir été prince, empereur et roi !
Avoir été l'épée ! avoir été la loi !
Géant, pour piédestal avoir eu l'Allemagne !
Quoi ! pour titre César et pour nom Charlemagne !
Avoir été plus grand qu'Annibal[1], qu'Attila[2],
Aussi grand que le monde !... – et que tout tienne là !
Ha ! briguez donc l'Empire, et voyez la poussière
Que fait un empereur ! Couvrez la terre entière
De bruit et de tumulte. Élevez, bâtissez
Votre Empire, et jamais ne dites : C'est assez !
Taillez à larges pans un édifice immense !
Savez-vous ce qu'un jour il en reste ? – ô démence !
Cette pierre ! – et du titre et du nom triomphants ? –
Quelques lettres, à faire épeler des enfants !
Si haut que soit le but où votre orgueil aspire,
Voilà le dernier terme !... Oh ! l'Empire ! l'Empire !
Que m'importe ! j'y touche, et le trouve à mon gré.
Quelque chose me dit : Tu l'auras ! – Je l'aurai. –
Si je l'avais !... – Ô ciel ! être ce qui commence !
Seul, debout, au plus haut de la spirale immense !
D'une foule d'États l'un sur l'autre étagés
Être la clef de voûte, et voir sous soi rangés
Les rois, et sur leur tête essuyer ses sandales ;
Voir au-dessous des rois les maisons féodales,
Margraves[3], cardinaux, doges[4], ducs à fleurons[5] ;

notes

1. Hannibal (247-183), général et chef d'État carthaginois qui s'attaqua à Rome et menaça sa puissance avant d'être battu.
2. Attila (v. 395-453), chef unique des Huns, peuplade mongole qui envahit l'Europe au ve siècle.
3. **margraves :** titre de certains princes souverains d'Allemagne.
4. **doges :** souverains élus de Gênes et de Venise.
5. **fleurons :** ornements des couronnes ducales.

passage analysé

Puis évêques, abbés, chefs de clans[1], hauts barons ;
Puis clercs[2] et soldats ; puis, – loin du faîte où nous sommes,
Dans l'ombre, tout au fond de l'abîme, – les hommes.
– Les hommes ! – c'est-à-dire une foule, une mer,
Un grand bruit ; pleurs et cris, parfois un rire amer,
Plainte qui, réveillant la terre qui s'effare,
À travers tant d'échos, nous arrive fanfare !
Les hommes ! – des cités, des tours, un vaste essaim, –
De hauts clochers d'église à sonner le tocsin ! –
Rêvant.
Base de nations portant sur leurs épaules
La pyramide énorme appuyée aux deux Pôles,
Flots vivants, qui toujours l'étreignant de leurs plis,
La balancent, branlante, à leur vaste roulis,
Font tout changer de place et, sur ses hautes zones,
Comme des escabeaux font chanceler les trônes,
Si bien que tous les rois, cessant leurs vains débats,
Lèvent les yeux au ciel... – Rois ! regardez en bas !
– Ah ! le peuple ! – océan ! – onde sans cesse émue[3] !
Où l'on ne jette rien sans que tout ne remue !
Vague qui broie un trône et qui berce un tombeau !
Miroir où rarement un roi se voit en beau !
Ah ! si l'on regardait parfois dans ce flot sombre,
On y verrait au fond des Empires sans nombre,
Grands vaisseaux naufragés, que son flux et reflux
Roule, et qui le gênaient, et qu'il ne connaît plus !
– Gouverner tout cela ! – Monter, si l'on vous nomme,
À ce faîte ! – Y monter, sachant qu'on n'est qu'un homme !
– Avoir l'abîme là !... – Pourvu qu'en ce moment
Il n'aille pas me prendre un éblouissement !

notes

1. clans : tribus de familles écossaises ayant un ancêtre commun.

2. clercs : ecclésiastiques.

3. émue : agitée, troublée.

passage analysé

Oh ! d'États et de rois mouvante pyramide,
Ton faîte est bien étroit ! – Malheur au pied timide !
À qui me retiendrais-je ?... – Oh ! si j'allais faillir[1]
En sentant sous mes pieds le monde tressaillir !
En sentant vivre, sourdre[2] et palpiter la terre !
– Puis, quand j'aurai ce globe entre mes mains, qu'en faire ?
Le pourrai-je porter seulement ? Qu'ai-je en moi ?
Être empereur ! mon Dieu ! j'avais trop d'être roi !
Certe, il n'est qu'un mortel de race peu commune
Dont puisse s'élargir l'âme avec la fortune.
Mais moi ! qui me fera grand ? qui sera ma loi ?
Qui me conseillera ?... –

Il tombe à deux genoux devant le tombeau.

                                        Charlemagne ! c'est toi !
Ah ! puisque Dieu, pour qui tout obstacle s'efface,
Prend nos deux majestés et les met face à face,
Verse-moi dans le cœur, du fond de ce tombeau,
Quelque chose de grand, de sublime et de beau !
Oh ! par tous ses côtés fais-moi voir toute chose !
Montre-moi que le monde est petit, car je n'ose
Y toucher. Montre-moi que sur cette Babel[3],
Qui du pâtre à César va montant jusqu'au ciel,
Chacun en son degré se complaît et s'admire,
Voit l'autre par-dessous et se retient d'en rire.
Apprends-moi tes secrets de vaincre et de régner,
Et dis-moi qu'il vaut mieux punir que pardonner !
– N'est-ce pas ? – S'il est vrai qu'en son lit solitaire
Parfois une grande ombre, au bruit que fait la terre,

notes

1. faillir : tomber, échouer.
2. sourdre : ici, faire jaillir de l'eau.
3. La Tour de Babel, dans la Genèse (XI, I-9), fut construite par les enfants de Noé pour gagner le ciel. Dieu, pour les punir, leur imposa la diversité des langues. Ici, Babel représente la hiérarchie sociale.

S'éveille, et que soudain son tombeau large et clair
S'entrouvre, et dans la nuit jette au monde un éclair ;
Si cette chose est vraie, empereur d'Allemagne,
Oh ! dis-moi ce qu'on peut faire après Charlemagne !
Parle ! dût en parlant ton souffle souverain
Me briser sur le front cette porte d'airain[1] !
Ou plutôt, laisse-moi seul dans ton sanctuaire
Entrer ; laisse-moi voir ta face mortuaire ;
Ne me repousse pas d'un souffle d'aquilons[2] ;
Sur ton chevet de pierre accoude-toi. Parlons.
Oui, dusses-tu me dire, avec ta voix fatale,
De ces choses qui font l'œil sombre et le front pâle,
Parle, et n'aveugle pas ton fils épouvanté,
Car ta tombe sans doute est pleine de clarté !
Ou, si tu ne dis rien, laisse en ta paix profonde
Carlos étudier ta tête comme un monde ;
Laisse, qu'il te mesure à loisir, ô géant ;
Car rien n'est ici-bas si grand que ton néant !
Que la cendre, à défaut de l'ombre[3], me conseille !
Il approche la clef de la serrure.
Entrons !
Il recule.
Dieu ! s'il allait me parler à l'oreille !
S'il était là, debout et marchant à pas lents !
Si j'allais ressortir avec des cheveux blancs !
Entrons toujours ! –
Bruit de pas.
On vient. – Qui donc ose à cette heure,

notes

1. **airain :** bronze.
2. **aquilons :** vents violents du Nord.
3. **l'ombre :** le fantôme de Charlemagne.

Hors moi, d'un pareil mort éveiller la demeure ?
Qui donc ?
Le bruit s'approche.
Ah ! j'oubliais ! ce sont mes assassins !
Entrons !
Il ouvre la porte du tombeau qu'il referme sur lui. – Entrent plusieurs hommes, marchant à pas sourds, cachés sous leurs manteaux et leurs chapeaux.

suite, p. 174

Divagations sur le pouvoir

Lecture analytique de l'extrait, p. 159, v. 1493, à p. 161, v. 1564.

L'acte IV marque un changement de lieu très net, puisque l'action se déroule à Aix-la-Chapelle, en Allemagne ; Hugo illustre ici une des principales revendications du drame* romantique, à savoir la rupture de l'unité de lieu.

Ici, Don Carlos utilise Doña Sol comme otage pour obliger Don Ruy Gomez à lui livrer Hernani, mais c'est compter sans son grand sens de l'honneur (III, 6).

Liés par leur haine envers Don Carlos, les deux hommes rejoignent ceux qui conspirent contre le roi mégalomane. Dans le même temps, près du tombeau de Charlemagne, Don Carlos laisse libre cours à sa mégalomanie : il attend que son destin bascule et le consacre empereur, l'élevant ainsi au-dessus de la masse des simples mortels.

Dans cette atmosphère mortifère, caveaux sombres où ne brille qu'une faible lampe éclairant l'inscription *« Karolus Magnus »*, Don Carlos prend conscience avec angoisse qu'il est lui aussi mortel. Il ne lui reste qu'à invoquer avec ferveur la protection de Charlemagne pour déjouer la menace qui pèse sur lui, inévitable revers du pouvoir.

Divagations d'un mégalomane

❶ Quels termes renvoient au pouvoir politique ? Quel phénomène de répétition* repérez-vous ?

❷ Quelles images évoquent la verticalité et, à travers elles, la grandeur de celui qui domine ?

❸ Trouvez les deux métaphores filées* maritimes qui évoquent l'ensemble des hommes.

❹ Quelle figure de style* repérez-vous des vers 1518 à 1522 ?

❺ Quels termes et expressions renvoient au bruit des hommes ? Relevez deux allitérations* qui contribuent à exprimer ce bruit.

* *Cf.* Lexique.

Extrait, p. 159, v. 1493, à p. 161, v. 1564

Prise de conscience de la condition de mortel

❻ Quels verbes évoquent le passé, ce qui n'est plus ? Quel mode ou quel temps reconnaissez-vous ?
❼ Quels termes et images renvoient à la mort ?
❽ Relevez les termes et expressions qui expriment le mouvement, l'agitation. En quoi révèlent-ils la fragilité de la condition humaine ?
❾ Donnez des exemples de ponctuation expressive*. En quoi reflète-t-elle l'angoisse de Don Carlos ?
❿ Quel phénomène de métrique* repérez-vous dans les vers 1499-1500 ? Que permet-il d'exprimer ?

L'invocation à Charlemagne

⓫ Comment Don Carlos glisse-t-il de lui à Charlemagne dans ses propos ?
⓬ Quels indices grammaticaux* évoquent Charlemagne dans les propos de Don Carlos ?
⓭ Quel mode et quelle ponctuation Don Carlos utilise-t-il dans son invocation à Charlemagne ?
⓮ Quels autres grands noms sont cités par Don Carlos ? Quel poids ont-ils ?
⓯ Que veut faire dire Victor Hugo à son personnage à travers ce monologue ?

* *Cf.* Lexique.

La figure royale face à la mort

Lectures croisées et travaux d'écriture

Alors qu'il se retrouve près du tombeau de Charlemagne, Don Carlos fait l'expérience de sa propre mortalité, réalisant que cet homme, aussi grand et puissant fut-il, est mort et enterré comme tout un chacun. Affolement, panique, démence même accompagnent cette prise de conscience. La réaction de Don Carlos contraste avec celle de Don Ruy Gomez, prêt à se sacrifier pour ne pas déshonorer son sang, ou encore celle d'Hernani, prêt à mourir en duel pour venger son père.

Comment se comporte le puissant face à la mort ? Quelle trace laisse-t-il derrière lui ? Il est fréquent de trouver dans la littérature des hommages aux puissants et l'on honore alors les qualités du défunt, comme le firent Bossuet au XVIIe siècle ou Pierre Corneille dans un sonnet dédié à Louis XIII. La figure royale peut aussi laisser des traces bien amères après sa disparition, comme le montre un texte retrouvé dans des archives du XVIIIe siècle évoquant l'enterrement de Louis XIV. La peur et le refus de la mort offrent d'immenses possibilités de dramatisation. Le monologue de Don Carlos en témoigne, mais on retrouve aussi des propos poignants dans la bouche de Bérenger, le roi mourant d'Eugène Ionesco.

Au final, la figure royale se doit de rester digne de son trône, de son rang, quelles que soient les circonstances : c'est ainsi que César, autre référence de Don Carlos, mourut, à en croire ce que rapportent des écrits de Suétone (*Les Vies des douze Césars*, 82) et la représentation qu'en a faite Vincenzo Camuccini : *« Il fut ainsi percé de vingt-trois blessures, n'ayant poussé qu'un gémissement au premier coup, sans une parole ; pourtant, d'après certains, il aurait dit à Marcus Brutus qui se précipitait sur lui : "Toi aussi, mon fils !" »*

Texte A : Extrait de la scène 2 de l'acte IV d'*Hernani* de Victor Hugo (p. 159, v. 1493, à p. 161, v. 1564)

Texte B : Pierre Corneille, « Sur la mort du roi Louis XIII »

Lorsque Louis XIII meurt en 1643, Pierre Corneille (1606-1684) jouit déjà d'une certaine notoriété car il a fait jouer plusieurs de ses œuvres et notamment* L'Illusion comique *(1636) et* Le Cid *(1637). La même année, Mazarin arrive au pouvoir et octroie à Corneille une pension. Il est donc de bon ton de flatter les puissants.

Le sonnet est la forme poétique traditionnelle et noble, celle des rois depuis la Renaissance et les poètes de la Pléiade qui écrivaient à la Cour. La forme est précieuse et use de figures évidentes comme le parallélisme (construction du premier quatrain) ou l'antithèse (*« juste/injustice », « vainqueur/esclave »*...).

Sous ce marbre repose un monarque sans vice,
Dont la seule bonté déplut aux bons François,
Et qui pour tout péché ne fit qu'un mauvais choix[1]
Dont il fut trop longtemps innocemment complice.

L'ambition, l'orgueil, l'audace, l'avarice,
Saisis de son pouvoir, nous donnèrent des lois ;
Et bien qu'il fût en soi le plus juste des rois,
Son règne fut pourtant celui de l'injustice.

Vainqueur de toutes parts, esclave dans sa Cour,
Son tyran et le nôtre à peine perd le jour,
Que jusque dans la tombe il le force à le suivre.

Jamais de tels malheurs furent-ils entendus ?
Après trente-trois ans sur le trône perdus,
Commençant à régner, il a cessé de vivre.

Pierre Corneille, « Sur la mort du roi Louis XIII », 1643.

1. un mauvais choix : celui de nommer Richelieu chef du Conseil en 1624 – ce qui ne fit qu'aggraver la situation financière et politique de la France.

Texte C : *Inventaire-Sommaire des archives communales antérieures à 1790*, département du Loir-et-Cher

Louis XIV n'avait que cinq ans quand son père, Louis XIII, mourut. Mazarin fut chargé de l'éduquer, tandis que sa mère assurait la régence. Mazarin lui transmit son goût pour l'art et l'initia très tôt aux questions militaires, politiques et diplomatiques. Louis XIV vécut la Fronde comme un terrible affront et n'eut de cesse, une fois arrivé au pouvoir, de punir les nobles rebelles. Il appauvrit la France par des guerres très coûteuses et meurtrières et en menant grand train à la Cour. Le 10 août 1715, il ressentit une terrible douleur à la jambe gauche. Fagon, son médecin, diagnostiqua à tort une sciatique : la gangrène gagna vite la jambe du roi. Après une longue agonie, Louis XIV mourut à Versailles le dimanche 1er septembre 1715.

À la fin de l'année 1715, le curé de la paroisse rurale de Saint-Sulpice, près de Blois, note dans son registre paroissial, sous le titre « Remarques sur l'année 1715 » :

« Louis XIV, roi de France et de Navarre, est mort le Ier septembre dudit an, peu regretté de tout son royaume, à cause des sommes exorbitantes et des impôts si considérables qu'il a levés sur tous ses sujets. On dit qu'il est mort endetté de 1 milliard 700 millions de livres. Ses dettes étaient si considérables que le Régent n'a pu ôter les impôts que ledit roi avait promis d'ôter trois mois après la paix, qui étaient la capitation et le dixième du revenu de tous les biens. Il n'est pas permis d'exprimer tous les vers, toutes les chansons et tous les discours désobligeants qu'on a dits et faits contre sa mémoire. Il a été, pendant sa vie, si absolu qu'il a passé par-dessus toutes les lois pour faire sa volonté. Les princes et la noblesse ont été opprimés. Les parlements n'avaient plus de pouvoir : ils étaient obligés de recevoir et d'enregistrer tous les édits, quels qu'ils fussent, tant le roi était puissant et absolu. Le clergé était honteusement asservi à faire la volonté du roi : à peine demandait-il quelque secours, qu'on lui en accordait plus qu'il n'en demandait. Le clergé s'est endetté horriblement. Tous les corps ne l'étaient pas moins. Il n'y avait que les partisans et les maltôtiers[1] qui fussent en paix et qui vécussent en joie, ayant en leur possession tout l'argent du royaume. Le roi fut porté à Saint-Denis le 10 ou 12 dudit mois et l'oraison funèbre s'est faite à Saint-Denis vers la fin du mois d'octobre. »

Inventaire-Sommaire des archives communales antérieures à 1790, département du Loir-et-Cher, Blois, 1887, D.R.

1. **maltôtiers :** personnes qui prélevaient la maltôte, taxe très élevée perçue sur toutes les marchandises.

Texte D : Eugène Ionesco, *Le roi se meurt*

Dans son journal intime, Eugène Ionesco (1909-1994) a écrit :* « La mort n'est pas une vérité neuve, c'est une vérité qu'on oublie. » *Il rédigea* Le roi se meurt *en 1962, alors qu'il était lui-même malade : la pièce apparaît finalement comme un tête-à-tête de l'auteur avec la mort. Pendant que le roi Bérenger Ier est mourant, son royaume tombe en ruine, en symbiose avec lui. Aux côtés du roi agonisant se trouvent une servante, un garde, un médecin et ses deux épouses. Avec cet entourage tantôt apaisant, tantôt anxiogène, il s'achemine peu à peu vers la fin, la sienne et celle de son monde.

LE ROI

Sans moi, sans moi. Ils vont rire, ils vont bouffer, ils vont danser sur ma tombe. Je n'aurai jamais existé. Ah, qu'on se souvienne de moi. Que l'on pleure, que l'on désespère. Que l'on perpétue ma mémoire dans tous les manuels d'histoire. Que tout le monde connaisse ma vie par cœur. Que tous la revivent. Que les écoliers et les savants n'aient pas d'autre sujet d'étude que moi, mon royaume, mes exploits. Qu'on brûle tous les autres livres, qu'on détruise toutes les statues, qu'on mette la mienne sur toutes les places publiques. Mon image dans tous les ministères, dans les bureaux de toutes les sous-préfectures, chez les contrôleurs fiscaux, dans les hôpitaux. Qu'on donne mon nom à tous les avions, à tous les vaisseaux, aux voitures à bras et à vapeur. Que tous les autres rois, les guerriers, les poètes, les ténors, les philosophes soient publiés et qu'il n'y ait plus que moi dans toutes les consciences. Un seul nom de baptême, un seul nom de famille pour tout le monde. Que l'on apprenne à lire en épelant mon nom : B-é-b-é, Bérenger. Que je sois sur les icônes[1], que je sois sur les millions de croix dans toutes les églises. Que l'on dise des messes pour moi, que je sois l'hostie[2]. Que toutes les fenêtres éclairées aient la couleur et la forme de mes yeux, que les fleuves dessinent dans les plaines le profil de mon visage ! Que l'on m'appelle éternellement, qu'on me supplie, que l'on m'implore.

MARIE

Peut-être reviendras-tu ?

LE ROI

Peut-être reviendrai-je. Que l'on garde mon corps intact dans un palais sur un trône, que l'on m'apporte des nourritures. Que des musiciens jouent pour moi, que des vierges se roulent à mes pieds refroidis.

Le Roi s'est levé pour dire cette tirade.

JULIETTE, *à Marguerite.*
C'est le délire, Madame.

LE GARDE, *annonçant.*
Sa Majesté, le Roi délire.

MARGUERITE
Pas encore. Il est encore trop sensé. À la fois trop et pas assez.

LE MÉDECIN, *au Roi.*
Si telle est votre volonté, on embaumera votre corps, on le conservera.

JULIETTE
Tant qu'on pourra.

LE ROI
Horreur ! Je ne veux pas qu'on m'embaume. Je ne veux pas de ce cadavre. Je ne veux pas qu'on me brûle ! Je ne veux pas qu'on m'enterre, je ne veux pas qu'on me donne aux vautours ni aux fauves. Je veux qu'on me garde dans des bras chauds, dans des bras frais, dans des bras tendres, dans des bras fermes.

Eugène Ionesco, *Le roi se meurt*, Gallimard, 1962.

1. **icônes** : images sacrées.
2. **hostie** : pain sacré donné par le prêtre aux fidèles lors de la messe.

Document : Vincenzo Camuccini, *La Mort de Jules César* (1793-1798)

Vincenzo Camuccini (1771-1844) fut un peintre italien néoclassique très inspiré par David. **La Mort de Jules César** ***est une de ses toiles les plus célèbres et met en scène la mort violente de l'empereur romain :*** **« Tandis qu'il s'asseyait, les conjurés l'entourèrent, sous prétexte de lui rendre hommage, et tout de suite Tillius Cimber, qui s'était chargé du premier rôle, s'approcha davantage, comme pour lui demander une faveur ; mais César faisant un signe de refus et le renvoyant à un autre moment, Tillius saisit sa toge aux deux épaules ; alors, comme César s'écriait : "Cette fois, c'est de la violence !", l'un des deux Casca** ***[l'un des deux frères Casca porta le premier coup puis appela l'autre à la rescousse lorsque César tenta de se défendre]*** **le blessa par-derrière, un peu au-dessous de la gorge. César, lui ayant saisi**

le bras, le transperça de son poinçon et essaya de s'élancer en avant, mais il fut arrêté par une autre blessure. S'apercevant alors que de toutes parts on l'attaquait, le poignard à la main, il enroula sa toge autour de sa tête, tandis que de sa main gauche il en faisait glisser les plis jusqu'au bas de ses jambes, pour tomber avec plus de décence, le corps voilé jusqu'en bas » *(Suétone,* Vies des douze Césars, *82, traduction d'Henri Ailloud, Les Belles Lettres, Paris, 1996). César mourut dignement et finalement avec résignation.*

Corpus

Texte A : Extrait de la scène 2 de l'acte IV d'*Hernani* de Victor Hugo (p. 159, v. 1493, à p. 161, v. 1564).
Texte B : « Sur la mort du roi Louis XIII » de Pierre Corneille (p. 167).
Texte C : Extrait de l'*Inventaire-Sommaire des archives communales antérieures à 1790*, département du Loir-et-Cher (p. 168).
Texte D : Extrait du *Roi se meurt* d'Eugène Ionesco (pp. 169-170).
Document : *La Mort de Jules César* de Vincenzo Camuccini (pp. 170-171).

Examen des textes et de l'image

❶ Dans chaque document, comment la grandeur de la figure royale est-elle exprimée ou suggérée ?
❷ Montrez que, dans ces cinq documents, la figure royale est seule contre ou au-dessus de tous.
❸ En quoi les textes B et C s'opposent-ils très clairement ?
❹ Quel rapport à la loi et à la justice entretient ou entretenait chaque figure royale évoquée dans les textes ? Relevez des termes et expressions précis.
❺ De quelle manière sont évoqués ou représentés le corps du mort et la sépulture dans chaque document ?
❻ Quel rôle jouent les phrases non verbales dans les textes A et D ?
❼ Relevez des exemples de ponctuation expressive* dans les textes A, B et D. Quel effet produit-elle ? Comparez avec la ponctuation du texte C.
❽ Trouvez une énumération dans chacun des textes et expliquez quel effet elle produit.

Travaux d'écriture

Question préliminaire
Dans ces documents, quelle est l'attitude de la figure royale face à la mort ou quelle attitude adopte-t-on face à la disparition de la figure royale ?

Commentaire
Vous ferez le commentaire composé de l'extrait du *Roi se meurt* d'Eugène Ionesco (texte D).

Dissertation
À la suite de cet extrait du *Roi se meurt* (texte D), on trouve l'échange de répliques* suivant :
« Le Roi. [...] *Je meurs, vous entendez, je veux dire que je meurs, je n'arrive pas à le dire, je ne fais que de la littérature.* [...]
Marguerite. *C'est cela la littérature.*
Le Médecin. *On en fait jusqu'au dernier moment. Tant qu'on est vivant, tout est prétexte à littérature.* »

* *Cf.* Lexique.

Quelle(s) définition(s) de la littérature émerge(nt) de cette réplique* ? Correspond(ent)-elle(s) à la littérature en général ? Vous vous appuierez, pour répondre, sur vos lectures personnelles et sur les textes du corpus.

Écriture d'invention

Imaginez une courte scène entre les personnages présents sur le tableau de Vincenzo Camuccini (document). Parmi eux se trouvent César et ses assassins (Brutus notamment). Vous pourrez aussi imaginer les clameurs des personnages à l'arrière-plan. Vous veillerez à faire comprendre la situation (on assassine César) et à rendre expressifs les échanges en tenant compte de cette situation.

* *Cf.* Lexique.

Hernani

Scène 3

LES CONJURÉS

Ils vont les uns aux autres, en se prenant la main et en échangeant quelques paroles à voix basse.

PREMIER CONJURÉ, *portant seul une torche allumée.*

Ad augusta[1].

DEUXIÈME CONJURÉ

Per angusta[2].

PREMIER CONJURÉ

Les saints
Nous protègent.

TROISIÈME CONJURÉ

Les morts nous servent.

PREMIER CONJURÉ

Dieu nous garde.

Bruit de pas dans l'ombre.

DEUXIÈME CONJURÉ

Qui vive ?

VOIX DANS L'OMBRE

Ad augusta.

DEUXIÈME CONJURÉ

Per angusta.

Entrent de nouveaux conjurés. – Bruit de pas.

PREMIER CONJURÉ, *au troisième.*

Regarde.
Il vient encor quelqu'un.

TROISIÈME CONJURÉ

Qui vive ?

notes

1. ***Ad augusta*** : « vers les sommets ».

2. ***Per angusta*** : « par la voie étroite ».

Acte IV, scène 3

VOIX DANS L'OMBRE

Ad augusta.

TROISIÈME CONJURÉ

Per angusta.

Entrent de nouveaux conjurés, qui échangent des signes de mains avec tous les autres.

PREMIER CONJURÉ

C'est bien. Nous voilà tous. – Gotha,
Fais le rapport. – Amis, l'ombre attend la lumière.

Tous les conjurés s'asseyent en demi-cercle sur des tombeaux. Le premier conjuré passe tour à tour devant tous, et chacun allume à sa torche une cire qu'il tient à la main. Puis le premier conjuré va s'asseoir en silence sur une tombe, au centre du cercle et plus haute que les autres.

LE DUC DE GOTHA, *se levant.*

Amis, Charles d'Espagne, étranger par sa mère[1],
Prétend au Saint Empire.

PREMIER CONJURÉ

Il aura le tombeau.

LE DUC DE GOTHA

Il jette sa torche à terre et l'écrase du pied.

Qu'il en soit de son front comme de ce flambeau !

TOUS

Que ce soit !

PREMIER CONJURÉ

Mort à lui !

LE DUC DE GOTHA

Qu'il meure !

note

1. La mère de Don Carlos, Jeanne la Folle (1479-1555), était espagnole.

TOUS

Qu'on l'immole !

DON JUAN DE HARO

Son père est allemand[1].

LE DUC DE LUTZELBOURG

Sa mère est espagnole.

LE DUC DE GOTHA

Il n'est plus espagnol et n'est pas allemand.
Mort !

UN CONJURÉ

Si les électeurs allaient en ce moment
Le nommer empereur ?

PREMIER CONJURÉ

Eux ! lui ! jamais !

DON GIL TELLEZ GIRON

Qu'importe !
Amis ! frappons la tête et la couronne est morte !

PREMIER CONJURÉ

S'il a le Saint Empire, il devient, quel qu'il soit,
Très auguste, et Dieu seul peut le toucher du doigt !

LE DUC DE GOTHA

Le plus sûr, c'est qu'avant d'être auguste, il expire.

PREMIER CONJURÉ

On ne l'élira point !

TOUS

Il n'aura pas l'Empire !

note

1. Philippe Ier le Beau (1478-1506), père de Don Carlos, était archiduc d'Autriche.

Acte IV, scène 3

PREMIER CONJURÉ

Combien faut-il de bras pour le mettre au linceul ?

TOUS

Un seul.

PREMIER CONJURÉ

Combien faut-il de coups au cœur ?

TOUS

Un seul.

PREMIER CONJURÉ

Qui frappera ?

TOUS

Nous tous.

PREMIER CONJURÉ

La victime est un traître.
Ils font un empereur. Nous, faisons un grand prêtre.
Tirons au sort.

Tous les conjurés écrivent leurs noms sur leurs tablettes, déchirent la feuille, la roulent, et vont l'un après l'autre la jeter dans l'urne d'un tombeau. – Puis le premier conjuré dit :

Prions.

Tous s'agenouillent. Le premier conjuré se relève et dit :

Que l'élu croie en Dieu,
Frappe comme un Romain, meure comme un Hébreu[1] !
Il faut qu'il brave roue et tenailles mordantes,
Qu'il chante aux chevalets, rie aux lampes ardentes[2],
Enfin que, pour tuer et mourir résigné,
Il fasse tout !

Il tire un des parchemins de l'urne.

notes

1. frappe [...] Hébreu : avec le courage d'un soldat romain et la foi d'un Hébreu.

2. roue, tenailles, chevalets, lampes ardentes : instruments de torture pour obtenir des aveux.

TOUS

Quel nom ?

PREMIER CONJURÉ, *à haute voix.*

Hernani.

HERNANI,

sortant de la foule des conjurés.

J'ai gagné !
– Je te tiens, toi que j'ai si longtemps poursuivie,
Vengeance !

DON RUY GOMEZ,

perçant la foule et prenant Hernani à part.

Oh ! cède-moi ce coup !

HERNANI

Non, sur ma vie !
Oh ! ne m'enviez pas ma fortune, seigneur !
C'est la première fois qu'il m'arrive bonheur.

DON RUY GOMEZ

Tu n'as rien. Eh bien, tout, fiefs, châteaux, vasselages[1],
Cent mille paysans dans mes trois cents villages,
Pour ce coup à frapper, je te les donne, ami !

HERNANI

Non !

LE DUC DE GOTHA

Ton bras porterait un coup moins affermi,
Vieillard !

note

1. **vasselages** : conditions des vassaux liés à un seigneur ; désigne ici les vassaux eux-mêmes.

Acte IV, scène 3

DON RUY GOMEZ

Arrière, vous ! sinon le bras, j'ai l'âme.
Aux rouilles du fourreau ne jugez point la lame.
À Hernani.
– Tu m'appartiens !

HERNANI

Ma vie à vous, la sienne à moi.

DON RUY GOMEZ,
tirant le cor de sa ceinture.

Elle ! je te la cède, et te rends ce cor.

HERNANI, *ébranlé.*

Quoi ?
La vie et doña Sol ! – Non ! je tiens ma vengeance !
Avec Dieu dans ceci je suis d'intelligence[1].
J'ai mon père à venger... peut-être plus encor !

DON RUY GOMEZ

Elle ! je te la donne, et je te rends ce cor ![2]

HERNANI

Non !

DON RUY GOMEZ

Réfléchis, enfant !

HERNANI

Duc ! laisse-moi ma proie !

DON RUY GOMEZ

Eh bien ! maudit sois-tu de m'ôter cette joie !
Il remet le cor à sa ceinture.

notes

1. d'intelligence : de connivence.
2. Variante : « *DON RUY GOMEZ. Eh bien, écoute, ami. Je te rends ce cor.*
HERNANI. Quoi ! / La vie ! – Eh ! que m'importe ! Ah ! je tiens ma vengeance ! / Avec Dieu dans ceci je suis d'intelligence. / J'ai mon père à venger... peut-être plus encor ! / – Elle, me la rends-tu ?
DON RUY GOMEZ. Jamais ! Je rends ce cor. »

Hernani

PREMIER CONJURÉ, *à Hernani.*

Frère ! avant qu'on ait pu l'élire, il serait bien
D'attendre dès ce soir Carlos...

HERNANI

Ne craignez rien !
Je sais comment on pousse un homme dans la tombe.

PREMIER CONJURÉ

Que toute trahison sur le traître retombe,
Et Dieu soit avec vous ! – Nous, comtes et barons,
S'il périt sans tuer, continuons ! – Jurons
De frapper tour à tour et sans nous y soustraire
Carlos qui doit mourir.

TOUS, *tirant leurs épées.*

Jurons !

LE DUC DE GOTHA, *au premier conjuré.*

Sur quoi, mon frère ?

DON RUY GOMEZ *retourne son épée, la prend par la pointe et l'élève au-dessus de sa tête.*

Jurons sur cette croix !

TOUS, *élevant leurs épées.*

Qu'il meure impénitent[1] !

On entend un coup de canon éloigné. Tous s'arrêtent en silence. – La porte du tombeau s'entrouvre et don Carlos paraît sur le seuil, pâle ; il écoute. – Un second coup. – Un troisième coup. – Il ouvre tout à fait la porte du tombeau, mais sans faire un pas, debout et immobile sur le seuil.

note

1. impénitent : sans avoir pu se confesser, donc en état de péché mortel.

Acte IV, scène 4

Scène 4

LES CONJURÉS, DON CARLOS,
puis DON RICARDO, SEIGNEURS, GARDES,
LE ROI DE BOHÊME, LE DUC DE BAVIÈRE,
puis DOÑA SOL

DON CARLOS

Messieurs, allez plus loin ! l'empereur vous entend.

Tous les flambeaux s'éteignent à la fois. – Profond silence. – Il fait un pas dans les ténèbres, si épaisses qu'on y distingue à peine les conjurés muets et immobiles.

Silence et nuit ! l'essaim en sort et s'y replonge !
Croyez-vous que ceci va passer comme un songe,
Et que je vous prendrai, n'ayant plus vos flambeaux,
Pour des hommes de pierre assis sur leurs tombeaux ?
Vous parliez tout à l'heure assez haut, mes statues !
Allons ! relevez donc vos têtes abattues,
Car voici Charles Quint ! Frappez, faites un pas !
Voyons : oserez-vous ? – Non, vous n'oserez pas !
Vos torches flamboyaient sanglantes sous ces voûtes.
Mon souffle a donc suffi pour les éteindre toutes !
Mais voyez, et tournez vos yeux irrésolus,
Si j'en éteins beaucoup, j'en allume encor plus !

Il frappe de la clef de fer sur la porte de bronze du tombeau. À ce bruit, toutes les profondeurs du souterrain se remplissent de soldats portant des torches et des pertuisanes. À leur tête, le duc d'Alcala, le marquis d'Almuñan, etc.

– Accourez, mes faucons ! j'ai le nid, j'ai la proie !

Aux conjurés.

– J'illumine à mon tour. Le sépulcre flamboie !
Regardez !

Aux soldats.

Venez tous ! car le crime est flagrant !

HERNANI, *regardant les soldats.*

À la bonne heure ! seul, il me semblait trop grand.
C'est bien. – J'ai cru d'abord que c'était Charlemagne.
Ce n'est que Charles Quint !

DON CARLOS, *au duc d'Alcala.*

Connétable[1] d'Espagne !

Au marquis d'Almuñan.

Amiral[2] de Castille, ici ! – Désarmez-les.

On entoure les conjurés et on les désarme.

DON RICARDO,
accourant et s'inclinant jusqu'à terre.

Majesté !...

DON CARLOS

Je te fais alcade du palais[3].

DON RICARDO, *s'inclinant de nouveau.*

Deux électeurs, au nom de la Chambre dorée[4],
Viennent complimenter la Majesté sacrée !

DON CARLOS

Qu'ils entrent.

Bas à Ricardo.

Doña Sol !

Ricardo salue et sort. – Entrent, avec flambeaux et fanfares, le roi de Bohême et le duc de Bavière, tout en drap d'or, couronnes en tête. Nombreux cortège de seigneurs allemands, portant la bannière de l'Empire, l'aigle à deux têtes, avec l'écusson d'Espagne au milieu. – Les soldats s'écartent, se rangent en haie, et font passage aux deux électeurs,

notes

1. Connétable : commandant d'une armée.
2. Amiral : commandant des forces navales.
3. alcade du palais : haut magistrat de justice espagnol.
4. Chambre dorée : diète ou assemblée des électeurs de l'Empire, dont le manteau est brodé d'or.

jusqu'à l'empereur qu'ils saluent profondément, et qui leur rend leur salut en soulevant son chapeau.

LE DUC DE BAVIÈRE

Charles ! roi des Romains,
Majesté très sacrée, empereur ! dans vos mains
Le monde est maintenant, car vous avez l'Empire.
Il est à vous, ce trône où tout monarque aspire !
Frédéric, duc de Saxe, y fut d'abord élu,
Mais, vous jugeant plus digne, il n'en a pas voulu.
Venez donc recevoir la couronne et le globe.
Le Saint Empire, ô roi, vous revêt de la robe,
Il vous arme du glaive, et vous êtes très grand.

DON CARLOS

J'irai remercier le collège en rentrant.
Allez, messieurs. – Merci, mon frère de Bohême,
Mon cousin de Bavière, allez ! – J'irai moi-même.

LE ROI DE BOHÊME

Charles ! du nom d'amis nos aïeux se nommaient.
Mon père aimait ton père, et leurs pères s'aimaient.
Charles, si jeune en butte aux fortunes contraires,
Dis, veux-tu que je sois ton frère entre tes frères ?
Je t'ai vu tout enfant, et ne puis oublier...

DON CARLOS, *l'interrompant.*

Roi de Bohême ! eh bien ! vous êtes familier !
Il lui présente sa main à baiser, ainsi qu'au duc de Bavière, puis congédie les deux électeurs, qui le saluent profondément.
Allez !
Sortent les deux électeurs avec leur cortège.

LA FOULE

Vivat !

DON CARLOS, *à part.*

J'y suis ! et tout m'a fait passage !
Empereur ! – au refus[1] de Frédéric le Sage !

Entre doña Sol, conduite par don Ricardo.

DOÑA SOL

Des soldats ! l'empereur ! Ô ciel ! coup imprévu !
Hernani !

HERNANI

Doña Sol !

DON RUY GOMEZ, *à côté d'Hernani, à part.*

Elle ne m'a point vu !

Doña Sol court à Hernani. Il la fait reculer d'un regard de défiance.

HERNANI

Madame !...

DOÑA SOL, *tirant le poignard de son sein.*

J'ai toujours son poignard !

HERNANI, *lui tendant les bras.*

Mon amie !

DON CARLOS

Silence tous ! –

Aux conjurés.

Votre âme est-elle raffermie ?
Il convient que je donne au monde une leçon.
Lara le Castillan et Gotha le Saxon,
Vous tous ! que venait-on faire ici ? parlez.

HERNANI, *faisant un pas.*

Sire,
La chose est toute simple, et l'on peut vous la dire.

note

1. au refus : grâce au refus.

Nous gravions la sentence au mur de Balthazar[1].
Il tire un poignard et l'agite.
Nous rendions à César ce qu'on doit à César[2].

DON CARLOS

Paix ![3]
À don Ruy Gomez.
– Vous traître, Silva ?

DON RUY GOMEZ

Lequel de nous deux, Sire ?

HERNANI, *se retournant vers les conjurés.*

Nos têtes et l'Empire ! – Il a ce qu'il désire.
À l'empereur.
Le bleu manteau des rois pouvait gêner vos pas.
La pourpre vous va mieux. Le sang n'y paraît pas.

DON CARLOS, *à don Ruy Gomez.*

Mon cousin de Silva, c'est une félonie[4]
À faire du blason rayer ta baronnie[5] !
C'est haute trahison, don Ruy, songes-y bien !

DON RUY GOMEZ

Les rois Rodrigue font les comtes Julien[6] !

DON CARLOS, *au duc d'Alcala.*

Ne prenez que ce qui peut être duc ou comte. –
Le reste !... –

notes

1. Allusion biblique (Daniel, V) : le roi babylonien Balthazar, qui avait volé des vases sacrés dans le Temple de Jérusalem, vit s'inscrire sur le mur, lors d'un festin, les mots « *Compté, pesé, divisé* » qui annonçaient sa mort prochaine.
2. Nous [...] César : citation ironique d'une parole de Jésus à ses disciples dans l'Évangile (Matthieu, XXII, 15-22).
3. Variante : « *Bien !* »
4. félonie : acte de traîtrise.
5. à faire [...] baronnie : digne de te faire perdre tes titres de noblesse.
6. Rodrigue, dernier roi des Wisigoths d'Espagne, insulta la fille de son vassal le comte Julien. Ce dernier se vengea en s'alliant avec les Arabes contre lui ; battu près de Cadix, Rodrigue fut tué par les Arabes en 711, qui se rendirent ainsi maîtres de l'Espagne.

Don Ruy Gomez, le duc de Lutzelbourg, le duc de Gotha, don Juan de Haro, don Guzman de Lara, don Tellez Giron, le baron de Hohenbourg se séparent du groupe des conjurés, parmi lesquels est resté Hernani. Le duc d'Alcala les entoure étroitement de gardes.

DOÑA SOL

Il est sauvé !

HERNANI, *sortant du groupe des conjurés.*

Je prétends qu'on me compte !

À don Carlos.

Puisqu'il s'agit de hache[1] ici, que Hernani,
Pâtre obscur, sous tes pieds passerait impuni,
Puisque son front n'est plus au niveau de ton glaive,
Puisqu'il faut être grand pour mourir, je me lève.
Dieu qui donne le sceptre et qui te le donna
M'a fait duc de Segorbe et duc de Cardona,
Marquis de Monroy, comte Albatera, vicomte
De Gor[2], seigneur de lieux dont j'ignore le compte.
Je suis Jean d'Aragon[3], grand-maître d'Avis[4], né
Dans l'exil, fils proscrit d'un père assassiné
Par sentence du tien, roi Carlos de Castille !
Le meurtre est entre nous affaire de famille.
Vous avez l'échafaud, nous avons le poignard,
Donc le ciel m'a fait duc et l'exil montagnard.
Mais puisque j'ai sans fruit aiguisé mon épée
Sur les monts, et dans l'eau des torrents retrempée,

Il met son chapeau.

Aux autres conjurés.

Couvrons-nous, grands d'Espagne ! –

notes

1. Les nobles étaient décapités et les roturiers pendus.

2. Segorbe, Cardona, Monroy, Albatera, Gor : villes d'Espagne.

3. Jean d'Aragon : personnage inventé par Victor Hugo.

4. Avis : ville du Portugal où fut fondé l'ordre de chevalerie de Saint-Benoît-d'Avis.

Tous les Espagnols se couvrent.
À don Carlos.
Oui, nos têtes, ô roi,
Ont le droit de tomber couvertes devant toi !
Aux prisonniers.
– Silva ! Haro ! Lara ! gens de titre et de race,
Place à Jean d'Aragon ! ducs et comtes ! ma place !
Aux courtisans et aux gardes.
Je suis Jean d'Aragon, roi, bourreaux et valets !
Et si vos échafauds sont petits, changez-les !
Il vient se joindre au groupe des seigneurs prisonniers.

DOÑA SOL

Ciel !

DON CARLOS

En effet, j'avais oublié cette histoire.

HERNANI

Celui dont le flanc saigne a meilleure mémoire.
L'affront, que l'offenseur oublie en insensé,
Vit et toujours remue au cœur de l'offensé !

DON CARLOS

Donc je suis, c'est un titre à n'en point vouloir d'autres,
Fils de pères qui font choir la tête des vôtres !

DOÑA SOL, *se jetant à genoux devant l'empereur.*

Sire ! pardon ! pitié ! Sire, soyez clément !
Ou frappez-nous tous deux, car il est mon amant[1],
Mon époux ! En lui seul je respire. – Oh ! je tremble.
Sire ! ayez la pitié de nous tuer ensemble !
Majesté ! je me traîne à vos sacrés genoux !

note

1. amant : qui aime et qui est aimé (langue classique du XVIIe siècle).

Je l'aime ! Il est à moi, comme l'Empire à vous !
Oh ! grâce !...
Don Carlos la regarde, immobile.
– Quel penser sinistre vous absorbe ?... –

DON CARLOS

Allons ! relevez-vous, duchesse de Segorbe,
Comtesse Albatera, marquise de Monroy...
À Hernani.
– Tes autres noms, don Juan[1] ? –

HERNANI

Qui parle ainsi ? le roi ?

DON CARLOS

Non, l'empereur.

DOÑA SOL, *se relevant.*

Grand Dieu !

DON CARLOS, *la montrant à Hernani.*

Duc, voilà ton épouse !

HERNANI, *les yeux au ciel et doña Sol dans ses bras.*

Juste Dieu !

DON CARLOS, *à don Ruy Gomez.*

Mon cousin, ta noblesse est jalouse[2],
Je sais. – Mais Aragon peut épouser Silva.

DON RUY GOMEZ, *sombre.*

Ce n'est pas ma noblesse !

HERNANI, *regardant doña Sol avec amour et la tenant embrassée.*

Oh ! ma haine s'en va !

Il jette son poignard.

notes

1. **don Juan** : Jean d'Aragon, c'est-à-dire Hernani.

2. **jalouse** : qui tient à son rang.

Acte IV, scène 4

DON RUY GOMEZ, *à part, les regardant tous deux.*

Éclaterai-je ? oh ! non ! Fol amour ! douleur folle !
Tu leur ferais pitié, vieille tête espagnole !
Vieillard, brûle sans flamme, aime et souffre en secret,
Laisse ronger ton cœur ! Pas un cri. – L'on rirait !

DOÑA SOL, *dans les bras d'Hernani.*

Ô mon duc !

HERNANI

Je n'ai plus que de l'amour dans l'âme.

DOÑA SOL

Ô bonheur !

DON CARLOS, *à part, la main dans sa poitrine.*

Éteins-toi, cœur jeune et plein de flamme !
Laisse régner l'esprit, que longtemps tu troublas :
Tes amours désormais, tes maîtresses, hélas !
C'est l'Allemagne, c'est la Flandre, c'est l'Espagne.
L'œil fixé sur sa bannière.
L'empereur est pareil à l'aigle, sa compagne.
À la place du cœur, il n'a qu'un écusson.

HERNANI

Ah ! vous êtes César !

DON CARLOS, *à Hernani.*

De ta noble maison,
Don Juan, ton cœur est digne.
Montrant doña Sol.
Il est digne aussi d'elle.
– À genoux, duc !
Hernani s'agenouille. Don Carlos détache sa Toison d'or et la lui passe au cou.
– Reçois ce collier.
Don Carlos tire son épée et l'en frappe trois fois sur l'épaule.
Sois fidèle !

– Par saint Étienne[1], duc, je te fais chevalier.
Il le relève et l'embrasse.
Mais tu l'as, le plus doux et le plus beau collier,
Celui que je n'ai pas, qui manque au rang suprême,
Les deux bras d'une femme aimée et qui vous aime !
Ah ! tu vas être heureux ; – moi, je suis empereur.
Aux conjurés.
Je ne sais plus vos noms, messieurs. – Haine et fureur,
Je veux tout oublier. Allez, je vous pardonne !
C'est la leçon qu'au monde il convient que je donne.
Ce n'est pas vainement qu'à Charles Premier, roi,
L'empereur Charles Quint succède, et qu'une loi
Change, aux yeux de l'Europe, orpheline éplorée,
L'Altesse catholique en Majesté sacrée[2].
Les conjurés tombent à genoux.

LES CONJURÉS

Gloire à Carlos !

DON RUY GOMEZ, *à don Carlos.*

Moi seul, je reste condamné.

DON CARLOS

Et moi !

HERNANI

Je ne hais plus. Carlos a pardonné.[3]
Qui donc nous change tous ainsi ?

notes

1. Étienne Ier (v. 969-1038), roi de Hongrie, imposa le christianisme en Hongrie (qui faisait partie de l'Empire des Habsbourg).
2. Il passe du titre de roi d'Espagne à celui d'empereur. À noter que les vers 1783-1786 sont un ajout tardif et ne figurent pas dans l'édition de 1841.
3. Dans une variante, on trouve, à la place du second hémistiche du vers 1788 prononcé par Hernani, cette réplique en aparté de Don Ruy Gomez : « *Mais, comme lui, je n'ai point pardonné !* »

Acte IV, scène 5

TOUS, *soldats, conjurés, seigneurs.*
Vive Allemagne !
Honneur à Charles Quint !

DON CARLOS, *se tournant vers le tombeau.*
Honneur à Charlemagne !
Laissez-nous seuls tous deux.

Tous sortent.

Scène 5

DON CARLOS, *seul.*

Il s'incline devant le tombeau.

Es-tu content de moi ?
Ai-je bien dépouillé les misères[1] du roi ?
Charlemagne ! empereur, suis-je bien un autre homme ?
Puis-je accoupler mon casque à la mitre[2] de Rome ?
Aux fortunes du monde ai-je droit de toucher ?
Ai-je un pied sûr et ferme, et qui puisse marcher
Dans ce sentier, semé des ruines vandales[3],
Que tu nous as battu de tes larges sandales ?
Ai-je bien à ta flamme allumé mon flambeau ?
Ai-je compris la voix qui parle en ton tombeau ?
– Ah ! j'étais seul, perdu, seul devant un empire,
Tout un monde qui hurle, et menace, et conspire ;
Le Danois[4] à punir, le Saint-Père à payer[5],
Venise, Soliman[6], Luther, François Premier,

notes

1. **misères** : faiblesses.
2. **mitre** : coiffure triangulaire du pape.
3. **ruines vandales** : ruines laissées par les invasions des Vandales, groupe de Germains, au ve siècle.
4. **Le Danois** : Christian II (1481-1559), dit « le Cruel », roi de Danemark et de Norvège, qui annexa la Suède en faisant massacrer les chefs de la résistance nationale.
5. **le Saint-Père à payer** : allusion aux prétentions du pape sur la Sicile.
6. Soliman II, dit « le Magnifique » (1494-1566), sultan ottoman et grand conquérant qui soumit la Hongrie en 1526.

Mille poignards jaloux luisant déjà dans l'ombre,
Des pièges, des écueils, des ennemis sans nombre,
Vingt peuples dont un seul ferait peur à vingt rois,
Tout pressé, tout pressant, tout à faire à la fois !
Je t'ai crié : – Par où faut-il que je commence ?
Et tu m'as répondu : – Mon fils, par la clémence !

L'acteur Worms dans le rôle de Don Carlos, tableau d'Albert Maignan (1880).

Acte V

LA NOCE

SARAGOSSE

Une terrasse du palais d'Aragon. Au fond, la rampe d'un escalier qui s'enfonce dans le jardin. À droite et à gauche, deux portes donnant sur cette terrasse, que ferme au fond du théâtre une balustrade surmontée de deux rangs d'arcades moresques[1], *au-dessus et au travers desquelles on voit les jardins du palais, les jets d'eau dans l'ombre, les bosquets avec les lumières qui s'y promènent, et au fond les faîtes gothiques et arabes*[2] *du palais illuminé. – Il est nuit. On entend des fanfares éloignées. – Des masques, des dominos*[3], *épars, isolés ou groupés, traversent çà et là la terrasse. Sur le devant du théâtre, un groupe de jeunes seigneurs, les masques à la main, riant et causant à grand bruit.*

notes

1. ***arcades moresques*** : ouvertures en arc semblables à celles des monuments arabes (traces architecturales de l'occupation de l'Espagne par les Maures).
2. ***faîtes gothiques et arabes*** : partie la plus haute du palais où se mêlent architectures occidentale et arabe.
3. ***dominos*** : robes amples à capuchon portées lors des bals masqués.

Hernani

Scène 1

DON SANCHO SANCHEZ DE ZUÑIGA, *comte de Monterey* ; DON MATIAS CENTURION, *marquis d'Almuñan* ; DON RICARDO DE ROXAS, *comte de Casapalma* ; DON FRANCISCO DE SOTOMAYOR, *comte de Velalcazar* ; DON GARCI SUAREZ DE CARBAJAL, *comte de Peñalver.*

DON GARCI

Ma foi, vive la joie et vive l'épousée !

DON MATIAS, *regardant au balcon.*

Saragosse ce soir se met à la croisée.

DON GARCI

Et fait bien ! on ne vit jamais noce aux flambeaux
Plus gaie, et nuit plus douce, et mariés plus beaux !

DON MATIAS

Bon empereur !

DON SANCHO

Marquis, certain soir qu'à la brune[1]
Nous allions avec lui tous deux cherchant fortune,
Qui nous eût dit qu'un jour tout finirait ainsi ?

DON RICARDO, *l'interrompant.*

J'en étais.
Aux autres.
Écoutez l'histoire que voici :
Trois galants, un bandit que l'échafaud réclame,
Puis un duc, puis un roi, d'un même cœur de femme

note

1. **à la brune :** au crépuscule.

Font le siège à la fois – L'assaut donné, qui l'a ?
C'est le bandit.

DON FRANCISCO

Mais rien que de simple en cela.
L'amour et la fortune, ailleurs comme en Espagne,
Sont jeux de dés pipés[1]. C'est le voleur qui gagne !

DON RICARDO

Moi, j'ai fait ma fortune à voir faire l'amour[2].
D'abord comte, puis grand, puis alcade de cour,
J'ai fort bien employé mon temps, sans qu'on s'en doute.

DON SANCHO

Le secret de monsieur, c'est d'être sur la route
Du roi...

DON RICARDO

Faisant valoir mes droits, mes actions...

DON GARCI

Vous avez profité de ses distractions.

DON MATIAS

Que devient le vieux duc ? fait-il clouer sa bière[3] ?

DON SANCHO

Marquis, ne riez pas. Car c'est une âme fière.
Il aimait doña Sol, ce vieillard. Soixante ans
Ont fait ses cheveux gris, un jour les a faits blancs !

DON GARCI

Il n'a pas reparu, dit-on, à Saragosse ?

DON SANCHO

Vouliez-vous pas qu'il mît son cercueil de la noce ?

notes

1. **pipés :** truqués.
2. **faire l'amour :** faire la cour.
3. **clouer sa bière :** fermer son cercueil.

DON FRANCISCO

Et que fait l'empereur ?

DON SANCHO

L'empereur aujourd'hui
Est triste. Le Luther lui donne de l'ennui.

DON RICARDO

Ce Luther, beau sujet de soucis et d'alarmes !
Que j'en finirais vite avec quatre gendarmes !

DON MATIAS

Le Soliman aussi lui fait ombre.

DON GARCI

Ah ! Luther !
Soliman, Neptunus[1], le diable et Jupiter,
Que me font ces gens-là ? les femmes sont jolies,
La mascarade[2] est rare, et j'ai dit cent folies !

DON SANCHO

Voilà l'essentiel.

DON RICARDO

Garci n'a point tort. Moi,
Je ne suis plus le même un jour de fête, et croi
Qu'un masque que je mets me fait une autre tête,
En vérité !

DON SANCHO, *bas à Matias.*

Que n'est-ce alors tous les jours fête !

DON FRANCISCO, *montrant la porte à droite.*

Messeigneurs, n'est-ce pas la chambre des époux ?

DON GARCI, *avec un signe de tête.*

Nous les verrons venir dans l'instant.

notes

1. Neptunus : la mer, dont Neptune est le dieu romain.

2. mascarade : bal masqué.

Acte V, scène 1

DON FRANCISCO

Croyez-vous ?

DON GARCI

Hé ! sans doute !

DON FRANCISCO

Tant mieux. L'épousée est si belle !

DON RICARDO

Que l'empereur est bon ! – Hernani, ce rebelle,
Avoir la Toison d'or ! – marié ! – pardonné !
Loin de là[1], s'il m'eût cru, l'empereur eût donné
Lit de pierre au galant, lit de plume à la dame.

DON SANCHO, *bas à don Matias.*

Que je le crèverais volontiers de ma lame !
Faux seigneur de clinquant recousu de gros fil !
Pourpoint de comte, empli de conseils d'alguazil[2] !

DON RICARDO, *s'approchant.*

Que dites-vous là ?

DON MATIAS, *bas à don Sancho.*

Comte, ici pas de querelle !

À don Ricardo.

Il me chante un sonnet de Pétrarque[3] à sa belle.

DON GARCI

Avez-vous remarqué, messieurs, parmi les fleurs,
Les femmes, les habits de toutes les couleurs,
Ce spectre, qui, debout contre une balustrade,
De son domino noir tachait la mascarade ?

notes

1. Loin de là : au lieu de cela.
2. alguazil : agent de police.
3. Pétrarque (1304-1374), poète italien qui chanta dans ses poèmes son amour pour Laure de Noves.

DON RICARDO

Oui, pardieu !

DON GARCI

Qu'est-ce donc ?

DON RICARDO

Mais, sa taille, son air...
C'est don Prancasio, général de la mer[1].

DON FRANCISCO

Non.

DON GARCI

Il n'a pas quitté son masque.

DON FRANCISCO

Il n'avait garde.
C'est le duc de Soma qui veut qu'on le regarde.
Rien de plus.

DON RICARDO

Non. Le duc m'a parlé.

DON GARCI

Qu'est-ce alors
Que ce masque ? – Tenez, le voilà.

Entre un domino noir qui traverse lentement la terrasse au fond. Tous se retournent et le suivent des yeux, sans qu'il paraisse y prendre garde.

DON SANCHO

Si les morts
Marchent, voici leur pas.

DON GARCI, *courant au domino noir.*

Beau masque !

note

1. général de la mer : chef des forces navales.

Acte V, scène 1

Le domino noir se retourne et s'arrête. Garci recule.

Sur mon âme,
Messeigneurs, dans ses yeux j'ai vu luire une flamme.

DON SANCHO

Si c'est le diable, il trouve à qui parler.
Il va au domino noir, toujours immobile.
Mauvais !
Nous viens-tu de l'enfer ?

LE MASQUE

Je n'en viens pas, j'y vais.

Il reprend sa marche, et disparaît par la rampe de l'escalier. Tous le suivent des yeux avec une sorte d'effroi.

DON MATIAS

La voix est sépulcrale, autant qu'on le peut dire.

DON GARCI

Baste ! ce qui fait peur ailleurs, au bal fait rire !

DON SANCHO

Quelque mauvais plaisant !

DON GARCI

Ou si c'est Lucifer[1]
Qui vient nous voir danser, en attendant l'enfer,
Dansons !

DON SANCHO

C'est à coup sûr quelque bouffonnerie.

DON MATIAS

Nous le saurons demain.

DON SANCHO, *à don Matias.*

Regardez, je vous prie.
Que devient-il ?

note

1. **Lucifer** : autre nom du Diable.

DON MATIAS, *à la balustrade de la terrasse.*
Il a descendu l'escalier.
– Plus rien.

DON SANCHO
C'est un plaisant drôle !
Rêvant.
– C'est singulier.

DON GARCI, *à une dame qui passe.*
– Marquise, dansons-nous celle-ci ?
Il la salue et lui présente la main.

LA DAME
Mon cher comte,
Vous savez, avec vous, que mon mari les compte.

DON GARCI
Raison de plus. Cela l'amuse apparemment.
C'est son plaisir. Il compte, et nous dansons.
La dame lui donne la main et ils sortent.

DON SANCHO, *pensif.*
Vraiment,
C'est singulier.

DON MATIAS
Voici les mariés. Silence.
Entrent Hernani et doña Sol se donnant la main. Doña Sol en magnifique habit de mariée. Hernani tout en velours noir, avec la Toison d'or au cou. Derrière eux, foule de masques, de dames et de seigneurs qui leur font cortège. Deux hallebardiers[1] *en riche livrée les suivent, et quatre pages les précèdent. Tout le monde se range et s'incline sur leur passage. Fanfares.*

note

1. ***hallebardiers*** : fantassins équipés d'une hallebarde, sorte de longue lance.

Acte V, scène 2

Scène 2

LES MÊMES, HERNANI, DOÑA SOL, *suite.*

HERNANI, *saluant.*

Chers amis !...

DON RICARDO, *allant à lui et s'inclinant.*

Ton bonheur fait le nôtre, excellence !

DON FRANCISCO, *contemplant doña Sol.*

Saint Jacques Monseigneur ! c'est Vénus[1] qu'il conduit !

DON MATIAS

D'honneur[2], on est heureux un pareil jour la nuit !

DON FRANCISCO, *montrant à don Matias la chambre nuptiale.*

Qu'il va se passer là de gracieuses choses !
Être fée, et tout voir, feux éteints, portes closes,
Serait-ce pas charmant ?

DON SANCHO, *à don Matias.*

Il est tard. Partons-nous ?

Tous vont saluer les mariés et sortent, les uns par la porte, les autres par l'escalier du fond.

HERNANI, *les reconduisant.*

Dieu vous garde !

DON SANCHO, *resté le dernier, lui serre la main.*

Soyez heureux !

Il sort.

Hernani et doña Sol restent seuls. – Bruit de pas et de voix qui s'éloignent, puis cessent tout à fait. Pendant tout le commencement de la scène qui suit, les fanfares et les lumières éloignées s'éteignent par degrés. La nuit et le silence reviennent peu à peu.

notes

1. **Vénus** : déesse latine de l'Amour et de la Beauté.

2. **D'honneur** : ma parole, par ma foi.

Hernani

Scène 3

HERNANI, DOÑA SOL

DOÑA SOL

Ils s'en vont tous,

Enfin !

HERNANI, *cherchant à l'attirer dans ses bras.*

Cher amour !

DOÑA SOL, *rougissant et reculant.*

C'est... qu'il est tard, ce me semble...

HERNANI

Ange ! Il est toujours tard pour être seuls ensemble !

DOÑA SOL

Ce bruit me fatiguait ! – N'est-ce pas, cher seigneur,
Que toute cette joie étourdit le bonheur ?

HERNANI

Tu dis vrai. Le bonheur, amie, est chose grave.
Il veut des cœurs de bronze et lentement s'y grave.
Le plaisir l'effarouche en lui jetant des fleurs.
Son sourire est moins près du rire que des pleurs !

DOÑA SOL

Dans vos yeux, ce sourire est le jour.

Hernani cherche à l'entraîner vers la porte. Elle rougit.

– Tout à l'heure.

HERNANI

Oh ! je suis ton esclave ! – Oui, demeure, demeure !
Fais ce que tu voudras. Je ne demande rien.
Tu sais ce que tu fais ! ce que tu fais est bien !
Je rirai si tu veux, je chanterai. Mon âme
Brûle... Eh ! dis au volcan qu'il étouffe sa flamme,
Le volcan fermera ses gouffres entrouverts,
Et n'aura sur ses flancs que fleurs et gazons verts !

Jany Gastaldi (Doña Sol) et Aurélien Recoing (Hernani)
dans la mise en scène d'Antoine Vitez à Chaillot (Paris, 1985).

Car le géant est pris, le Vésuve[1] est esclave ;
Et que t'importe, à toi, son cœur rongé de lave ?
Tu veux des fleurs ! c'est bien ! Il faut que de son mieux
Le volcan tout brûlé s'épanouisse aux yeux !

DOÑA SOL

Oh ! que vous êtes bon pour une pauvre femme,
Hernani de mon cœur !

HERNANI

Quel est ce nom, madame ?
Oh ! ne me nomme plus de ce nom, par pitié !
Tu me fais souvenir que j'ai tout oublié !
Je sais qu'il existait autrefois, dans un rêve,
Un Hernani, dont l'œil avait l'éclair du glaive,
Un homme de la nuit et des monts, un proscrit
Sur qui le mot *vengeance* était partout écrit !
Un malheureux traînant après lui l'anathème[2] !
Mais je ne connais pas ce Hernani. – Moi, j'aime
Les prés, les fleurs, les bois, le chant du rossignol.
Je suis Jean d'Aragon, mari de doña Sol !
Je suis heureux !

DOÑA SOL

Je suis heureuse !

HERNANI

Que m'importe
Les haillons qu'en entrant j'ai laissés à la porte !
Voici que je reviens à mon palais en deuil.
Un ange du Seigneur m'attendait sur le seuil.
J'entre, et remets debout les colonnes brisées,
Je rallume le feu, je rouvre les croisées,

notes

1. **Vésuve** : volcan italien réputé pour ses éruptions.

2. **anathème** : réprobation publique, condamnation.

Je fais arracher l'herbe au pavé de la cour,
Je ne suis plus que joie, enchantement, amour.
Qu'on me rende mes tours, mes donjons, mes bastilles[1],
Mon panache[2], mon siège au Conseil des Castilles,
Vienne ma doña Sol, rouge et le front baissé,
Qu'on nous laisse tous deux, et le reste est passé !
Je n'ai rien vu, rien dit, rien fait, je recommence,
J'efface tout, j'oublie ! Ou sagesse ou démence,
Je vous ai, je vous aime, et vous êtes mon bien !

DOÑA SOL

Que sur ce velours noir ce collier d'or fait bien !

HERNANI

Vous vîtes avant moi le roi mis de la sorte.

DOÑA SOL

Je n'ai pas remarqué. – Tout autre, que m'importe !
Puis est-ce le velours ou le satin encor ?
Non, mon duc. C'est ton cou qui sied au collier d'or !
Vous êtes noble et fier, monseigneur.

Il veut l'entraîner.

– Tout à l'heure ! –
Un moment ! – Vois-tu bien ? c'est la joie, et je pleure.
Viens voir la belle nuit !

Elle va à la balustrade.

– Mon duc, rien qu'un moment !
Le temps de respirer et de voir seulement !
Tout s'est éteint, flambeaux et musique de fête.
Rien que la nuit et nous ! Félicité parfaite !
Dis, ne le crois-tu pas ? Sur nous, tout en dormant,
La nature à demi veille amoureusement.

notes

1. **bastilles** : châteaux forts.
2. **panache** : ornement du casque.

La lune est seule aux cieux, qui comme nous repose.
Et respire avec nous l'air embaumé de rose ![1]
Regarde : plus de feux, plus de bruit. Tout se tait.
La lune tout à l'heure à l'horizon montait ;
Tandis que tu parlais, sa lumière qui tremble
Et ta voix, toutes deux, m'allaient au cœur ensemble ;
Je me sentais joyeuse et calme, ô mon amant !
Et j'aurais bien voulu mourir en ce moment.

HERNANI

Ah ! qui n'oublierait tout à cette voix céleste ?
Ta parole est un chant où rien d'humain ne reste.
Et comme un voyageur sur un fleuve emporté,
Qui glisse sur les eaux par un beau soir d'été,
Et voit fuir sous ses yeux mille plaines fleuries,
Ma pensée entraînée erre en tes rêveries !

DOÑA SOL

Ce silence est trop noir, ce calme est trop profond.
Dis, ne voudrais-tu point voir une étoile au fond ?
Ou qu'une voix des nuits, tendre et délicieuse,
S'élevant tout à coup, chantât ?...

HERNANI, *souriant.*

Capricieuse !
Tout à l'heure on fuyait la lumière et les chants !

DOÑA SOL

Le bal ! – Mais un oiseau qui chanterait aux champs !
Un rossignol, perdu dans l'ombre et dans la mousse,
Ou quelque flûte au loin !... – Car la musique est douce,
Fait l'âme harmonieuse, et, comme un divin chœur,

note

1. Variante : « *Pas un nuage au ciel. Tout, comme nous, repose. / Viens, respire avec moi l'air embaumé de rose !* »

Acte V, scène 3

Éveille mille voix qui chantent dans le cœur !
– Ah ! ce serait charmant !
On entend le bruit lointain d'un cor dans l'ombre.
– Dieu ! je suis exaucée !

HERNANI, *tressaillant, à part.*

Ah ! malheureuse !

DOÑA SOL

Un ange a compris ma pensée, –
Ton bon ange sans doute ?

HERNANI, *amèrement.*

Oui, mon bon ange !
À part.
Encor !...

DOÑA SOL, *souriant.*

Don Juan, je reconnais le son de votre cor !

HERNANI

N'est-ce pas ?

DOÑA SOL

Seriez-vous dans cette sérénade
De moitié[1] ?

HERNANI

De moitié, tu l'as dit.

DOÑA SOL

Bal maussade !
Oh ! que j'aime bien mieux le cor au fond des bois !
Et puis, c'est votre cor, c'est comme votre voix.
Le cor recommence.

note

1. **de moitié** : complice.

HERNANI, *à part.*

Ah ! le tigre est en bas qui hurle et veut sa proie !

DOÑA SOL

Don Juan, cette harmonie emplit le cœur de joie !...

HERNANI, *se levant, terrible.*

Nommez-moi Hernani ! nommez-moi Hernani !
Avec ce nom fatal je n'en ai pas fini !

DOÑA SOL, *tremblante.*

Qu'avez-vous ?

HERNANI

Le vieillard !

DOÑA SOL

Dieu ! quels regards funèbres !
Qu'avez-vous ?

HERNANI

Le vieillard qui rit dans les ténèbres !
– Ne le voyez-vous pas ?

DOÑA SOL

Où vous égarez-vous ?
Qu'est-ce que ce vieillard ?

HERNANI

Le vieillard !

DOÑA SOL

À genoux
Je t'en supplie, oh ! dis ! quel secret te déchire ?
Qu'as-tu ?

HERNANI

Je l'ai juré !

DOÑA SOL

Juré !

Acte V, scène 3

Elle suit tous ses mouvements avec anxiété. Il s'arrête tout à coup et passe la main sur son front.

HERNANI, *à part.*

Qu'allais-je dire ?

Épargnons-la.

Haut.

Moi, rien. De quoi t'ai-je parlé ?

DOÑA SOL

Vous avez dit...

HERNANI

Non, non. J'avais l'esprit troublé...
Je souffre un peu, vois-tu. N'en prends pas d'épouvante.

DOÑA SOL

Te faut-il quelque chose ? ordonne à ta servante !

Le cor recommence.

HERNANI, *à part.*

Il le veut ! il le veut ! il a mon serment !

Cherchant son poignard.

– Rien !
Ce devrait être fait ![1] – Ah !...

DOÑA SOL

Tu souffres donc bien ?

HERNANI

Une blessure ancienne, et qui semblait fermée,
Se rouvre...

À part.

Éloignons-la.

Haut.

Doña Sol, bien-aimée,

note

1. Rappel de l'engagement pris de se tuer au son du cor (III, 7).

Écoute, Ce coffret qu'en des jours moins heureux
Je portais avec moi...

DOÑA SOL

Je sais ce que tu veux.
Eh bien, qu'en veux-tu faire ?

HERNANI

Un flacon qu'il renferme
Contient un élixir qui pourra mettre un terme
Au mal que je ressens. Va !

DOÑA SOL

J'y vais, monseigneur.

Elle sort par la porte de la chambre nuptiale.

Scène 4

HERNANI, *seul.*

Voilà donc ce qu'il vient faire de mon bonheur !
Voici le doigt fatal qui luit sur la muraille !
Oh ! que la destinée amèrement me raille !

Il tombe dans une profonde et convulsive rêverie, puis se détourne brusquement.

Hé bien ?... – Mais tout se tait. Je n'entends rien venir.
Si je m'étais trompé !...

Le masque en domino noir paraît au haut de la rampe. – Hernani s'arrête pétrifié.

Acte V, scène 5

Scène 5

HERNANI, LE MASQUE

LE MASQUE

« Quoi qu'il puisse advenir,
Quand tu voudras, vieillard, quel que soit le lieu, l'heure,
S'il te passe à l'esprit qu'il est temps que je meure,
Viens, sonne de ce cor, et ne prends d'autres soins.
Tout sera fait. »[1] – Ce pacte eut les morts pour témoins[2].
Eh bien, tout est-il fait ?

HERNANI, *à voix basse.*

C'est lui !

LE MASQUE

Dans ta demeure
Je viens, et je te dis qu'il est temps. C'est mon heure.
Je te trouve en retard.

HERNANI

Bien. Quel est ton plaisir ?
Que feras-tu de moi ? Parle.

LE MASQUE

Tu peux choisir
Du fer ou du poison. Ce qu'il faut, je l'apporte.
Nous partirons tous deux.

HERNANI

Soit.

LE MASQUE

Prions-nous ?

HERNANI

Qu'importe !

notes

1. Citation du serment d'Hernani (v. 1292-1296).

2. **morts pour témoins** : portraits des ancêtres de Don Ruy Gomez.

LE MASQUE

Que prends-tu ?

HERNANI

Le poison.

LE MASQUE

Bien ! Donne-moi ta main.

Il présente une fiole à Hernani, qui la reçoit en pâlissant.

Bois, pour que je finisse.

Hernani approche la fiole de ses lèvres, puis recule.

HERNANI

Oh ! par pitié, demain ! –
Oh ! s'il te reste un cœur, duc, ou du moins une âme ;
Si tu n'es pas un spectre échappé de la flamme ;
Un mort damné, fantôme ou démon désormais ;
Si Dieu n'a point encor mis sur ton front : « Jamais ! »
Si tu sais ce que c'est que ce bonheur suprême
D'aimer, d'avoir vingt ans, d'épouser quand on aime ;
Si jamais femme aimée a tremblé dans tes bras,
Attends jusqu'à demain ! – Demain tu reviendras !

LE MASQUE

Simple qui parle ainsi ! Demain ! demain ! – Tu railles !
Ta cloche a ce matin sonné tes funérailles !
Et que ferais-je, moi, cette nuit ? J'en mourrais.
Et qui viendrait te prendre et t'emporter après ?
Seul descendre au tombeau ! Jeune homme, il faut me suivre !

HERNANI

Eh bien, non ! et de toi, démon, je me délivre !
Je n'obéirai pas.

LE MASQUE

Je m'en doutais. – Fort bien.
Sur quoi donc m'as-tu fait ce serment ? Ah ! sur rien !
Peu de chose, après tout ! La tête de ton père.
Cela peut s'oublier. La jeunesse est légère.

HERNANI

Mon père ! – Mon père !... – Ah ! j'en perdrai la raison !...

LE MASQUE

Non, ce n'est qu'un parjure et qu'une trahison.

HERNANI

Duc !...

LE MASQUE

Puisque les aînés des maisons espagnoles
Se font jeu maintenant de fausser leurs paroles,
Il fait un pas pour sortir.
Adieu !

HERNANI

Ne t'en va pas.

LE MASQUE

Alors...

HERNANI

Vieillard cruel !

Il prend la fiole.

Revenir sur mes pas à la porte du ciel !...

Rentre doña Sol, sans voir le masque qui est debout près de la rampe au fond du théâtre.

Scène 6

LES MÊMES, DOÑA SOL

DOÑA SOL

Je n'ai pu le trouver, ce coffret.

HERNANI, *à part.*

Dieu ! c'est elle !

Dans quel moment !

DOÑA SOL

Qu'a-t-il ? Je l'effraie, il chancelle

À ma voix ! – Que tiens-tu dans ta main ? quel soupçon !
Que tiens-tu dans ta main ? réponds.

Le domino se démasque. Elle pousse un cri et reconnaît don Ruy.

– C'est du poison !

HERNANI

Grand Dieu !

DOÑA SOL, *à Hernani.*

Que t'ai-je fait ? quel horrible mystère !...
Vous me trompiez, don Juan !...

HERNANI

Ah ! j'ai dû te le taire.
J'ai promis de mourir au duc qui me sauva.
Aragon doit payer cette dette à Silva.

DOÑA SOL

Vous n'êtes pas à lui, mais à moi. Que m'importe
Tous vos autres serments !

À don Ruy Gomez.

Duc, l'amour me rend forte.
Contre vous, contre tous, duc, je le défendrai.

DON RUY GOMEZ, *immobile.*

Défends-le, si tu peux, contre un serment juré.

DOÑA SOL

Quel serment ?

HERNANI

J'ai juré.

DOÑA SOL

Non, non ; rien ne te lie ;
Cela ne se peut pas ! Crime, attentat, folie !

DON RUY GOMEZ

Allons, duc !

Hernani fait un geste pour obéir. Doña Sol cherche à l'arrêter.

HERNANI

Laissez-moi, doña Sol, il le faut.
Le duc a ma parole, et mon père est là-haut !

DOÑA SOL, *à don Ruy.*

Il vaudrait mieux pour vous aller aux tigres même
Arracher leurs petits, qu'à moi celui que j'aime.
Savez-vous ce que c'est que doña Sol ? Longtemps,
Par pitié pour votre âge et pour vos soixante ans,
J'ai fait la fille douce, innocente, et timide ;
Mais voyez-vous cet œil de pleurs de rage humide ?
Elle tire un poignard de son sein.
Voyez-vous ce poignard ? Ah ! vieillard insensé,
Craignez-vous pas le fer quand l'œil a menacé ?
Prenez garde, don Ruy ! – Je suis de la famille,
Mon oncle ! – écoutez-moi, fussé-je votre fille,
Malheur si vous portez la main sur mon époux !...
Elle jette le poignard et tombe à genoux devant le duc.
Ah ! je tombe à vos pieds ! Ayez pitié de nous !
Grâce ! hélas ! monseigneur, je ne suis qu'une femme,
Je suis faible, ma force avorte dans mon âme,
Je me brise aisément, je tombe à vos genoux !
Ah ! je vous en supplie, ayez pitié de nous !

DON RUY GOMEZ

Doña Sol !

DOÑA SOL

Pardonnez ! Nous autres Espagnoles,
Notre douleur s'emporte à de vives paroles,
Vous le savez. Hélas ! vous n'étiez pas méchant !
Pitié ! vous me tuez, mon oncle, en le touchant !
Pitié ! je l'aime tant !...

DON RUY GOMEZ, *sombre.*
Vous l'aimez trop !

HERNANI
Tu pleures !

DOÑA SOL
Non, non, je ne veux pas, mon amour, que tu meures !
Non, je ne le veux pas.
À don Ruy.
Faites grâce aujourd'hui ;
Je vous aimerai bien aussi, vous.

DON RUY GOMEZ
Après lui !
De ces restes d'amour, d'amitié, – moins encore, –
Croyez-vous apaiser la soif qui me dévore ?
Montrant Hernani.
Il est seul ! il est tout ! mais moi, belle pitié !
Qu'est-ce que je peux faire avec votre amitié ?
Ô rage ! il aurait, lui, le cœur, l'amour, le trône,
Et d'un regard de vous il me ferait l'aumône !
Et s'il fallait un mot à mes vœux insensés,
C'est lui qui vous dirait : – Dis cela, c'est assez ! –
En maudissant tout bas le mendiant avide
Auquel il faut jeter le fond du verre vide !
Honte ! dérision ! Non, il faut en finir.
Bois !

HERNANI
Il a ma parole, et je dois la tenir.

DON RUY GOMEZ
Allons !
Hernani approche la fiole de ses lèvres. Doña Sol se jette sur son bras.

DOÑA SOL
Oh ! pas encor ! Daignez tous deux m'entendre.

Acte V, scène 6

DON RUY GOMEZ

Le sépulcre est ouvert, et je ne puis attendre.

DOÑA SOL

Un instant, monseigneur ! mon don Juan ! – Ah ! tous deux
Vous êtes bien cruels ! – Qu'est-ce que je veux d'eux ?
Un instant ! voilà tout... tout ce que je réclame !
Enfin on laisse dire à cette pauvre femme
Ce qu'elle a dans le cœur !... – Oh ! laissez-moi parler !...

DON RUY GOMEZ, *à Hernani.*

J'ai hâte.

passage analysé

DOÑA SOL

Messeigneurs ! vous me faites trembler !
Que vous ai-je donc fait ?

HERNANI

Ah ! son cri me déchire.

DOÑA SOL, *lui retenant toujours le bras.*

Vous voyez bien que j'ai mille choses à dire !

DON RUY GOMEZ, *à Hernani.*

Il faut mourir.

DOÑA SOL, *toujours pendue au bras d'Hernani.*

Don Juan, lorsque j'aurai parlé,
Tout ce que tu voudras, tu le feras.

Elle lui arrache la fiole.

Je l'ai !

Elle élève la fiole aux yeux d'Hernani et du vieillard étonné.

DON RUY GOMEZ

Puisque je n'ai céans affaire qu'à deux femmes,
Don Juan, il faut qu'ailleurs j'aille chercher des âmes.
Tu fais de beaux serments par le sang dont tu sors,
Et je vais à ton père en parler chez les morts !
– Adieu !...

Il fait quelques pas pour sortir. Hernani le retient.

passage analysé

HERNANI

Duc, arrêtez.

À doña Sol.

Hélas ! je t'en conjure,
Veux-tu me voir faussaire, et félon, et parjure ?
Veux-tu que partout j'aille avec la trahison
Écrite sur le front ? Par pitié, ce poison,
Rends-le-moi ! Par l'amour, par notre âme immortelle...

DOÑA SOL, *sombre.*

Tu veux ?

Elle boit.

Tiens maintenant.

DON RUY GOMEZ, *à part.*

Ah ! c'était donc pour elle !

DOÑA SOL, *rendant à Hernani la fiole à demi vidée.*

Prends, te dis-je.

HERNANI, *à don Ruy.*

Vois-tu, misérable vieillard ?

DOÑA SOL

Ne te plains pas de moi, je t'ai gardé ta part.

HERNANI, *prenant la fiole.*

Dieu !

DOÑA SOL

Tu ne m'aurais pas ainsi laissé la mienne,
Toi !... Tu n'as pas le cœur d'une épouse chrétienne.
Tu ne sais pas aimer comme aime une Silva.
Mais j'ai bu la première et suis tranquille. – Va !
Bois si tu veux !

HERNANI

Hélas ! qu'as-tu fait, malheureuse ?

DOÑA SOL

C'est toi qui l'as voulu.

Acte V, scène 6

passage analysé

HERNANI
C'est une mort affreuse !

DOÑA SOL
Non. – Pourquoi donc ?

HERNANI
Ce philtre[1] au sépulcre conduit.

DOÑA SOL
Devions-nous pas dormir ensemble cette nuit ?
Qu'importe dans quel lit !

HERNANI
Mon père, tu te venges
Sur moi qui t'oubliais !
Il porte la fiole à sa bouche.

DOÑA SOL, *se jetant sur lui.*
Ciel ! des douleurs étranges !...
Ah ! jette loin de toi ce philtre !... ma raison
S'égare. – Arrête ! hélas ! mon don Juan ! ce poison
Est vivant, ce poison dans le cœur fait éclore
Une hydre[2] à mille dents qui ronge et qui dévore !
Oh ! je ne savais pas qu'on souffrît à ce point !
Qu'est-ce donc que cela ? c'est du feu ! ne bois point !
Oh ! tu souffrirais trop !

HERNANI, *à don Ruy.*
Ah ! ton âme est cruelle !
Pouvais-tu pas choisir d'autre poison pour elle ?
Il boit et jette la fiole.

notes

1. philtre : breuvage.
2. hydre : serpent fabuleux dont chacune des sept têtes repoussait quand on la coupait ; représente ici la douleur sans cesse renaissante.

La mort des amants, lithographie d'Achille Devéria (1800-1857) exécutée au soir de la première représentation d'*Hernani*.

Acte V, scène 6

passage analysé

DOÑA SOL

Que fais-tu ?

HERNANI

Qu'as-tu fait ?

DOÑA SOL

Viens, ô mon jeune amant,
Dans mes bras.

Ils s'asseyent l'un près de l'autre.

N'est-ce pas qu'on souffre horriblement ?

HERNANI

Non.

DOÑA SOL

Voilà notre nuit de noces commencée !
Je suis bien pâle, dis, pour une fiancée ?

HERNANI

Ah !

DON RUY GOMEZ

La fatalité s'accomplit.

HERNANI

Désespoir !
Ô tourment ! doña Sol souffrir, et moi le voir !

DOÑA SOL

Calme-toi. Je suis mieux. – Vers des clartés nouvelles
Nous allons tout à l'heure ensemble ouvrir nos ailes.
Partons d'un vol égal vers un monde meilleur.
Un baiser seulement, un baiser !

Ils s'embrassent.

DON RUY GOMEZ

Ô douleur !

Hernani

passage analysé

HERNANI, *d'une voix affaiblie.*

Oh ! béni soit le ciel qui m'a fait une vie
D'abîmes entourée et de spectres suivie,
Mais qui permet que, las d'un si rude chemin,
Je puisse m'endormir, ma bouche sur ta main !

DON RUY GOMEZ

Qu'ils sont heureux !

HERNANI,
d'une voix de plus en plus faible.

Viens... viens... doña Sol, tout est [sombre...
Souffres-tu ?

DOÑA SOL, *d'une voix également éteinte.*

Rien, plus rien.

HERNANI

Vois-tu des feux dans l'ombre ?

DOÑA SOL

Pas encor.

HERNANI, *avec un soupir.*

Voici...

Il tombe.

DON RUY GOMEZ,
soulevant sa tête qui retombe.

Mort !

DOÑA SOL,
échevelée, et se dressant à demi sur son séant.

Mort ! non pas !... nous dormons.
Il dort ! c'est mon époux, vois-tu, nous nous aimons.
Nous sommes couchés là. C'est notre nuit de noce.
D'une voix qui s'éteint.
Ne le réveillez pas, seigneur duc de Mendoce.

Acte V, scène 6

passage analysé

Il est las.
Elle retourne la figure d'Hernani.
Mon amour, tiens-toi vers moi tourné.
Plus près... plus près encor...
Elle retombe.

DON RUY GOMEZ

Morte !... Oh ! je suis damné !...

Il se tue.

Le dénouement tragique

Lecture analytique de l'extrait, p. 217, v. 2110, à p. 223, v. 2166.

Au moment de son enlèvement par Don Carlos, Doña Sol avait emporté avec elle une fiole de poison qu'elle conservait précieusement. Or, après avoir été nommé empereur, Don Carlos renonça à elle et annonça le mariage de cette dernière avec Hernani, désormais nommé Don Juan d'Aragon.

Malheureusement, Don Ruy Gomez avait conclu un pacte avec ce dernier : une fois Doña Sol délivrée des mains du tyran, il réclamerait la tête du bandit qui l'avait offensé en lui volant la jeune femme. Le son du cor lui indiquerait, le moment venu, l'heure de sa mort. Hernani ne peut se dérober à ce pacte : c'est une question d'honneur.

Hernani et Doña Sol ne goûtent pas longtemps au bonheur de leur hymen : depuis leur chambre nuptiale leur parvient le son du cor (sc. 3). Il tente d'obtenir un court délai (sc. 5 : *« Oh ! Par pitié ! Demain !* [...] *Attends jusqu'à demain »*), mais doit respecter sa parole (sc. 6 : *« Le Duc a ma parole et mon père est là-haut ! »*). Les supplications de Doña Sol n'y changent rien...

Le drame* prend alors des allures de tragédie* : un destin fatal est en marche qui ne semble vouloir épargner personne, pas même Doña Sol qui s'élève ici au rang d'héroïne tragique*.

Respecter sa parole : une question d'honneur

❶ Quels termes Don Ruy Gomez et Hernani emploient-ils, des vers 2115 à 2123, pour évoquer le pacte qui les lie et le code d'honneur qui le régit ?

❷ Relevez deux figures de style* aux vers 2120-2121. Que cherche à faire Hernani ici ?

❸ Comment et pourquoi est-il fait allusion au défunt père d'Hernani ? Relevez des exemples précis.

* *Cf.* Lexique.

Extrait, p. 217, v. 2110, à p. 223, v. 2166

❹ Quelle ponctuation et quels types de phrases* servent à l'évocation de l'honneur ?
❺ Pourquoi Don Ruy Gomez se tue-t-il ?

Un destin en marche

❻ Relevez les didascalies*. En quoi contribuent-elles à la dramatisation de cette fin tragique* ?
❼ Relevez plusieurs exemples différents de stichomythies*. Quel effet produisent ces enchaînements de répliques* ?
❽ Quels termes dans les répliques renvoient à la mort ?
❾ De quelle manière l'amour vient-il se mêler à l'imminence de la mort ? Relevez des termes et expressions précis.
❿ Relevez des manifestations élégiaques* propres au ton tragique.

Doña Sol : une héroïne tragique

⓫ Recherchez, dans les pages précédentes, le moment précis où Doña Sol comprend ce qui se joue entre Hernani et Don Ruy Gomez.
⓬ Comment essaie-t-elle de les faire changer d'avis dans les répliques qui précèdent cet extrait ?
⓭ À quel moment précis Doña Sol fait-elle tout basculer ? Qu'apprend-on sur elle en la voyant agir ainsi ?
⓮ Relevez les verbes à l'impératif dans les répliques de Doña Sol. À qui les adresse-t-elle ? Qu'est-ce que cela nous montre ?
⓯ Relevez le champ lexical* mais aussi les images qui décrivent la souffrance due à l'empoisonnement.

* *Cf.* Lexique.

Mourir d'amour

Lectures croisées et travaux d'écriture

Quelle issue plus romantique que celle de mourir d'amour ?
Le héros romantique ne peut imaginer sa vie sans l'autre ; on se souvient du vers de Lamartine : *« Un seul être vous manque, et tout est dépeuplé » (Méditations poétiques)*. La mort apparaît alors à la fois comme une preuve d'amour, un abandon mais aussi l'aspiration vers un idéal. Car, au-delà de la mort, les amants sont réunis.
La littérature romantique n'a pas été la seule à exploiter cette thématique. Les tragédies* classiques y ont puisé de puissants ressorts dramatiques* et pathétiques*, où l'amour et la mort viennent souvent contrer la raison d'État. Le roman aussi connaît ses issues tragiques* et, des siècles après les déboires de *La Princesse de Clèves*, les héroïnes réalistes se meurent d'amour pour des hommes que la morale leur interdit de désirer à cause de la différence d'âge, de la différence sociale ou encore parce que l'un des deux amants, voire les deux sont mariés. Ainsi Emma Bovary tentera-t-elle de se tuer après avoir été abandonnée par Rodolphe et choisira, elle aussi, l'empoisonnement pour mettre fin à ses jours.
Ces amoureux contrariés, ces couples séparés sont sans doute des avatars de Roméo et Juliette, amants sacrifiés pour l'éternité. Le thème, en tout cas, est loin d'être épuisé, puisqu'à notre siècle, on parle encore de *« mourir d'aimer »*.

Texte A : Extrait de la scène 6 de l'acte V d'*Hernani* de Victor Hugo (p. 217, v. 2110, à p. 223, v. 2166)

Texte B : Jean Racine, *Phèdre*
Initialement intitulée* Phèdre et Hippolyte*, la tragédie de Racine, d'abord jouée en 1677 à l'Hôtel de Bourgogne, fut rebaptisée* Phèdre *en 1687 et connut alors un réel succès jamais démenti.

* *Cf.* Lexique.

Phèdre est l'épouse de Thésée, que l'on croit mort, mais elle conçoit une passion coupable et sans espoir pour son beau-fils, Hippolyte. De son côté, le jeune homme aime Aricie, qui lui est pourtant interdite pour raison d'État. Ces amours contrariées connaissent une fin tragique* : Thésée, de retour, croit son fils coupable d'aimer sa belle-mère et décide qu'il doit mourir ; ce n'est qu'après la mort de ce dernier que Phèdre, qui vient d'avaler un poison, avoue la vérité à son époux.

Scène dernière. THÉSÉE, PHÈDRE, THÉRAMÈNE, PANOPE, GARDES

THÉSÉE
Hé bien ! vous triomphez, et mon fils est sans vie.
Ah ! que j'ai lieu de craindre ! et qu'un cruel soupçon,
L'excusant dans mon cœur, m'alarme avec raison !
Mais, Madame, il est mort, prenez votre victime :
Jouissez de sa perte, injuste ou légitime.
Je consens que mes yeux soient toujours abusés.
Je le crois criminel, puisque vous l'accusez.
Son trépas à mes pleurs offre assez de matières,
Sans que j'aille chercher d'odieuses lumières,
Qui, ne pouvant le rendre à ma juste douleur,
Peut-être ne feraient qu'accroître mon malheur.
Laissez-moi, loin de vous et loin de ce rivage,
De mon fils déchiré fuir la sanglante image.
Confus[1], persécuté d'un[2] mortel souvenir,
De l'univers entier je voudrais me bannir.
Tout semble s'élever contre mon injustice.
L'éclat de mon nom même augmente mon supplice.
Moins connu des mortels, je me cacherais mieux.
Je hais jusques au soin dont m'honorent les dieux ;
Et je m'en vais pleurer leurs faveurs meurtrières
Sans plus les fatiguer d'inutiles prières.
Quoi qu'ils fissent pour moi, leur funeste[3] bonté
Ne me saurait payer de[4] ce qu'ils m'ont ôté.

PHÈDRE
Non, Thésée, il faut rompre un injuste silence :
Il faut à votre fils rendre son innocence.
Il n'était point coupable.

* *Cf.* Lexique

THÉSÉE

Ah ! père infortuné !
Et c'est sur votre foi[5] que je l'ai condamné !
Cruelle, pensez-vous être assez excusée...

PHÈDRE

Les moments me sont chers[6], écoutez-moi, Thésée.
C'est moi qui sur ce fils chaste et respectueux
Osai jeter un œil profane[7], incestueux.
Le ciel mit dans mon sein une flamme funeste ;
La détestable[8] Œnone a conduit tout le reste.
Elle a craint qu'Hippolyte, instruit de ma fureur[9],
Ne découvrît[10] un feu[11] qui lui faisait horreur.
La perfide, abusant de ma faiblesse extrême,
S'est hâtée à vos yeux de l'accuser lui-même.
Elle s'en est punie et, fuyant mon courroux,
A cherché dans les flots un supplice trop doux.
Le fer aurait déjà tranché ma destinée ;
Mais je laissais gémir la vertu soupçonnée.
J'ai voulu, devant vous exposant mes remords,
Par un chemin plus lent descendre chez les morts.
J'ai pris, j'ai fait couler dans mes brûlantes veines
Un poison que Médée apporta dans Athènes.
Déjà jusqu'à mon cœur le venin[12] parvenu
Dans ce cœur expirant jette un froid inconnu ;
Déjà je ne vois plus qu'à travers un nuage
Et le ciel et l'époux que ma présence outrage ;
Et la mort, à mes yeux dérobant la clarté,
Rend au jour, qu'ils souillaient, toute sa pureté.

Jean Racine, *Phèdre*, extrait de la scène 7 de l'acte V, 1677.

1. **Confus :** bouleversé. 2. **persécuté d'un :** poursuivi par un. 3. **funeste :** mortelle.
4. **me [...] payer de :** compenser la perte de. 5. **foi :** parole en laquelle on croit.
6. **chers :** comptés. 7. **profane :** sacrilège. 8. **détestable :** maudite. 9. **fureur :** passion folle.
10. **ne découvrît :** ne révélât à tous. 11. **feu :** amour. 12. **venin :** poison.

Texte C : Charles Baudelaire, *Les Fleurs du mal*

Charles Baudelaire (1821-1867) fait paraître son recueil des* Fleurs du mal *en 1857, après avoir mis des années à le composer. Le recueil est jugé immoral et son auteur condamné en correctionnelle – ce qui l'amène à procéder à des corrections pour une nouvelle publication. Baudelaire est une figure

type du poète maudit : il est rongé par l'alcool, la drogue et la pauvreté. La mort est un thème très présent dans ses poèmes : elle est à la fois aspiration vers l'infini et épuration des esprits et des cœurs.

La Mort des amants

Nous aurons des lits pleins d'odeurs légères,
Des divans profonds comme des tombeaux,
Et d'étranges fleurs sur des étagères,
Écloses pour nous sous des cieux plus beaux.

Usant à l'envi[1] leurs chaleurs dernières,
Nos deux cœurs seront deux vastes flambeaux,
Qui réfléchiront leurs doubles lumières
Dans nos deux esprits, ces miroirs jumeaux.

Un soir fait de rose et de bleu mystique,
Nous échangerons un éclair unique,
Comme un long sanglot, tout chargé d'adieux ;

Et bientôt[2] un Ange, entr'ouvrant les portes,
Viendra ranimer, fidèle et joyeux,
Les miroirs ternis et les flammes mortes.

Charles Baudelaire, « La Mort des amants », *in Les Fleurs du mal*, 1857.

1. à l'envi : avec émulation, en surenchérissant. **2. bientôt** : très vite (sens classique).

Texte D : Honoré de Balzac, *Le Lys dans la vallée*

Honoré de Balzac (1799-1850) est l'auteur de **La Comédie humaine*****, à travers laquelle il dépeint minutieusement et sans complaisance les mœurs de son temps. Des personnages reviennent d'un roman à l'autre et sont une sorte de fil conducteur pour le lecteur qui parcourt tous ces volumes.***

Le Lys dans la vallée ***met en scène l'amour impossible entre le jeune Félix et Henriette de Mortsauf, femme vertueuse et pure qui résiste à la tentation de la chair, d'autant qu'elle est mariée et mère de deux enfants. Félix succombera finalement à un amour moins platonique avec Lady Dudley ; Mme de Mortsauf ne supportera pas la trahison et se laissera mourir.***

Ce n'était plus ma délicieuse Henriette, ni la sublime et sainte Mme de Mortsauf ; c'était le quelque chose sans nom de Bossuet[1], qui se débattait contre le néant, et que la faim[2], les désirs trompés poussaient au combat égoïste de la vie contre la mort.

Je vins m'asseoir près d'elle en lui prenant, pour la baiser, sa main, que je sentis brûlante et desséchée. Elle devina ma douloureuse surprise dans l'effort même que je fis pour la déguiser. Ses lèvres décolorées se tendirent alors sur ses dents affamées pour essayer un de ces sourires forcés sous lesquels nous cachons également l'ironie de la vengeance, l'attente du plaisir, l'ivresse de l'âme et la rage d'une déception.

– Ah ! c'est la mort, mon pauvre Félix, me dit-elle, et vous n'aimez pas la mort ! la mort odieuse, la mort de laquelle toute créature, même l'amant le plus intrépide, a horreur. Ici finit l'amour : je le savais bien. Lady Dudley[3] ne vous verra jamais étonné de son changement. Ah ! Pourquoi vous ai-je tant souhaité, Félix ? Vous êtes enfin venu ; je vous récompense de ce dévouement par l'horrible spectacle qui fit du comte de Rancé un trappiste[4] ; moi qui désirais demeurer belle et grande dans votre souvenir, y vivre comme un lys éternel, je vous enlève vos illusions. Le véritable amour ne calcule rien. Mais ne vous enfuyez pas, restez. M. Origet[5] m'a trouvée beaucoup mieux ce matin, je vais revenir à la vie, je renaîtrai sous vos regards. Puis, quand j'aurai recouvré quelques forces, quand je recommencerai à pouvoir prendre quelque nourriture, je redeviendrai belle. À peine ai-je trente-cinq ans, je puis encore avoir de belles années. Le bonheur rajeunit, et je veux connaître le bonheur. J'ai fait des projets délicieux : nous les laisserons à Clochegourde et nous irons ensemble en Italie.

Des pleurs humectèrent mes yeux, je me tournai vers la fenêtre comme pour regarder les fleurs ; l'abbé Birotteau[6] vint à moi précipitamment, et se penchant vers le bouquet :

– Pas de larmes ! me dit-il à l'oreille.

– Henriette, vous n'aimez donc plus notre chère vallée ? lui répondis-je afin de justifier mon brusque mouvement.

– Si, dit-elle en apportant son front sous mes lèvres par un mouvement de câlinerie ; mais, sans vous, elle m'est funeste... Sans toi, reprit-elle en effleurant mon oreille de ses lèvres chaudes pour y jeter ces deux syllabes comme deux soupirs.

Honoré de Balzac, *Le Lys dans la vallée*, 1835.

1. Bossuet : « *un je-ne-sais-quoi qui n'a plus de nom dans aucune langue.* »
2. Mme de Mortsauf est en train de mourir de soif et de faim. **3.** Lady Dudley est la femme dont s'est épris Félix. **4.** Rancé (1626-1700) se convertit après avoir éprouvé la douleur de voir le cadavre de la femme qu'il aimait. **5.** Origet est le médecin. **6.** César Birotteau est le confesseur de Mme de Mortsauf.

Document : photographie extraite du film *Roméo et Juliette* de Franco Zeffirelli (1968)

Roméo et Juliette *fut composée en 1595 et reste encore aujourd'hui une des pièces les plus connues de Shakespeare. L'histoire des amants contrariés dans leur passion à cause d'une querelle familiale a été une véritable source d'inspiration : la peinture, la musique (Tchaïkovski et Prokofiev en ont fait une musique de ballet), l'opéra (Gounod). Le cinéma n'est pas en reste, notamment avec le film de Franco Zeffirelli réalisé en 1968 ou celui de Baz Luhrmann réalisé en 1996 (avec Leonardo DiCaprio). Ainsi Roméo meurt en donnant un dernier baiser à Juliette qu'il croit morte et cette dernière ensuite, découvrant le corps sans vie de son amant, se poignarde :* « Ô, heureux poignard ! Voici ton fourreau. »

Olivia Hussey (Juliette) et Leonard Whiting (Roméo).

Corpus

Texte A : Extrait de la scène 6 de l'acte V d'*Hernani* de Victor Hugo (p. 217, v. 2110, à p. 223, v. 2166).
Texte B : Extrait de la scène 7 de l'acte V de *Phèdre* de Jean Racine (pp. 226-228).
Texte C : « La Mort des amants », extrait des *Fleurs du mal* de Charles Baudelaire (pp. 228-229).
Texte D : Extrait du *Lys dans la vallée* d'Honoré de Balzac (pp. 229-230).
Document : Photographie extraite du film *Roméo et Juliette* de Franco Zeffirelli (p. 231).

Examen des textes et de l'image

❶ Qui meurt d'amour dans les différents documents ?
❷ Quels termes évoquent la mort et la sépulture dans les différents textes ?
❸ Quel point commun voyez-vous entre le texte A, le texte B et le document ?
❹ Comment l'empoisonnement est-il décrit dans les textes A et B ?
❺ Comment vous apparaissent l'état d'esprit et l'état physique des mourants (et surtout des mourantes) des cinq documents ? Relevez des indices précis.
❻ Quel rôle jouent la ponctuation expressive* et les types de phrases* dans les textes A, B et D ?
❼ Relevez, dans les textes A, B et C, des exemples d'enjambements*. En quoi accompagnent-ils le processus de la mort ?
❽ Quelles sensations accompagnent la mort dans les quatre textes ? Peut-on parler de synesthésies* chères à Baudelaire ?
❾ Relevez le champ lexical* lié à la clarté dans les quatre textes. En quoi mène-t-il au sentiment d'apaisement, voire au sentiment religieux ?

* *Cf.* Lexique.

Travaux d'écriture

Question préliminaire

« *Mourir d'amour* » : en quoi cela semble-t-il à la fois terrible et sublime à travers les textes et le document du corpus ?

Commentaire

Vous ferez le commentaire composé du poème « La Mort des amants » de Charles Baudelaire (texte C).

Dissertation

Dans quelle mesure peut-on appréhender, selon vous, les effets dramatiques* d'une pièce de théâtre sans avoir assisté à une représentation de cette pièce ? Vous vous appuierez, pour répondre, sur votre lecture globale d'*Hernani* mais aussi sur vos lectures d'autres pièces.

Écriture d'invention

Mme de Mortsauf expire sous les yeux de Félix. Imaginez la suite : Félix pourrait être pétri de remords, désespéré ; il pourrait, au contraire, faire preuve d'un grand sang-froid et aller trouver la famille de la défunte. Vous utiliserez la forme narrative mais vous pourrez aussi introduire le dialogue.

* *Cf.* Lexique.

Hernani : bilan de première lecture

❶ Dans quels différents lieux se déroule la pièce ?

❷ Comment Don Carlos se conduit-il dans les premières scènes et que convoite-t-il ?

❸ Quels liens Doña Sol entretient-elle avec Don Ruy Gomez et Hernani ?

❹ Quelle différence de statut social y a-t-il entre Hernani et les autres personnages importants présents dès le début de la pièce ?

❺ Avant même que le roi ne convoite la femme qu'il aime, Hernani a un sujet de discorde avec Don Carlos. Quel est-il ?

❻ Pourquoi Hernani dit-il : « *Je suis banni, je suis proscrit, je suis funeste* » (acte II, scène 4) ?

❼ Pourquoi Don Ruy Gomez ne livre-t-il pas Hernani à Don Carlos ?

❽ Qui Don Carlos prend-il en otage pour obliger Don Ruy Gomez à lui livrer Hernani ?

❾ Quel signe Don Ruy Gomez devra-t-il faire à Hernani quand il sera temps pour lui de mourir ?

❿ Qui complote contre Don Carlos et pour quelles raisons ?

⓫ Dans le tombeau de quel grand empereur le roi vient-il confondre les comploteurs ?

⓬ Quel titre de noblesse est octroyé à Hernani avant son mariage avec Doña Sol ?

⓭ Leurs noces vont-elles effectivement avoir lieu ?

⓮ Quel rôle joue le Masque qui vient trouver Hernani dans sa chambre conjugale ?

⓯ Quelle mort choisit Hernani ?

⓰ Qui l'accompagne dans la mort et comment ?

⓱ Qui assiste impuissant à la mort des deux amants ?

Dossier Bibliolycée

Victor Hugo : un enfant du siècle

1802-1816 : une enfance ballottée

Victor Hugo est né à Besançon le 26 février 1802. Il est le troisième fils du capitaine républicain Léopold Hugo, qui deviendra général de Napoléon, et de Sophie Trébuchet, vendéenne et royaliste de cœur. Son enfance est d'abord ballottée entre les divers lieux de garnison de son père : Marseille, l'île d'Elbe, la Corse, l'Italie. De 1804 à 1810, les enfants Hugo vivent à Paris avec leur mère. En 1811, partis rejoindre leur père, ils sont pensionnaires pendant un an dans une institution religieuse de Madrid : le Collège des nobles. Les parents divorceront à la suite de l'arrestation chez Sophie Hugo, en 1810, de son amant le général Lahorie, mêlé à un complot contre Napoléon et fusillé en 1812. Sophie se sépare de son mari cette année-là et retourne vivre à Paris avec ses enfants, aux *Feuillantines*. C'est une mère tendre et assez libérale. Les enfants ont alors pour précepteur M. de La Rivière, ancien oratorien, qui leur donne une solide formation classique, puis ils seront internes à la pension Cordier de 1815 à 1818.

1816-1826 : des succès littéraires précoces

En 1816, tout en préparant Polytechnique à Louis-le-Grand, Victor Hugo compose déjà essais dramatiques* et poèmes et note dans son *Cahier : « Je veux être Chateaubriand ou rien. »* Il

* *Cf.* Lexique.

écrit une tragédie*, *Irtamène*, et obtient une mention de l'Académie française en 1817 pour une pièce sur « Le bonheur que procure l'étude ». Il commence ensuite des études de droit vite abandonnées.

Hugo s'engage alors dans une carrière littéraire et fonde en 1819, avec ses frères, la revue *Le Conservateur littéraire*, marquée par l'influence de Chateaubriand, Chénier et Lamartine, ainsi que par un engagement royaliste. Cette année-là, il se fiance secrètement, malgré l'opposition familiale, avec Adèle Foucher, amie d'enfance avec qui il entretient une correspondance *(Lettres à la fiancée)*.

Il obtient en 1820 un prix littéraire aux Jeux floraux et une mention au Concours poétique de l'Académie française. Il recevra du roi Louis XVIII, en 1822, une pension de 2 000 francs pour ses premières *Odes* dont les préfaces manifestent son engagement romantique.

En juin 1821, sa mère meurt. Son père se remarie avec sa maîtresse Catherine Thomas. En 1822, tandis que son frère Eugène sombre peu à peu dans la folie et est interné, il épouse Adèle Foucher. L'année suivante, en juillet, naît leur premier enfant, Léopold, qui meurt en octobre. Le couple aura quatre autres enfants : Léopoldine (1824), Charles (1826), François-Victor (1828) et Adèle (1830).

En 1823, Victor Hugo devient le chef de file d'un groupe de jeunes écrivains romantiques en fondant chez Charles Nodier le premier Cénacle. Cette année-là, il publie le roman *Han d'Islande* et, en 1824, ses *Nouvelles Odes* (suivies, en 1826, par les *Odes et Ballades*). En 1825, il est nommé chevalier de la Légion d'honneur.

* *Cf.* Lexique.

1827-1830 : Hugo, chef de file et théoricien du romantisme

En décembre 1827, Victor Hugo fait paraître *Cromwell*, très long drame* historique. Dans la préface de la pièce, véritable manifeste, il s'engage en faveur du romantisme contre le classicisme.

La même année, le second Cénacle rassemble chez lui nombre d'artistes romantiques : Lamartine, Stendhal, Gautier, Dumas, Balzac, Delacroix, et le critique littéraire Sainte-Beuve qui devient son ami.

Son père, Léopold Hugo, meurt le 29 janvier 1828.

En 1829, Victor Hugo publie le recueil des *Orientales* et un roman, *Le Dernier Jour d'un condamné*, véritable réquisitoire contre la peine de mort.

En août, son drame *Marion de Lorme* est censuré. Six mois plus tard, *Hernani*, joué au Théâtre-Français (ancêtre de la Comédie-Française), est acclamé par la jeunesse littéraire du temps et conspué par le public classique. Les jeunes « *crinières* » du romantisme remportent le succès par leurs applaudissements et livrent pendant plusieurs semaines « la bataille d'*Hernani* ». La préface de la pièce confirme Victor Hugo comme chef de file de l'école romantique.

La censure étant levée après les Trois Glorieuses de juillet 1830, *Marion de Lorme* est jouée avec succès en 1831. Cette même année voit le début de la liaison d'Adèle Hugo avec Sainte-Beuve.

* *Cf.* Lexique.

1831-1843 : une grande figure littéraire

Les années qui suivent seront parmi les plus brillantes de la carrière de Victor Hugo. En 1831, il publie son premier roman historique, *Notre-Dame de Paris,* et un recueil de poésie lyrique, *Feuilles d'automne*. En 1834 paraissent *Littérature et Philosophie mêlées* et le récit *Claude Gueux*. Suivent des recueils poétiques : *Les Chants du crépuscule* (1835), *Les Voix intérieures* (1837), *Les Rayons et les Ombres (*1840), *Le Rhin* (1842).

Au théâtre se succèdent les drames* : *Le roi s'amuse* (1832), représenté une fois au Théâtre-Français, est interdit sous prétexte d'allusion politique ; en 1833 triomphent *Lucrèce Borgia,* où la comédienne Juliette Drouet tient le rôle de la princesse Négroni, et *Marie Tudor,* avec Mlle Georges dans le rôle-titre. Viennent ensuite, en 1835, *Angelo, tyran de Padoue* et, en 1838, *Ruy Blas,* qui consacre l'aboutissement des recherches de l'auteur sur le drame romantique. Le drame épique* des *Burgraves* connaît, quant à lui, un échec cuisant en 1843.

Sur le plan personnel, ces années-là sont aussi riches et tragiques : après *Lucrèce Borgia*, Juliette Drouet devient sa maîtresse et le restera jusqu'à sa mort (l'écrivain voyagera chaque année avec elle) ; en 1837, Eugène, frère d'Hugo, meurt à l'asile de Charenton ; en janvier 1841, après trois tentatives, Victor Hugo est élu à l'Académie française ; au retour d'un voyage, en septembre 1843, il apprend la noyade accidentelle de sa fille Léopoldine et de son mari, à Villequier. À la suite de ce malheur, il cesse de publier pendant trois ans et se consacre davantage à la politique.

* *Cf.* Lexique.

1844-1851 : évolution de l'homme politique vers la gauche

Dès 1831, après la révolution de Juillet et la chute de Charles X, Victor Hugo avait épousé le mouvement social de son époque dans son œuvre où des personnages marginaux tiennent désormais la première place : Quasimodo, le sonneur de cloches dans *Notre-Dame de Paris* ; Triboulet, le fou du roi dans *Le roi s'amuse* ; le laquais Ruy Blas.
Le 13 avril 1845, Victor Hugo est nommé pair de France par Louis-Philippe. À la chute de ce dernier, en juin 1848, Victor Hugo fonde avec ses deux fils le journal *L'Événement* qui soutient la candidature de Louis Bonaparte à la présidence de la République. Élu député de Paris à l'Assemblée législative le 13 mai 1849, il s'éloigne de la droite dans son discours sur la misère qui fait scandale et se rallie à la gauche républicaine contre le projet de loi Falloux sur la liberté d'enseignement, la loi sur la réforme électorale et la révision de la Constitution. En juillet 1851, il prononce un discours violent contre le projet de réélection à la présidence de Louis Napoléon Bonaparte. Le 2 décembre 1851, il participe activement à la résistance contre son coup d'État. Menacé d'arrestation et d'exécution, il doit fuir à Bruxelles le 11 décembre. C'est le début d'un exil de vingt ans.

1852-1870 : l'exil et les combats du proscrit

En janvier 1852, Louis Napoléon Bonaparte signe un décret d'expulsion contre Victor Hugo qui lui répond de Belgique par un pamphlet : *Napoléon-le-Petit*. Hugo poursuit son œuvre militante dans l'île de Jersey, à *Marine-Terrace*, défiant l'empereur dans les 98 poèmes *des Châtiments* parus en 1853. Expulsée de Jersey en 1855, la famille Hugo part pour Guernesey et s'installe à *Hauteville-House* où l'écrivain rédige les *Contemplations*, œuvre poétique parue en 1856 et articulée autour de la mort de Léopoldine. En 1859, il refuse l'amnistie proposée aux proscrits républicains par Napoléon III et publie le premier tome de *La Légende des siècles,* vaste recueil de poésie épique* sur l'aventure de l'humanité. En 1862, il fait paraître *Les Misérables,* roman commencé en 1845 sous le titre *Les Misères* et qui connaît un immense succès. Suivront deux autres romans : *Les Travailleurs de la mer* en 1866 et *L'Homme qui rit* en 1869. En 1864 paraît *William Shakespeare*, étude critique introduisant la traduction des œuvres de Shakespeare par son fils, François-Victor.

Des bouleversements privés et des deuils jalonnent cette période d'exil : maladie grave de l'écrivain en 1858 ; départ de son fils Charles en 1861 ; fuite et folie de sa fille Adèle en 1863 ; départ de sa femme et de François-Victor pour Bruxelles en 1865 ; mariage de son fils Charles suivi, en 1867, de la naissance de son petit-fils Georges (qui meurt en 1868) ; mort de sa femme Adèle en août 1868.

Après la défaite de Sedan, la chute du Second Empire et la proclamation de la République le 4 septembre 1870, Victor Hugo est accueilli triomphalement à Paris le lendemain.

1871-1885 : le retour triomphal et les derniers engagements politiques

Tête de liste des républicains à Paris, Victor Hugo est élu député mais il donne sa démission le 8 mars à Bordeaux pour manifester sa défiance à l'égard de la politique suivie par l'Assemblée. Son fils Charles meurt subitement le 13 mars 1871. Cette année-là,

* *Cf.* Lexique.

l'écrivain s'oppose à la répression de la Commune, événement qui lui inspire *L'Année terrible* (1872). Battu aux élections de janvier 1872, Victor Hugo retourne à Guernesey. Sa fille Adèle est internée à Saint-Mandé où elle mourra en 1915. En 1873, son second fils François-Victor meurt de la tuberculose. Victor Hugo publie l'année suivante son dernier roman, *Quatrevingt-Treize,* méditation sur les rapports de l'homme et de l'Histoire, et *Mes Fils,* où il leur rend hommage. En 1875 et 1876 sortent les trois volumes d'*Actes et Paroles* (avant, pendant et après l'exil).

En janvier 1876, Victor Hugo, élu sénateur de Paris, intervient au Sénat en faveur de l'amnistie des communards. L'année suivante, il publie le second tome de *La Légende des siècles*, *L'Art d'être grand-père,* qui connaît un grand succès, et *Histoire d'un crime*.

En 1878, victime d'une congestion cérébrale, Victor Hugo rentre à Paris et s'installe avenue d'Eylau. Le 27 février 1882, pour son quatre-vingtième anniversaire, un immense hommage lui est rendu : six cent mille personnes de tous horizons défilent sous ses fenêtres. Le 11 mai 1883 meurt Juliette Drouet. Victor Hugo s'éteint, quant à lui, le 22 mai 1885, victime d'une congestion pulmonaire. Le gouvernement décide des funérailles nationales. Le 1er juin, une foule immense lui rend hommage en criant : « Vive Victor Hugo ! » Son corps fut déposé au Panthéon, après les funérailles les plus magnifiques que la France ait vues depuis celles de Mirabeau.

La France d'Hugo et le siècle d'or d'Hernani

La France de la Restauration

La vie de Victor Hugo (1802-1885), cet « enfant du siècle » qui naît en même temps que le Consulat de Bonaparte et meurt au début de la IIIe République, se confond avec le XIXe siècle dont il traverse toutes les grandes périodes politiques. *Hernani* fait scandale à la fin du premier tiers de ce siècle.

La France politique du début du siècle

Deux périodes successives marquent le premier tiers du XIXe siècle : le Consulat de Bonaparte (1799-1804) apporte d'abord l'ordre et la paix avec la signature du Concordat avec l'Église (1801) et la centralisation de l'administration. Puis viennent l'Empire (1804-1814), les Cent-Jours (1815) et les guerres incessantes qui, pendant 10 ans, vont ravager l'Europe.

Napoléon vaincu, les alliés restaurent la monarchie des Bourbons en 1815. Louis XVIII instaure un système parlementaire laissant une certaine liberté à la bourgeoisie d'affaires. Modéré, il tente de concilier les « deux France » des ultraroyalistes et des libéraux bonapartistes et républicains. Mais, à sa mort en 1824, son frère Charles X, chef du Parti ultra, favorise les forces conservatrices avec le gouvernement Villèle, rétablit la censure et marque un retour au cléricalisme.

Quand Polignac fait paraître les « ordonnances de Saint-Cloud » qui dissolvent les Chambres et suspendent la liberté de la presse, l'opposition libérale réagit et gagne les élections de juillet 1830. Le roi tente alors de suspendre le régime constitutionnel, provoquant le soulèvement du peuple parisien : ce sont les Trois

Glorieuses (du 27 au 29 juillet 1830), qui entraînent la chute des Bourbons. Louis-Philippe d'Orléans, candidat de la bourgeoisie libérale conduite par Thiers, prend alors le pouvoir. Il réduit le droit de vote de façon à le limiter aux plus grands propriétaires. Cette période voit l'avènement du libéralisme politique et économique, l'essor des sociétés industrielles, et l'apparition du salariat et de la misère ouvrière.

État des lieux en 1830 : une France divisée

En février 1830, au moment de la parution d'*Hernani*, la Restauration est sur le point de s'achever : Charles X va bientôt être renversé lors des Trois Glorieuses. Le pouvoir est réparti entre le roi, qui a l'exécutif et l'initiative des lois, la Chambre des pairs, nommée par le roi, et la Chambre des députés, élue au suffrage censitaire, qui vote les lois et les impôts. La bourgeoisie participe au pouvoir à la Chambre des députés, tandis que le cens (impôt à payer pour être électeur ou éligible) ôte aux classes populaires toute initiative politique. L'Assemblée est alors divisée entre « ultras », privilégiés de l'Ancien Régime (noblesse et clergé) qui attendent que l'on supprime les effets de la Révolution, et bourgeois « libéraux », bénéficiaires de l'ordre nouveau, qui apprécient le retour à la paix mais tiennent à sauvegarder leurs richesses. Selon les circonstances, l'affrontement entre défenseurs de l'ordre et partisans du progrès peut opposer monarchistes et libéraux, mais aussi bourgeois et artistes, comme ce fut le cas lors de « la bataille d'*Hernani* ».

La représentation de l'Histoire dans Hernani

Les bouleversements politiques récents suscitant un goût nouveau pour les sujets historiques, la représentation de l'Histoire occupe une place centrale dans le drame* romantique. À la différence de la tragédie* classique qui préférait l'histoire de l'Antiquité, les romantiques choisissent l'histoire plus proche : le Siècle d'or espagnol pour *Hernani*, la monarchie de Charles II pour *Ruy Blas*, la Renaissance florentine pour *Lorenzaccio* de Musset... On privilégie la représentation de la vérité historique et l'analyse des mécanismes du pouvoir.

L'arrière-plan historique : l'Espagne du Siècle d'or et l'avènement de Charles Quint

Après la censure de *Marion de Lorme*, Victor Hugo, évitant de mettre en scène l'histoire française, choisit l'Espagne du XVIe siècle, où Don Carlos est appelé à devenir Charles Quint. En 1519, quand commence *Hernani*, Don Carlos ou Charles Ier d'Espagne, né à Gand en 1500, est l'héritier de plusieurs maisons princières. Fils de l'archiduc d'Autriche Philippe le Beau et de la reine de Castille Jeanne la Folle, il a reçu de son père les possessions des Habsbourg : l'Autriche venant de son grand-père Maximilien Ier, la Bourgogne et ses territoires (Flandre, Pays-Bas, Franche-Comté) de sa grand-mère Marie de Bourgogne. Après avoir hérité de sa mère, en 1516, l'Espagne et son empire d'Amérique, ainsi que les royaumes de Naples et de Sicile, il est devenu Charles Ier, « roi de Castille et d'Aragon ». Le 28 juin 1519, Il est élu empereur du Saint Empire à Francfort sous le nom de Charles Quint, face à Henri VIII, Frédéric de Saxe et le roi de France François Ier. Mû par son ambition de toute-puissance, il tenta en vain, par des années de guerre, de rétablir l'unité religieuse (catholique) en Europe, de devenir l'arbitre des pays européens et de combattre la puissance ottomane. Contraint de signer la paix d'Augsbourg en 1555 qui séparait l'Allemagne par un schisme, il abdiqua en 1556 et se retira au monastère espagnol de Yuste où il mourut en 1558.

* *Cf.* Lexique.

L'histoire de l'élection de Charles Quint dans *Hernani*

Hernani débute en un moment stratégique : on apprend, par le biais du dialogue entre Don Carlos et Don Ruy Gomez, où sont évoquées les possessions et ambitions du futur Charles Quint (I, 3), la mort de Maximilien Ier, souverain du Saint Empire romain germanique qui rassemble les États et royaumes de l'Occident chrétien. L'empereur doit être élu par un collège de sept électeurs. *Hernani* montre l'accession de Don Carlos au pouvoir impérial. Dans l'acte I, il annonce qu'il veut succéder à son aïeul et qu'il a pour concurrents François Ier de France et Frédéric III de Saxe, supputant ses chances d'être élu face à ses rivaux. À l'acte IV, il attend les résultats du vote avant d'apprendre qu'il est élu empereur par désistement de Frédéric de Saxe.

Des anachronismes nécessaires

Dans la préface de *Cromwell*, Hugo note que le drame* est un « *miroir de concentration qui, loin de les affaiblir, ramasse et condense les rayons colorants* ». En effet, quelques anachronismes « concentrent », dans *Hernani*, des faits historiques : ainsi l'affrontement entre le père de Don Carlos et celui d'Hernani, personnage fictif, n'est pas vraisemblable, mais ce conflit meurtrier donne à Hernani un motif d'honneur familial essentiel pour chercher la vengeance et, dans le dénouement, accepter de mourir, par fidélité à « la tête » de son père. Par ailleurs, la conjuration de la Ligue contre Don Carlos renvoie à la révolte des *communeros*, rebelles castillans, contre Charles Quint, qui n'eut lieu en réalité qu'en 1529, mais cet amalgame augmente le suspense et met en valeur l'héroïsme d'Hernani, de Don Carlos et de Don Ruy Gomez. Enfin, si l'élection de Charles Quint ne se déroula pas en fait à Aix-la-Chapelle mais à Francfort, le cadre d'Aix, magnifié par la présence du tombeau de Charlemagne, permet à Don Carlos de faire l'éloge de l'empereur et de réaliser sa conversion intérieure.

* *Cf.* Lexique.

Hernani et la réflexion sur le pouvoir royal

Préface et apologie de la liberté

La réflexion sur l'Histoire, dans les œuvres romantiques, cherche à analyser le mouvement de transformation de la société par référence à d'autres moments de son passé ou de celui d'autres nations. Dans la préface d'*Hernani*, Hugo fait l'éloge de « *la liberté littéraire* », « *fille de la liberté politique* », opposant la « *vieille forme sociale* » de l'Ancien Régime et la « *vieille forme poétique* » du théâtre classique avec l'art nouveau qui se réclame de Mirabeau pour la liberté et de Napoléon pour la puissance – ce qui autorise à lire *Hernani* comme une contestation de la monarchie autoritaire de Charles X et une défense des libertés politiques. La réaction des politiques montra qu'ils l'avaient compris ainsi.

Une figure de roi disqualifiée

La figure du roi Don Carlos (même nom que Charles X) n'est guère flatteuse dans les trois premiers actes : s'introduisant à l'acte I chez Doña Sol par un procédé des plus grossiers, se cachant dans un placard et s'exprimant sur un ton vulgaire indigne de son rang, il est discrédité par son personnage burlesque. Son libertinage, lorsqu'il propose de partager Doña Sol avec Hernani, et son mensonge dérisoire à Don Ruy Gomez dans la scène 3 le disqualifient encore. Sa seconde tentative d'enlèvement brutal de Doña Sol à l'acte II et le chantage ignoble exercé sur Don Ruy Gomez à l'acte III achèvent de rendre odieux ce personnage.

Les héros font par ailleurs eux-mêmes la critique de la royauté : Doña Sol donne ouvertement la primauté à la noblesse du cœur sur celle du sang : « *Si Dieu faisait le rang à la hauteur du cœur, / Certe, il serait le roi, prince, et vous le voleur !* » (II, 2). Hernani raille à plusieurs reprises le roi et le défie au vers 591 *(« Crois-tu donc que les rois à moi me sont sacrés ? »).* Ses courtisans, notamment l'arriviste ridicule Don Ricardo, sont traités de « *basse-cour* » par le roi lui-même (IV, 1).

Une figure d'empereur noble

Par contraste, on observe une transformation radicale du personnage de Don Carlos après sa méditation sur la nature du pouvoir (IV, 2), où il compare l'empereur et le pape élus aux rois héréditaires. Devenant empereur, il se montre capable d'un pardon d'une grande noblesse, comparable à celui d'Auguste dans *Cinna* de Corneille. C'est alors qu'Hernani reconnaît son autorité. On peut lire ici une interrogation sur la légitimité des rois et de Charles X contestée par les libéraux. Cette scène, apologie du pouvoir impérial, reflète la nostalgie ambiante de l'Empire napoléonien et de ses valeurs héroïques, qui est celle de nombre de romantiques libéraux, à l'instar de Victor Hugo dont on constate ici l'infléchissement politique.

Victor Hugo en son temps

	Vie et œuvre de Victor Hugo	Événements historiques et culturels
1802	Naissance à Besançon.	Chateaubriand, *René.* Bonaparte consul à vie.
1804	Mme Hugo vit à Paris avec ses fils.	Sacre de Napoléon Ier.
1805		Austerlitz.
1814		Napoléon abdique. Restauration et retour de Louis XVIII.
1815	Ses parents se séparent définitivement.	Les Cent-Jours. Défaite de Waterloo et exil définitif de Napoléon. Retour de Louis XVIII.
1817	Mention de l'Académie dans un concours de poésie.	
1820		Lamartine, *Méditations poétiques.* Début du gouvernement ultra.
1821	Mort de sa mère en juin.	Mort de Napoléon. Naissance de Baudelaire et Flaubert.
1822	Épouse Adèle Foucher en octobre. *Odes et Poésies diverses* lui valent une pension royale.	Stendhal, *De l'amour.*
1823	Mort du premier fils, Léopold. Premier roman : *Han d'Islande.*	
1824	Naissance de sa fille Léopoldine.	Charles X succède à Louis XVIII.
1825	Légion d'honneur.	Stendhal, *Racine et Shakespeare* (manifeste romantique).
1826	*Bug-Jargal.* Naissance de Charles.	
1827	Préface de *Cromwell.* Hugo tient salon (le Cénacle).	
1828	Mort de son père. Naissance de François-Victor.	Berlioz, *La Symphonie fantastique.*
1829	*Les Orientales.* *Le Dernier Jour d'un condamné.*	Dumas, *Henri III et sa Cour* (drame). Balzac, *Les Chouans.*

Chronologie

	Vie et œuvre de Victor Hugo	Événements historiques et culturels
1830	*Hernani*. Naissance d'Adèle. Liaison de Mme Hugo avec Sainte-Beuve.	Révolution de Juillet : règne de Louis-Philippe. Stendhal, *Le Rouge et le Noir*.
1831	*Notre-Dame de Paris*.	Balzac, *La Peau de chagrin*.
1832	*Le roi s'amuse*, drame interdit après la première représentation.	
1833	*Lucrèce Borgia, Marie Tudor*. Liaison avec Juliette Drouet.	
1834	*Claude Gueux*.	Musset, *Lorenzaccio* (drame).
1837	Mort de son frère Eugène.	Mérimée, *Contes*.
1838	*Ruy Blas*.	
1840	*Les Rayons et les Ombres*.	Retour des cendres de Napoléon. Naissance de Zola.
1841	Élection à l'Académie française.	
1842	*Le Rhin*.	
1843	*Les Burgraves*. Mort de Léopoldine.	
1845	Nommé pair de France. Commence à rédiger *Les Misères*, première version des *Misérables*.	Mérimée, *Carmen*.
1848	En juin, est élu député de Paris. S'engage à gauche.	Révolution de Février. IIe République. Louis Napoléon Bonaparte est élu président de la République. Mort de CHateaubriand.
1851	Tente d'organiser la résistance au nouveau régime. Fuite à Bruxelles le 11 décembre.	Coup d'État du 2 décembre de Louis Napoléon Bonaparte.
1852	Installation à Jersey. *Napoléon-le-Petit*.	Instauration du Second Empire.
1853	*Les Châtiments*.	

	Vie et œuvre de Victor Hugo	Événements historiques et culturels
1855	Installation à Guernesey, à *Hauteville-House*.	
1856	*Les Contemplations* (succès phénoménal).	
1857		Flaubert, *Madame Bovary.* Baudelaire, *Les Fleurs du mal.*
1859	*La Légende des siècles* (1re série). Refuse l'amnistie de Napoléon III.	
1862	*Les Misérables.*	
1866	*Les Travailleurs de la mer.*	
1868	Mort de Mme Hugo.	
1869	*L'Homme qui rit.*	Flaubert, *L'Éducation sentimentale.*
1870	De retour d'exil, est accueilli triomphalement à Paris.	Guerre contre la Prusse. Défaite de Sedan. Chute du Second Empire.
1871	Élu député, démissionne en pleine séance un mois plus tard. Mort de son fils Charles.	Commune de Paris. Proclamation de la IIIe République.
1874	*Quatrevingt-treize.*	
1876	Élu sénateur, demande l'amnistie des communards.	
1878	Victime d'une congestion cérébrale.	Hector Malot, *Sans famille.*
1881		Loi de Jules Ferry sur la gratuité de l'enseignement primaire, obligatoire et laïque.
1882	*Torquemada.*	
1883	Décès de Juliette Drouet.	Maupassant, *Une vie.*
1885	Décède le 22 mai. Obsèques nationales le 1er juin et inhumation au Panthéon.	Zola, *Germinal.* Maupassant, *Bel-Ami.* Vaccin de Pasteur contre la rage.

Structure de la pièce

Étude tabulaire

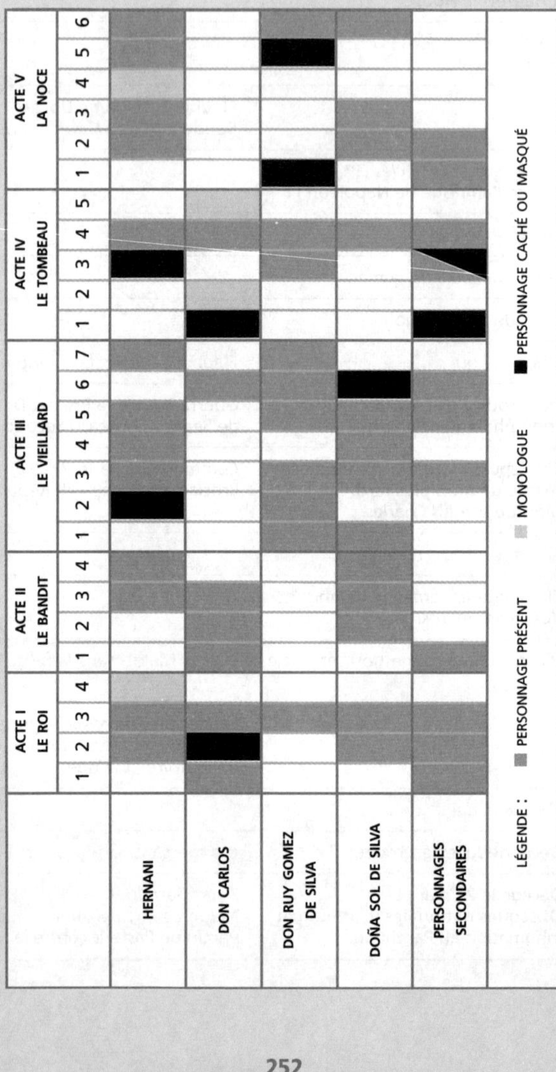

L'étude tabulaire met en valeur :

– la prédominance absolue de la présence des **quatre personnages principaux** : Hernani (17 scènes), Doña Sol (14 scènes), Don Ruy Gomez (12 scènes) et Don Carlos (11 scènes) ;

– **trois monologues** : celui d'Hernani à la fin de l'acte I, qui justifie son projet de vengeance, et ceux de Don Carlos, qui encadrent l'acte IV et expliquent la clémence finale ;

– **les masques et dévoilements** de chaque personnage principal qui cache et révèle au moins une fois son identité, ménageant des coups de théâtre et témoignant de sa dualité : à l'acte I, le roi libertin Don Carlos, caché dans un placard pour surprendre Doña Sol et Hernani, en sort pour provoquer ce dernier, puis dévoile son identité quand il est surpris par Don Ruy Gomez ; à l'acte III, Hernani, déguisé en pèlerin pour échapper au roi, se démasque auprès de Don Ruy Gomez, par désespoir de voir Doña Sol l'épouser ; puis Doña Sol, dissimulée sous un voile, se fait reconnaître pour défendre son oncle ; à l'acte IV, Don Carlos, dissimulé dans le tombeau pour surprendre les conjurés, se montre pour les confondre et Hernani fait connaître alors sa véritable identité ; à l'acte V, Don Ruy Gomez, sous les traits d'un « *domino noir* » pendant les noces, se démasque pour rappeler son serment fatal à Hernani.

Structure

Les titres des trois premiers actes manifestent la succession des projets des trois rivaux et les deux derniers marquent les deux dénouements ou aboutissements de leurs quêtes politiques et amoureuses.

Dans le premier acte domine **la quête politique du roi Don Carlos** convoitant le pouvoir impérial, ainsi que sa quête amoureuse de Doña Sol qui se heurte à celle de ses deux rivaux et à la mission de vengeance d'Hernani contre lui.

À l'acte II, **le projet de fuite d'Hernani avec Doña Sol** est contrarié par une tentative d'enlèvement de cette dernière par Don Carlos, mise en échec grâce à l'intervention d'Hernani ; mais le « bandit » doit fuir pour échapper à la vengeance promise par le roi et dissuade Doña Sol de le suivre dans ces dangers.

À l'acte III, **le projet de mariage du vieillard Don Ruy Gomez avec Doña Sol** est contrarié par l'arrivée d'Hernani qu'il accueille comme son hôte et surprend en train d'embrasser Doña Sol, puis par l'arrivée du roi auquel il refuse de livrer Hernani. Don Carlos enlève alors Doña Sol et Don Ruy Gomez fait alliance avec Hernani pour la sauver et se venger du roi. En échange Hernani remet au duc son cor et lui fait le serment de mourir lorsqu'il retentira.

C'est dans le **tombeau de Charlemagne,** à Aix-la-Chapelle, que Don Carlos, dans l'acte IV, après un long tête-à-tête avec le défunt empereur, voit l'aboutissement de sa quête pour le pouvoir en apprenant qu'il est élu empereur. Il se métamorphose alors par son pardon aux conjurés qu'il vient de démasquer et son renoncement à Doña Sol qu'il unit à Hernani.

L'acte V est la **nuit des noces** de Doña Sol et d'Hernani, celle de l'amour enfin réalisé et de la vengeance tragique* qui réunit les amants dans la mort.

La structure complexe d'*Hernani* peut se répartir ainsi, selon les trois axes des quêtes amoureuses, de la quête pour le pouvoir politique et de la poursuite de la vengeance familiale. L'évolution de chacune d'elles se fait selon une alternance de conflits, de pactes, d'alliances et de vengeances, souvent imprévus, avant leur issue finale dans les deux dénouements successifs.

* *Cf.* Lexique.

Structure de la pièce

	Quêtes amoureuses	Quête politique	Vengeance d'Hernani
	ACTE I : LE ROI (FÉVRIER 1519, LA NUIT)		
EXPOSITION* ET NŒUD* DE L'ACTION	• Objet de la quête : Doña Sol. • **Rivalité autour de Doña Sol** : Hernani, son amant, Don Ruy Gomez, son oncle qui doit l'épouser, et le roi Don Carlos, amoureux secret. • Rendez-vous amoureux entre Hernani et Doña Sol et **duo d'amour**. • **Conflits entre les trois rivaux :** – intrusion de Don Carlos chez Doña Sol et début de duel entre Hernani et Don Carlos ; – colère de Don Ruy Gomez trouvant ses rivaux chez lui, mais rassuré par le mensonge du roi. • **Alliance** entre Don Carlos et Hernani dont il protège la fuite.	• Objet de la quête : le pouvoir impérial. • Après la mort de son grand-père l'empereur Maximilien, **le roi Don Carlos convoite l'élection au pouvoir impérial.** • **Alliance :** le roi obtient l'alliance de Don Ruy Gomez.	• Objet de la quête : vengeance de son père. • **Vengeance familiale** d'Hernani contre le roi Don Carlos dont le père a fait exécuter le sien, faisant de lui-même un proscrit. • À cette raison s'ajoute la **rivalité amoureuse.**

* *Cf.* Lexique.

	Quêtes amoureuses	Quête politique	Vengeance d'Hernani
	ACTE II : LE BANDIT (FÉVRIER 1519, LA NUIT SUIVANTE)		
NŒUD* DE L'ACTION : PÉRIPÉTIE*	• **Conflit entre Hernani et Don Carlos au sujet de Doña Sol :** – projet de fuite d'Hernani et de Doña Sol contrarié par la tentative d'enlèvement de Doña Sol par Don Carlos qui échoue face à l'opposition d'Hernani ; – pas de duel mais **menace de vengeance du roi dont Hernani protège la fuite**. • **Réunion des amants retardée.**		
	ACTE III : LE VIEILLARD (AVRIL 1519)		
PÉRIPÉTIE	• **Conflit et réconciliation d'Hernani avec Doña Sol**, se croyant trahi par elle. • **Conflit entre Hernani et Don Ruy Gomez** qui découvre l'amour du couple. • **Séparation du couple Hernani / Doña Sol** et du couple Don Ruy Gomez/ Doña Sol du fait de l'enlèvement de Doña Sol par Don Carlos. • **Alliance entre Hernani et Don Ruy Gomez** contre Don Carlos. • **Pacte ou serment fatal :** vengeance amoureuse prévue de Don Ruy Gomez contre Hernani.	• **Conflit entre Don Carlos et Don Ruy Gomez au sujet de la tête d'Hernani :** – menaces de mort du roi face à la résistance de Don Ruy Gomez ; – prise en otage de Doña Sol. • **Alliance politique** entre Hernani et Don Ruy Gomez contre Don Carlos : **trahison de Don Ruy Gomez** envers le roi.	

* *Cf.* Lexique.

	Quêtes amoureuses	Quête politique	Vengeance d'Hernani
	ACTE IV : LE TOMBEAU (JUIN 1519)		
DERNIÈRE PÉRIPÉTIE* ET PREMIER DÉNOUEMENT HEUREUX	• **Conflit entre Hernani et Don Ruy Gomez** qui veut tuer le roi et offre en vain à Hernani d'échanger le coup mortel contre son serment. • **Trois issues différentes selon les protagonistes*** : – **issue négative mais transcendée pour Don Carlos** qui, devenu empereur, renonce à son amour pour Doña Sol au profit d'Hernani ; – **issue positive** avec l'annonce du mariage d'Hernani et de Doña Sol ; – **issue négative pour Don Ruy Gomez** qui, désespéré, perd Doña Sol et n'a obtenu aucune réparation. **Il ne subsiste que deux quêtes amoureuses : celle d'Hernani et celle de Don Ruy Gomez.**	• **Dénouement positif de la quête politique :** – réflexion de Don Carlos sur le pouvoir ; – élection de Don Carlos comme empereur ; – arrestation des conjurés, dont Hernani et Don Ruy Gomez. • **Métamorphose de Don Carlos**, qui pardonne aux conjurés : **nouveau pacte d'alliance avec eux**. **La quête politique de Don Carlos est accomplie.**	• **Pacte avec les conjurés :** Hernani est tiré au sort pour tuer le roi. • **Conflit entre Hernani et Don Ruy Gomez** lié à son refus d'échanger sa vengeance contre son serment fatal. • **Première issue négative** : l'arrestation des conjurés. • **Seconde issue positive** : Hernani révèle son identité et les motifs de sa vengeance ; mais, devant le pardon du roi qui lui donne Doña Sol et lui rend son titre (Jean d'Aragon) et ses terres, **il renonce à sa vengeance et pardonne**. **La poursuite de la vengeance n'a plus lieu d'être.**

* *Cf.* Lexique.

	Quêtes amoureuses	Quête politique	Vengeance d'Hernani
	ACTE V : LES NOCES (AOÛT 1519)		
DÉNOUEMENT TRAGIQUE*	• **Suite de la première issue positive :** noces et duo d'amour des amants après la noce. • **Dénouement tragique obéissant à un double contraste :** **1. Pour les amants :** **a) Issue négative liée à la vengeance de Don Ruy Gomez** qui, fou de jalousie, exige le respect du pacte fatal comme réparation : – supplications vaines d'Hernani et de Doña Sol ; – décision d'Hernani de mourir pour son honneur ; – décision de Doña Sol de boire le poison par amour. **b) Issue cependant positive** du fait que les deux amants décident de partir unis et libres « *vers des clartés nouvelles* ». **2. Issue radicalement tragique pour Don Ruy Gomez**, voué à la solitude et à la damnation face aux amants réunis.	**Absence de Don Carlos** devenu empereur. Sa quête politique est terminée.	**Dénouement positif :** les noces se passent dans le palais de Jean d'Aragon qui a obtenu réparation.

* *Cf.* Lexique.

Genèse, sources et réception

De Marion de Lorme à Hernani

En 1829, après le triomphe du drame* *Henri III et sa Cour* de son ami Dumas, au Théâtre-Français, celui de Victor Hugo, *Marion de Lorme*, est interdit par la censure, prétextant l'image négative que la pièce pouvait donner de la monarchie française sous Louis XIII et, par répercussion, du roi Charles X. Les trois grands théâtres parisiens se disputent pourtant *Hernani*, mais il fallait d'abord obtenir l'autorisation de la très sévère censure.

Hugo, dans sa préface à *Hernani*, condamnera sans appel « *cette censure dramatique qui est le seul obstacle à la liberté du théâtre* ». Il écrit alors en un mois *Hernani*, dont il éloigne le sujet dans l'espace et le temps, mettant en scène un sujet espagnol et un roi puissant. Le 5 octobre 1829, sa pièce est reçue « *par acclamation* » par les acteurs du Théâtre-Français. Cependant, le censeur Briffaut émet de nombreuses réserves et exige des coupures contre lesquelles Hugo luttera pied à pied. Et si Briffaut n'interdit pas la pièce, c'est en espérant que le public la jugera si mauvaise qu'il la censurera lui-même : « *Il est bon que le public voie jusqu'à quel point d'égarement peut aller l'esprit humain affranchi de toute règle et de toute bienséance.* »

La bataille d'Hernani

Hernani fut le centre d'une des grandes « batailles » de la littérature française car cette pièce était bien l'aboutissement de la réflexion théorique menée par Hugo dans la préface de son drame *Cromwell* en 1827 et renouvelait totalement l'écriture théâtrale.

* *Cf.* Lexique.

Le lieu

Quand Hugo présenta *Hernani* au Théâtre-Français, trente salles de théâtre existaient à Paris, privées et non subventionnées, les plus fréquentées étant celles du « théâtre de boulevard », situées sur les Grands Boulevards et spécialisées dans les vaudevilles et les mélodrames : la Gaîté, l'Ambigu comique, les Variétés, les Funambules. Les drames* d'Hugo et Dumas étaient souvent accueillis au théâtre de la Porte-Saint-Martin. Mais les hauts lieux de la tradition classique étaient l'Odéon et le Théâtre-Français, subventionnés par la Chambre. Le répertoire y était classique et le public conservateur. C'est donc sur une grande scène classique qu'Hugo voulut faire triompher *Hernani* : il s'agissait pour lui d'imposer le drame romantique dans un théâtre et devant un public nouveaux pour lui.

Les acteurs

La distribution des acteurs était très favorable : le rôle d'Hernani fut confié à Firmin qui avait contribué au succès d'*Henri III et sa Cour* de Dumas ; Mlle Mars jouait admirablement Doña Sol ; Joanny, un acteur célèbre, tenait le rôle de Don Ruy Gomez. Hugo assura lui-même la mise en scène, tout en affrontant certaines résistances : Dumas raconte dans ses *Mémoires* des disputes opposant Hugo à Mlle Mars qui cherchait à corriger des « *audaces* » de la pièce. Refusant de prononcer le mot « *lion* » dans le vers 1028, elle remplaça le jour de la première représentation « *Vous êtes mon lion superbe et généreux* » par « *Vous êtes mon seigneur superbe et généreux* ».

La claque

Un auteur ne pouvait réussir sans se ménager l'aide de la claque ; or chaque théâtre avait sa claque personnelle rétribuée par les auteurs et les comédiens. Le « chef de claque » signalait les passages à applaudir ou à huer, et si les claqueurs étaient mal

* *Cf.* Lexique.

payés, ils pouvaient claquer à contretemps. Hugo préféra se dispenser de la claque, d'autant que celle du Théâtre-Français était « classique ». Il organisa donc la sienne avec ses amis romantiques et fit une distribution massive de billets aux jeunes poètes et artistes qui avaient un papier rouge portant le mot de ralliement *hierro* (« fer » en espagnol). C'est ce groupe, avec notamment Dumas, Nerval, Balzac, Berlioz et Gautier, qui fut chargé d'assurer le succès d'*Hernani*. Dans ses *Souvenirs romantiques*, Gautier raconte comment ils envahirent le théâtre, buvant et chantant, devançant les « *crânes chauves* » horrifiés par leurs « *crinières* » et leurs vêtements provocateurs.

Les adversaires

Les adversaires étaient nombreux : les auteurs classiques et leurs soutiens dans la presse, hostile *a priori* dans son ensemble au drame* romantique. Les adversaires politiques étaient les ultras trahis par un de leurs anciens fidèles, mais surtout les libéraux, dont l'organe *Le National* attaqua *Hernani*, niant l'intérêt de la liberté dans l'art et voulant réduire l'art pour le peuple au mélodrame. La pièce connut trente-neuf représentations, toujours houleuses, avec une critique hostile, sauf celle de la revue libérale modérée *Le Globe*. Les recettes cependant témoignèrent de son succès. Hugo renonça pourtant ensuite à présenter ses drames au Théâtre-Français, préférant jouer pour un public plus populaire et pour mieux résister à la censure dans un théâtre sans subvention. C'est donc à la Porte-Saint-Martin que fut représentée *Marion de Lorme* libérée de la censure en 1831.

Cinquante ans plus tard, à l'heure du naturalisme triomphant, la critique se montra très sévère à l'égard d'*Hernani* : on lui reprochait notamment son manque de vraisemblance et la perpétuelle présence de la personnalité de Victor Hugo. Il fallut attendre le XXe siècle et l'après-guerre pour lire des commen-

* *Cf.* Lexique.

taires qui éclairent l'importance littéraire et politique d'*Hernani* en son temps, mettant l'accent sur le renouvellement du style et de la pensée, ainsi que sur la beauté de l'« *"opéra d'amour", neuf et lumineux* » dont parle Anne Ubersfeld (« Le moi et l'Histoire », *in Le Théâtre en France*, Armand Colin, 1992).

Les sources d'inspiration

Les sources d'inspiration d'*Hernani* sont multiples et cosmopolites, comme l'est la recherche esthétique de son époque au plan des thèmes comme de l'écriture, et sont marquées autant par la recherche d'une certaine tradition populaire que par la modernité.

L'Espagne

Ce pays est certainement à l'origine du titre de la pièce : en 1811, rejoignant avec sa famille son père à Madrid, Victor Hugo a traversé un village du nom d'Hernani. Dans sa préface, Hugo présente comme une véritable clé de son œuvre le *Romancero general*, traduit par son frère Abel, recueil de légendes espagnoles relatant les exploits du Cid, dont la bravoure et le sens de l'honneur ont inspiré la figure d'Hernani. Les principes de la dramaturgie espagnole du Siècle d'or, fondés sur une grande liberté poétique, ont aussi influencé Hugo qui cite dans la préface de *Cromwell* Lope de Vega, poète des XVIe et XVIIe siècles, pour son souci de ne prendre conseil que de la nature pour peindre la réalité.

L'Allemagne

Le drame* historique *Les Brigands* de Schiller (1782), mettant en scène des personnages révoltés en proie à des conflits violents, a sans doute exercé une influence sur la conception du personnage d'Hernani, tant au plan du caractère qu'à celui des situa-

* *Cf.* Lexique.

tions vécues (proscrit recherché, romantique et vertueux, animé d'une haine farouche ; cor ; travestissement). Il faut noter que Schiller fut connu en France par l'œuvre de Mme de Staël *De l'Allemagne*, ainsi que par l'adaptation par Benjamin Constant d'un de ses drames*, *Wallenstein*, précédée d'une préface théorique sur le théâtre allemand.

L'influence anglaise

Cette influence est également revendiquée par Hugo, notamment celle de Shakespeare, dont il commente abondamment la dramaturgie dans la préface de *Cromwell,* admirant son refus des règles, son goût des décors, son action à rebondissements et le mélange du « *sublime* » et du « *grotesque* », que l'on retrouve dans *Hernani*. Il est difficile aussi de ne pas évoquer en lisant *Hernani* le suicide tragique* des héros de *Roméo et Juliette*. Le roman historique de Walter Scott *Ivanhoé* (1825), proscrit en rébellion contre le pouvoir, a sans doute été aussi source d'inspiration pour Hugo qui aimait cet auteur.

La France

En France et malgré le rejet des contraintes formelles du classicisme par Hugo, *Hernani* se situe naturellement dans la lignée de grandes figures cornéliennes : celle du *Cid* d'abord, car le sens de l'honneur et le sentiment amoureux exalté entre Hernani et Doña Sol ne peuvent qu'évoquer les sentiments qui animent Rodrigue et Chimène ; celle de *Cinna* aussi, car le pardon d'Auguste est inévitablement rappelé par celui de Don Carlos dans l'acte IV.

* *Cf.* Lexique.

Hernani : une œuvre de l'époque romantique

Définition et constitution du romantisme

Définition et origine

L'adjectif *romantique*, signifiant « comme dans un roman », est employé comme synonyme de *romanesque* dès le XVIIe siècle. Le nom *romantisme* désigne, à partir de 1820, un courant littéraire novateur du XIXe siècle, couvrant tous les genres et dont le style et les thèmes s'écartent du classicisme par la liberté des formes et l'expression d'un « moi » divisé et douloureux.

Le romantisme, mouvement artistique européen né en Allemagne et en Angleterre à la fin du XVIIIe siècle, exalte les patrimoines nationaux contre l'universalisme rationaliste de la culture classique française. Les premières œuvres romantiques françaises sont *De la littérature* (1800) et *De l'Allemagne* (1810) de Mme de Staël et *Le Génie du christianisme* de Chateaubriand (1802). La préface *de Cromwell* (1827) d'Hugo est considérée comme son œuvre fondatrice.

Notons enfin que l'on fait commencer le « préromantisme » en Allemagne avec le mouvement du *Sturm und Drang* (« Tempête et Élan », tiré d'un drame* de F. M. von Klinger), qui réunit de jeunes auteurs tels que Goethe et Schiller, puis avec Novalis, Kleist, Brentano, Arnim ; en Angleterre avec Walter Scott, Keats et Byron ; en France avec Rousseau dans *Les Rêveries du promeneur solitaire* (1782).

* *Cf.* Lexique.

Le goût pour l'Histoire et le retour aux sources

Après les troubles de la Révolution française, des guerres napoléoniennes et de la Restauration, se développe un goût nouveau pour l'Histoire, pour les historiens Guizot et Thiers, les œuvres littéraires historiques de Chateaubriand (*Essai sur les révolutions* en 1797 et *Les Martyrs* en 1809) et les romans historiques de Walter Scott. On cherche des explications de la société contemporaine aux sources de la culture nationale : Aloysius Bertrand, Dumas, Nerval, Hugo ou Michelet s'intéressent aux mythes anciens, au Moyen Âge, à la Renaissance et à l'âge baroque. Hugo situe ainsi *Hernani* dans l'âge d'or espagnol au XVIe siècle.

L'exaltation de l'Empire

Avec l'Empire s'est développée une idéologie de l'exaltation de l'individu et de son action dans l'Histoire, visible dans l'art à travers les arcs de triomphe et les peintures de Jacques Louis David célébrant la gloire impériale. Après la chute de Napoléon, le recul des valeurs d'héroïsme et la montée de la suprématie de l'argent sous la Restauration, se développent un mouvement de défiance et de désenchantement et une tendance à idéaliser l'Empire : ainsi voit-on Don Carlos exalter les vertus de l'empereur dans *Hernani*.

Le « mal du siècle »

Chateaubriand, dans *René* et *Le Génie du christianisme* (1802), et Benjamin Constant, dans *Adolphe* (1816), analysent ce « mal du siècle » qui affecte les écrivains romantiques. Ce trouble existentiel ravage toute une jeunesse désœuvrée, avide d'exprimer l'énergie de ses passions et de ses rêves et révoltée par la société de la Restauration. La jeunesse romantique éprouve alors un sentiment d'inadaptation par rapport à la rapidité des bouleversements historiques en ce monde auquel elle ne s'identifie plus. En proie au « *vague des passions* » (Chateaubriand), le jeune romantique s'accuse lui-même ou s'en prend à la société qui ne le comprend pas, et s'enferme dans la tristesse dont il semble avoir besoin. Le thème du déclin, de l'automne et de ses tempêtes est un lieu commun de l'esprit romantique.

Le mouvement romantique

Le Cénacle

En 1820, Lamartine et Hugo célèbrent les valeurs chrétiennes et du Moyen Âge national dans une poésie marquée par l'épanchement lyrique et l'exaltation du « moi », avec une grande liberté de style, en opposition avec le classicisme fondé sur les modèles antiques. Plus tard, le premier Cénacle, autour de Charles Nodier à la bibliothèque de l'Arsenal en 1823, puis le second, autour de Victor Hugo en 1827, rassemblent tout un groupe d'artistes, dont Lamartine, Stendhal, Gautier, Dumas, Balzac, Musset, Michelet, Nerval, Delacroix, Berlioz et Sainte-Beuve, qui élabore les idées et les propositions du romantisme, adoptant le style « Jeune-France ». Le théâtre romantique s'affirme alors comme une école littéraire nouvelle. La préface de *Cromwell* de Victor Hugo lui donne, en 1827, sa base théorique et, en 1830, « la bataille d'*Hernani* » marque l'opposition entre « jeunes » partisans du drame* d'avant-garde et « vieux » tenants de la tragédie* classique. La consécration littéraire est apportée aux romantiques par l'élection de Nodier à l'Académie française en 1833 suivie par celle d'Hugo en 1841.

Évolutions politiques

Si les premiers romantiques appartiennent à la droite légitimiste, après 1830 en revanche, nombreux sont ceux qui, comme

* *Cf.* Lexique.

Hugo et Dumas, évoluent et prônent un engagement social progressiste. Un souci capital est celui de l'inscription de la littérature dans l'Histoire et de l'analyse du réel historique et contemporain, dans la droite ligne de la Révolution. Après l'échec du dialogue social sous Louis-Philippe et sa monarchie bourgeoise, le romantisme se délitera au profit de tendances littéraires qui s'en démarquent : le réalisme, le Parnasse et « *l'art pour l'art* » (Gautier).

En quête de formes nouvelles

Considérant la Révolution française comme une rupture et un événement fondateur, les romantiques croient à la refondation généralisée. Ils cherchent à repenser autrement le politique, le religieux et le social, par l'interaction entre littérature, musique et peinture, par la redéfinition des genres et par le bouleversement des formes d'expression. C'est ainsi que de nouveaux genres apparaissent : drame*, méditations, roman, autobiographie, journal intime et récit de voyage. L'expression du « moi » et le lyrisme* prennent une importance considérable. Après 1830, se développe le goût pour le fantastique et l'ésotérisme, en réaction au rationalisme scientifique : Gérard de Nerval s'intéresse aux puissances du rêve, Prosper Mérimée et Théophile Gautier explorent dans le fantastique les zones d'ombre de la conscience...

La figure de l'artiste, prophète et guide du peuple

Avec Lamartine et Vigny, Victor Hugo revendique pour l'artiste, et notamment pour le poète, la fonction de mage visionnaire destiné à guider les foules. Génie individuel et rôle de prophète de l'artiste sont ainsi sacralisés.

La relation au peuple destinataire de l'art est un enjeu crucial du romantisme qui explique la fascination romantique pour l'origine des langues, des nations et des civilisations, au Moyen

* *Cf.* Lexique.

Âge et chez les peuplades barbares. Il fonde l'intérêt pour la légende qui soude mythe et Histoire, religion et politique. Napoléon représente, de ce fait, une figure de légende épique* obsédante, notamment chez Hugo.

Hernani : un héros romantique

Parmi les figures de héros frappés par le « mal du siècle », Hernani a été vu par la génération romantique du début du siècle comme l'archétype du héros romantique, véhiculant ses aspirations et ses tourments.

Un homme d'honneur déchiré

Hernani est un héros courageux qui n'hésite pas à affronter ses rivaux en duel pour défendre Doña Sol et à provoquer le roi au risque de sa vie plutôt que de se laisser humilier par lui. C'est un homme d'honneur qui mène cette vie de banni pour accomplir le serment de vengeance fait à son père, qui laisse la vie sauve au roi désarmé et sait rendre les armes devant le pardon de son adversaire. C'est aussi le sens de l'honneur qui le pousse à faire un serment fatal à son sauveur Don Ruy Gomez et à mourir pour être fidèle à la parole donnée. Hernani est déchiré tout au long de la pièce par des dilemmes : d'abord entre sa volonté de se venger du roi par devoir filial et son amour pour Doña Sol, puis, dans le dénouement, entre le respect de sa parole à Don Ruy Gomez et celui de sa fidélité à Doña Sol. Il choisit de mourir pour l'honneur, malgré le bonheur enfin conquis.

L'amour à mort

Sur le modèle de l'amour exalté et idéaliste du héros romantique, Hernani est animé d'une passion ardente et absolue, élan vital qui le porte jusqu'au bout et triomphe de tous les obstacles dressés par ses rivaux. Son amour, partagé par Doña Sol, éclate

* *Cf.* Lexique.

dans sa plénitude et son caractère sublime dans de magnifiques duos. Cependant cet amour est lui-même tourmenté par la violence de la jalousie qui lui fait accabler Doña Sol de reproches sans motif (III, 4), par une brutale dévalorisation de lui-même (III, 4) et par des revirements soudains qui lui font refuser l'amour de Doña Sol avant de l'accepter (II, 4). Au moment du choix final, devant le refus d'Hernani d'accéder à ses supplications, c'est elle qui boit le poison, le forçant ainsi à la rejoindre dans la mort. Hésitations et impuissance à prendre des décisions, permanentes chez le héros romantique, déchirent donc aussi la relation amoureuse chez Hernani. Seule l'union dans la mort sera permise au couple maudit.

Le proscrit victime de la fatalité

À l'instar du personnage romantique toujours incapable de vivre dans le siècle présent, Hernani est un héros marginal et révolté, mis au ban du royaume et dépossédé de ses biens, vivant sous une identité d'emprunt. Conscient d'une fatalité tragique* qui l'accable, il évoque à plusieurs reprises la malédiction dont il est l'objet, liée autant à sa famille (v. 660 : « *né dans un berceau sanglant* ») qu'à ses propres pulsions de mort, puisqu'il entraîne la mort de tous ceux qu'il aime (v. 1002 : « *Malheur à qui me touche* »). Il dit sans cesse l'impossibilité de pouvoir vivre sereinement son amour avec Doña Sol, et l'omniprésence du champ lexical* de la nuit et de la mort dans son discours traduit cette obsession suicidaire (v. 940 : « *je noircirai tes jours avec mes nuits* »).

Ces propos et le destin d'Hernani traduisent la force du sentiment de refus du monde et d'inaptitude désespérée au bonheur qui traverse les œuvres romantiques et qui caractérise le « mal du siècle ».

* *Cf.* Lexique.

Hernani : un drame romantique

Histoire et définition du genre

Drame * bourgeois et mélodrame

Le drame naît, au XVIIIe siècle, du déclin de la tragédie * classique. Le drame bourgeois, représenté par *Le Fils naturel* de Diderot (1757) et *La Mère coupable* de Beaumarchais (1792), est une forme de tragédie domestique mettant en scène les mœurs, les conflits privés et les valeurs de familles bourgeoises, avec une visée moralisatrice et un registre pathétique *. Au début du XIXe siècle, avec le succès de Pixerécourt (1773-1844), lui succède le mélodrame, forme de tragédie populaire morale suscitant des émotions fortes par une intrigue pleine de rebondissements et très codée, où le héros redresseur de torts, aidé d'un comparse populaire comique (le niais), l'emporte toujours sur le traître et unit les amoureux vertueux.

La préface de *Cromwell*

Le drame romantique est une forme théâtrale en rupture avec les règles du théâtre classique et les œuvres antérieures. À la suite de Stendhal dans *Racine et Shakespeare* (1823) et de Mérimée dans le *Théâtre de Clara Gazul* (1825), c'est dans la préface de *Cromwell* (1827) que Victor Hugo en énonce les principes esthétiques, le situant dans la lignée des œuvres populaires et grotesques de Shakespeare, Rabelais et Cervantès au XVIe siècle. Le drame romantique marque ainsi une révolution historique, formelle et idéologique.

Au plan historique, Hugo prône, pour mieux faire comprendre le présent à la lumière du passé, une recherche de réalisme qui

* *Cf.* Lexique.

mette en évidence aussi bien le mécanisme des luttes sociales que les détails historiques concrets, avec le souci de la « couleur locale ». Au plan de la forme, pour montrer l'impact des événements dans des lieux divers et leur durée dans le temps, il juge nécessaire de faire éclater le carcan des unités classiques, rejetant les deux unités de temps et de lieu et conservant seulement l'unité d'action ou « unité d'ensemble ». Le drame* doit pouvoir tout dire et mêler sans les confondre mal et bien, beau et laid, grotesque et sublime, ces antithèses propres à la nature, mais en utilisant *« le prisme de l'art »* car le drame n'est pas la reproduction du réel mais un *« miroir de concentration »*. L'alexandrin*, à condition d'être libre et audacieux, doit être privilégié contre *« l'irruption du commun »*.
Au plan des idées enfin, le drame, marqué par l'individualisme de la période romantique, met en scène un individu qui tente d'affronter le monde et s'y brise toujours, mais qui sort grandi de son échec face à une société déconsidérée. Ce « moi » est celui d'une personnalité divisée, souvent incohérente et parfois monstrueuse, selon l'esthétique hugolienne du *« grotesque »*.

Les drames romantiques en Allemagne et en France

Dès la fin du XVIIIe siècle, en Allemagne, des drames romantiques (*cf.* p. 264) sont créés et présentés par Goethe (*Goetz von Berlichingen*, 1773), Schiller (*Les Brigands*, 1782), Kleist (*Le Prince de Hombourg*, 1810) et Büchner (*La Mort de Danton*, 1835 ; *Woyzeck*, 1836).
En France, deux drames précèdent *Hernani* : *Henri III et sa Cour* de Dumas et *Le More de Venise* de Vigny, joués en 1829. *La Tour de Nesle* de Dumas (1832), *Chatterton* de Vigny (1835) et *Lorenzaccio* de Musset (1834) figurent parmi les grands drames romantiques. Après *Hernani*, les principaux drames présentés par Hugo seront *Marion de Lorme* (joué en 1831), *Le roi s'amuse* (1832), *Lucrèce Borgia* et *Marie Tudor* (1833) et le plus célèbre :

* *Cf.* Lexique.

Ruy Blas (1838). L'échec du drame* épique* des *Burgraves* marque en 1843 la fin du drame romantique, dont la durée n'aura pas excédé une dizaine d'années.

Hernani : un drame romantique

Hernani est considéré comme une illustration des principes énoncés par Hugo dans la préface de *Cromwell*, aux plans des règles, de la représentation de l'Histoire, de la conception de l'action et du mélange des genres et des registres*.

Le traitement des règles classiques dans *Hernani*

Le drame romantique rompt en partie avec la règle des trois unités* qui veut qu'une seule action ait lieu dans un seul lieu en une journée. Hugo considère les unités de lieu et de temps comme invraisemblables et ridicules.

Dans *Hernani*, chaque acte se situe dans un lieu différent : l'acte I dans une chambre du palais de Don Ruy Gomez à Saragosse, l'acte II dans un patio du même palais, l'acte III dans le château de Silva situé dans les montagnes d'Aragon, l'acte IV à Aix-la-Chapelle et l'acte V dans le palais d'Aragon à Saragosse. L'action s'étire sur six mois au moins, de la mort de Maximilien Ier le 15 janvier 1519 jusqu'à l'élection de Charles Quint le 28 juin et la nuit de noces qui la suit sans doute de près. En revanche, l'unité d'action est préservée comme le préconise Hugo : à l'action principale qui est l'intrigue amoureuse (trois hommes aiment la même femme) sont subordonnées deux actions secondaires, à savoir l'ambition politique de Don Carlos et la vengeance familiale d'Hernani.

Cependant, les entorses à la règle de bienséance se multiplient : des hommes se retrouvent en pleine nuit dans la chambre d'une jeune fille (acte I), Don Carlos cherche à violenter Doña Sol qui

* *Cf.* Lexique.

lui résiste avec un poignard (II, 2), deux hommes se battent en duel (I, 2) et la scène de dénouement représente trois suicides. On trouve aussi à l'œuvre dans *Hernani* la liberté du vers recommandée par Hugo : un grand nombre de rejets qui mettent en valeur les verbes ; le déplacement de la césure à n'importe quel endroit de l'alexandrin* (v. 384-385) ; un alexandrin fréquemment scindé en plusieurs répliques*, au point qu'il en ressemble à de la prose (v. 1236).

Le traitement de l'Histoire : la « couleur locale »

Dans la préface de *Cromwell*, Hugo soutient que « *le drame doit être radicalement imprégné de cette couleur des temps* » et qu'il faut pour cela choisir des « *détails caractéristiques* ». Ainsi les didascalies* évoquent-elles les costumes des héros dans l'acte I. Il en est de même pour les somptueux décors du château d'Aragon et du palais de Saragosse dans les actes III et V.
Hugo ménage aussi certains effets dramaturgiques* par cette « couleur locale » : le tombeau de Charlemagne permet des contrastes visuels spectaculaires entre ombre et lumière, créant ainsi une atmosphère fantastique ; le tableau grandiose qui réunit sur scène conjurés, soldats de Charles Quint et électeurs allemands (IV, 4) contribue à la solennité de l'événement.

Des ressorts de l'action : coups de théâtre et déguisements

C'est à l'action que Victor Hugo entend donner la priorité dans son théâtre, action relancée dans *Hernani* par l'utilisation récurrente du coup de théâtre, qui place le spectateur dans un état de tension et de surprise permanent : interruption du duo d'amour à l'acte I par le roi sorti de son placard ; arrivée impromptue de Don Ruy Gomez ; tentative d'enlèvement de Doña Sol par Don Carlos à l'acte II, empêchée par le surgissement d'Hernani ; irruption de Don Carlos chez Don Ruy Gomez à l'acte III et enlèvement de Doña Sol ; apparition de Don Carlos au milieu

* *Cf.* Lexique.

des conjurés, suivie de son pardon inattendu à l'acte IV ; double dévoilement de son identité par Hernani, qui rejette son costume de pèlerin à l'acte III et dit son vrai nom à l'acte IV ; intrusion enfin de l'appel du cor dans le duo d'amour de l'acte V et retournement tragique* du dénouement. Le jeu des masques et des déguisements contribue sans cesse à ces coups de théâtre par les dévoilements qu'il entraîne : manteau de Don Carlos à l'acte I, costume de pèlerin d'Hernani à l'acte III, masque de Don Ruy Gomez au dernier acte.

Les personnages eux-mêmes évoluent, entraînés dans le mouvement de l'action : Don Carlos passe du comportement de roi libertin à une stature d'empereur noble ; Hernani perd tout désir de vengeance devant le pardon de son adversaire et la réalisation de son espoir amoureux ; enfin, malgré sa jalousie, Don Ruy Gomez se montre capable d'héroïsme en sauvant la vie de son rival par honneur, mais régresse dans une folie mortifère quand il n'a plus de quête possible et que le désespoir de la solitude l'envahit. Doña Sol porte jusqu'au bout l'amour au-dessus de toute autre valeur et entraîne Hernani dans ce choix.

Le mélange des registres* dans *Hernani*

Face à l'esthétique classique séparant les genres en comédie* et tragédie*, Hugo revendique, dans la préface de *Cromwell*, le mélange de deux registres : le « *grotesque* », du domaine du laid, du difforme et du corps, apparenté à la comédie, et le « *sublime* », qui se rattache à la vertu, au beau et à l'âme, fils de la tragédie.

Ce mélange prend parfois la forme de l'alternance entre scènes de registre comique* et scènes de registre tragique. Ainsi l'acte I débute par un dialogue burlesque et familier entre Don Carlos et la duègne, qui le cache dans un placard, et se poursuit, dans la scène 2, par un dialogue entre Hernani et Doña Sol, où s'exprime le dilemme tragique de cette dernière et le choix

* *Cf.* Lexique.

sublime qu'elle fait de suivre Hernani. Une même scène peut aussi allier plusieurs registres à travers deux personnages : à la scène 2 de l'acte II, les bavardages libertins de Don Carlos, d'un registre* grotesque, contrastent avec la résistance sublime de Doña Sol. Enfin, un même personnage peut associer les deux caractéristiques, tel Don Carlos, qui devient sublime en renonçant à son désir d'enlever Doña Sol et en pardonnant aux conjurés, ou Don Ruy Gomez, qui, à l'acte III, fait d'abord figure de barbon amoureux puis se montre sublime dans sa résistance héroïque au roi pour respecter les lois de l'hospitalité.
D'autres registres dominent certaines scènes : le lyrisme* dans les duos d'amour entre Hernani et Doña Sol et le registre épique* dans le discours de Don Ruy Gomez sous les portraits de ses ancêtres (III, 6) ou dans le monologue de Don Carlos face au tombeau de Charlemagne (IV, 2).

Hernani aux frontières des genres : tragédie* et mélodrame

Étant l'un des premiers drames* de Victor Hugo, *Hernani* est encore empreint des codes des genres théâtraux de l'époque, et notamment de la tragédie et du mélodrame.
De la tragédie classique, en effet, il conserve les personnages de haut rang, sans aucun lien avec le peuple qui sera présent au contraire dans ses autres drames. La fatalité aussi, qui poursuit et obsède Hernani, ne peut qu'évoquer la tragédie classique.
Par ailleurs, l'influence du mélodrame se manifeste dans les coups de théâtre multiples et les revirements constants de l'intrigue et dans les scènes outrées dans le registre pathétique*, comme le duo d'amour des héros interrompu par le tocsin (II, 4) ou bien l'opposition finale entre les supplications pathétiques de Doña Sol et la cruauté inflexible de Don Ruy Gomez.

* *Cf.* Lexique.

Mises en scène

Depuis plus d'un siècle et demi, *Hernani* est au répertoire de la Comédie-Française et a été joué sur bien d'autres scènes. De nombreux acteurs ont trouvé dans cette pièce un rôle à leur mesure. Après la fameuse « bataille » qui se termina par un demi-succès, *Hernani* connut, avec la gloire grandissante de son auteur, une vague de reprises triomphales à la fin du siècle, puis tomba dans l'oubli durant une longue période avant d'être véritablement recréé par Antoine Vitez en 1985 au T.N.P.

Les premières représentations d'Hernani en 1830

La première représentation d'*Hernani*, ainsi que celles qui suivirent, en février-mars 1830, avec Firmin dans le rôle d'Hernani, Mlle Mars dans celui de Doña Sol et Joanny en Don Ruy Gomez, suscitèrent les affrontements que l'on sait, et durant ces folles journées, le spectacle fut autant dans la salle que sur scène. Les critiques les plus radicalement opposées divisèrent la presse et les amis de Victor Hugo s'en firent l'écho. D'innombrables pastiches, caricatures et parodies d'*Hernani* (ainsi *Harnali ou la Contrainte par cor*) permettent de mesurer le déchaînement des passions.

L'avis de Victor Hugo

Hugo parle ainsi de l'hostilité rencontrée par sa pièce :

Si j'entre dans un cabinet de lecture, je ne puis prendre un journal sans y lire : « Absurde comme* Hernani *; monstrueux comme* Hernani *; niais, faux, ampoulé, prétentieux, extravagant et amphigourique* comme* Hernani. *» Si je vais au théâtre

* *Cf.* Lexique.

pendant la représentation, je vois à chaque instant, dans les corridors où je me hasarde, des spectateurs sortir de leur loge et en jeter la porte avec indignation.

Victor Hugo, *Choses vues*, 1830.

L'avis d'André Pavie

André Pavie, ami de Victor Hugo, raconte pourtant avec enthousiasme cette première :

Le monologue de Charles Quint atterra toute la salle. Ce n'était plus des acclamations, c'était un brasier de Oh ! *comprimés et sourds.* [...] *Il n'y avait que l'entraînement de la passion qui pût produire quelque chose après le grandiose concentré du quatrième acte, et, de toute manière, cet effet dépassa l'attente. Le son du cor fut un navrement universel pour les quatre points de la salle, et quand Doña Sol fut retombée sur le corps d'Hernani, son fiancé, que la toile fut retombée pour toujours avec eux, un seul cri d'enthousiasme effréné partit de l'enceinte, jusqu'à ce que Firmin eût amené l'auteur de ce monumental et décisif chef-d'œuvre.*

André Pavie, *Médaillons romantiques*, 1900.

L'avis de Jean Viennet

Un défenseur du parti classique, Jean Viennet, dénigre de son côté le style de Victor Hugo :

Ce n'était rien que le sujet ! C'est le style et les vers qu'il fallait entendre ! Victor Hugo ne dit rien comme un autre. Il lui passe quelquefois de grandes pensées : mais il les rend, à dessein, de manière si ridicule que le rire étouffe immédiatement l'admiration. Dès que le sublime se montre, la trivialité de l'expression le fait disparaître.

Jean Viennet, *Mémoires*, 26 février 1830.

Les reprises

Reprises de 1838 et 1867

Après le succès d'une reprise de la pièce en 1838, avec Marie Dorval dans le rôle de Doña Sol, celle de juin 1867, sur commande de l'impératrice, souleva l'enthousiasme, avec Mlle Favart en Doña Sol, Delaunay en Hernani, Bressant en Don

Carlos et Maubant en Ruy Gomez. Un hommage public fut adressé au « *plus grand poète français* » par quatorze jeunes poètes, dont Sully Prudhomme, François Coppée et Paul Verlaine. Victor Hugo leur répondit : « *Je ne suis rien, mais la révolution est tout.* [...] *1830 avait raison et 1867 le démontre* » (22 juillet 1867).

Théophile Gautier évoque ce nouveau succès dans *Le Moniteur*, journal officiel du Second Empire :

La salle n'était pas moins remplie ni moins animée que le 25 février 1830, mais il n'y avait plus d'antagonisme classique et romantique.* [...] *Les années se sont écoulées, et l'éducation du public s'est faite insensiblement ; ce qui le révoltait naguère lui semble tout simple. Les prétendus défauts se sont changés en beautés, et tel s'étonne de pleurer là où on riait et de s'enthousiasmer à l'endroit qu'il sifflait.

Théophile Gautier, article paru dans *Le Moniteur*, 1867.

Reprise de 1877, avec Sarah Bernhardt et Mounet-Sully

Cette reprise, dans une mise en scène somptueuse, connut un grand succès en 1877 et fut à l'origine d'une des plus fortes émotions théâtrales de l'enfance de Paul Claudel.

L'échec de 1952 et les années d'oubli

Mais, après les années d'éclipse des deux Guerres mondiales, la reprise d'*Hernani* pour le 150e anniversaire de la naissance de Victor Hugo, en 1952, ne souleva que sarcasmes et critiques. Et, de 1953 à 1973, *Hernani* ne fut plus joué une seule fois au Théâtre-Français.

Paul Claudel évoque, dans *Le Figaro littéraire*, le souvenir de 1877 mais aussi sa déception lorsqu'il revit la pièce en 1952 : « *Je me demande qui avait raison*, écrit-il : *le vieillard ironique et désabusé que je suis devenu, ou l'enfant de 10 ans qui, au Théâtre-Français dans un flot enivrant de poésie voyait s'ouvrir devant lui les abîmes de la fatalité et de l'amour ?* » Dans ce même article, Claudel croit voir « *les funérailles définitives du théâtre de Hugo* » (« Le cor d'Hernani », dans *Le Figaro littéraire*, 18 octobre 1952).

Robert Hossein en 1974

Cette reprise d'*Hernani* par les Comédiens-Français fut en soi un événement. Les représentations furent données au théâtre Marigny, dans une mise en scène sobre de Robert Hossein et avec la présence remarquée de jeunes comédiens talentueux : Geneviève Casile et François Beaulieu.

Antoine Vitez au T.N.P. en 1985

L'interprétation d'*Hernani* par Antoine Vitez au T.N.P. en 1985 fut un événement mémorable : cette recréation du drame*, tentant de revenir à l'esthétique de la préface de *Cromwell*, fut marquée par un certain effacement d'Hernani au profit de l'affrontement entre Don Carlos et Don Ruy Gomez et de la lutte politique du roi pour l'accès à l'Empire. L'accent était mis sur l'ambivalence des personnages : Jany Gastaldi jouait une Doña Sol à la fois pure et sensuelle, blanche dans le premier acte et noire compagne du bandit dans le deuxième ; Redjep Mitrovitsa en Don Carlos, d'abord séducteur et cynique, se métamorphosait en empereur dans toute la majesté de sa clémence ; Aurélien Recoing en Hernani alliait les tendresses d'un amoureux fou à une allure de montagnard sauvage en pantalon de treillis et peau de bête ; Debauche et Vitez se succédaient dans le rôle de Don Ruy Gomez. Avec l'aide du scénographe Yannis Kokkos, la mise en scène simplifiait les décors, réduisait le nombre des objets et des figurants et mettait l'accent sur l'omniprésence de la nuit.

* *Cf.* Lexique.

Voici le choix de Vitez à propos de l'expression des acteurs :

L'application par Hugo d'un parler familier sur la grille alexandrine oblige celui qui parle à une expression unique. Cela n'est possible que si l'on respecte le jeu proposé ; surtout celui des enjambements * qu'il ne faut pas faire, sous peine de transformer le vers en prose. Détruire le vers détruit le sens. Si l'on ne dit pas les douze syllabes de l'alexandrin * racinien, si l'on ne fait pas entendre la rime, on perd ce petit scandale perpétuel des sentiments naturels exprimés dans la forme immuable.

Antoine Vitez, préface à *Hernani*, « Le Livre de Poche », LGF, 1987.

Ernani, l'opéra de Verdi

Du XVIIe au XXe siècle, les pièces de théâtre françaises fournirent à l'opéra italien une source privilégiée d'intrigues dramatiques*. Ainsi, en mars 1844, Giuseppe Verdi créa au théâtre de la Fenice à Venise *Ernani,* opéra en 4 actes d'après l'œuvre de Victor Hugo sur un livret de Francesco Maria Piave. Son succès, d'abord mitigé, alla croissant dans toute l'Europe.

En juin 2007, cet opéra, relu par Bruno Campanella et mis en scène par Pier Alli, est proposé au Teatro Regio de Turin avec des interprètes prestigieux : Fabio Armiliato (Ernani), Daniela Dessì (Elvira), Lucio Gallo (Don Carlos) et Giacomo Prestia (Don Ruy Gomez de Silva).

En février 2007, un colloque international propose, à l'université Rabelais de Tours, *(H)ernani : quatre siècles d'opéra italien inspirés par la littérature française.* Le couple de la pièce de Victor Hugo et de l'opéra de Guiseppe Verdi est donc devenu un symbole.

* *Cf.* Lexique.

Lexique d'analyse littéraire

Alexandrin Vers de douze syllabes.

Allitération Répétition d'une même consonne dans une phrase ou un vers.

Amphigourique Se dit d'un discours ou d'un texte confus et obscur.

Anaphore Procédé consistant dans la répétition d'un mot ou d'un groupe de mots au début de plusieurs vers, phrases ou paragraphes. Voir *Répétition*.

Apostrophe Figure de rhétorique par laquelle on s'adresse directement à une personne ou une chose personnifiée.

Appellatif Se dit d'un type de mots pouvant servir à interpeller un interlocuteur.

Comédie Pièce de théâtre destinée à faire rire et au dénouement heureux ; genre comique qui s'oppose à la tragédie et au drame.

Comique Voir *Registre*.

Didascalie Tout ce qui n'est pas dit par l'acteur dans un texte de théâtre : indications scéniques, indication des noms des personnages ainsi que des conditions d'énonciation spatio-temporelles.

Dramatique Qui est propre à l'action théâtrale.

Dramaturgique Relatif à l'étude de la construction du texte de théâtre ainsi que de l'écriture de la représentation.

Drame Genre dramatique où le pathétique et le sublime côtoient le familier et le grotesque.

Élégiaque Dérivé de l'élégie, chant de deuil destiné à pleurer la perte d'un être cher. Registre poétique mêlant tendresse, plainte et mélancolie.

Enjambement Rejet au vers suivant d'un ou plusieurs mots liés cependant au vers précédent.

Énonciatif (Système –) Régit les conditions d'émission et de réception d'un message, soit l'énonciation de ce message. Il s'agira donc d'étudier les indices énonciatifs : indices personnels (le locuteur, le destinataire, la 3e personne), indices spatio-temporels et modalisateurs manifestant une prise de position du locuteur par rapport à son énoncé.

Énonciation Acte par lequel est produit l'énoncé dans une situation précise, par un locuteur et pour un destinataire. La situation d'énonciation répond aux questions : « Qui parle ? », « À qui ? », « Comment ? », « Quand ? » et « Où ? ». On repère les indices d'énonciation ou marques de cette situation dans l'énoncé.

Énonciation (Double –) Tout énoncé dans le dialogue théâtral a deux émetteurs – l'auteur et le personnage auquel il a délégué sa voix – et deux récepteurs – son interlocuteur et le spectateur qui est aussi présent à l'échange.

Épique Se dit du registre caractéristique de l'épopée, poème narratif qui exalte les exploits d'une communauté. Voir *Registre*.

Exposition Début d'une pièce de théâtre qui donne les informations nécessaires au spectateur sur le lieu, le temps, l'action, et qui présente les personnages et leurs projets.

Expressive (Ponctuation –) Relatif à trois types de ponctuations (le point d'exclamation, le point d'interrogation, les points de suspension) qui laissent une certaine liberté d'interprétation.

Filée (Métaphore –) Voir *Métaphore*. La métaphore filée est une métaphore qui se développe sur plusieurs lignes ou vers dans une série d'images.

Hémistiche Moitié d'un vers (au milieu d'un vers).

Lexical (Champ –) Ensemble de termes associés à une même notion ou un même thème.

Lyrisme Voir *Registre*.

Métaphore Figure de style d'analogie : désignation d'une chose (le comparé) par le nom d'une autre qui présente un rapport d'analogie avec elle (le comparant). Voir *Filée (Métaphore –)*.

Métrique Règles de versification concernant le *mètre* (ou mesure du vers) : compte des syllabes, groupes rythmiques.

Nœud (de l'action) Relation qui s'établit entre la volonté du héros et les obstacles qui s'opposent à sa concrétisation. Sans obstacle, pas de nœud.

Pastoral(e) Dont les héros sont des bergers et des bergères ; qui traite un sujet champêtre.

Pathétique Registre qui désigne les sentiments éprouvés par les spectateurs devant les malheurs des personnages. La terreur et la pitié sont, selon Aristote, les ressorts du pathétique.

Péripétie Coup de théâtre qui modifie soudainement la situation en apportant un élément nouveau ; moment clé où l'action se retourne et court au dénouement.

Personnification Procédé consistant à attribuer à une chose ou une abstraction des attitudes humaines (figure, langage, etc.).

Phrase (Type de –) Catégorie qui correspond aux intentions du discours (ou modalités) : le type d'une phrase peut être déclaratif ou assertif (exprime une certitude), injonctif (exprime un ordre), interrogatif (exprime un questionnement) ou exclamatif (exprime une attitude affective du locuteur à l'égard de son énoncé et vient se surajouter aux trois autres).

Protagoniste Acteur qui a un rôle principal.

Registre Manifestation dans le langage de l'émotion produite par un texte sur la sensibilité du lecteur : émouvoir, faire pleurer (registre pathétique), exprimer ses sentiments personnels (lyrique), exprimer et provoquer de la peur (fantastique), critiquer sérieusement (polémique), critiquer plaisamment (satirique et ironique), faire rire (comique), amplifier un événement (épique). Les registres sont en relation avec un genre : comédie et registre comique, épopée et registre épique, poésie lyrique et registre lyrique. Mais ils peuvent être présents dans d'autres genres : registre comique dans un poème.

Règle des trois unités Voir *Unités.*

Répétition Figure d'insistance servant à mettre en valeur un son (allitérations pour les consonnes et assonances pour les voyelles), un mot, un groupe de mots. Voir *Anaphore*.

Réplique Toute prise de parole dans le dialogue théâtral.

Rhétorique (Artifice, Figure de –) La rhétorique est l'art de la parole issu des pratiques judiciaires et politiques de l'Antiquité grecque, qui envisage toujours la parole comme une entreprise de conviction.

Stichomythie Dialogue où les interlocuteurs se répondent vers à vers. S'applique aussi à des répliques de deux vers se succédant régulièrement.

Style (Figure de –) Procédé d'expression par lequel, en s'écartant de l'usage normal de la langue, un auteur cherche à produire un effet sur son lecteur. On distingue les figures d'insistance (symétrie et parallélisme), de substitution (litote, antiphrase, périphrase), d'opposition (antithèse) et d'analogie (métaphore).

Synesthésie Trouble sensoriel au cours duquel un seul stimulus entraîne deux perceptions chez un individu ; désigne aussi un procédé poétique qui permet de faire correspondre une image avec des modalités sensorielles.

Tragédie Pièce en cinq actes et en vers, où des personnages héroïques et de haut rang sont soumis à des situations conflictuelles et passionnelles qui entraînent la mort d'un ou plusieurs protagonistes.

Tragique Relatif à la tragédie ; registre lié à l'action tragique (théâtre ou roman).

Unités (Règle des trois –) Pour persuader le spectateur qu'il assiste à une « action » véritable, selon le principe d'imitation *(mimésis)* d'Aristote, le théâtre classique doit obéir à certaines règles : règle des trois unités (unités d'action, de lieu, de temps – 24 heures –), mais aussi vraisemblance et bienséance (consistant à interdire la représentation sur scène de ce qui peut choquer la morale ou le bon goût).

Bibliographie, filmographie

Bibliographie

Œuvres de Victor Hugo et éditions d'*Hernani*

– Victor Hugo, *Théâtre complet*, éd. de J.-J. Thierry et Josette Mélèze, « Bibliothèque de la Pléiade », Gallimard, 1963 (2 vol.).
– Victor Hugo, *Théâtre complet*, coll. « Bouquins », Robert Laffont, 1985.
– Victor Hugo, *Hernani*, préface d'Antoine Vitez, commentaires et notes d'Anne Ubersfeld, coll. « Le Livre de Poche », LGF, 1987.

Sur le drame romantique

– Marie-Claude Hubert, *Le Théâtre*, coll. « Cursus », Colin, 1988.
– Jean-Jacques Roubine, *Introduction aux grandes théories du théâtre*, Bordas, 1990.
– *Le Théâtre en France*, sous la direction de Jacqueline de Jomaron, coll. « Le Livre de Poche », LGF, 1992.

Sur Hugo et son œuvre

– Gaston Bordet, *Hugo hier, maintenant, demain*, Delagrave / CRDP de Franche-Comté, 2002.
– Yves Gohin, *Victor Hugo*, coll. « Que sais-je ? », PUF, 1987.
– André Maurois, *Olympio ou la Vie de Victor Hugo*, Hachette, 1954.

Filmographie

– Raymond Rouleau, *Hernani*, mise en scène de Robert Hossein, Comédie-Française / INA, 1976.
– Jean-Daniel Verhaeghe, *La Bataille d'Hernani*, France 5 / France 2 / GMT Production, 2004.

Crédits photographiques

p. 4 : photo Photothèque Hachette. **p. 5 :** photo Josse, cliché Photothèque Hachette. **p. 8 :** photo Photothèque Hachette. **p. 9 :** la bataille d'*Hernani* lors de la première représentation, peinture de Paul-Albert Besnard, signée et datée 1903, photo Photothèque Hachette. **pp. 17, 22, 24, 44, 58, 60 :** scène 3 de l'acte I, gravure de Martin et Paris d'après le dessin de Vierge, extrait du *Monde illustré*, photo Photothèque Hachette. **p. 29 :** photo Gérard Blot / RMN. **p. 68 :** musée d'art de Hambourg, photo The Bridgeman Art Library. **pp. 71, 89, 91 :** décor pour l'acte II peint par Jacques Valnay en 1879, photo Photothèque Hachette. **p. 82 :** photo Photothèque Hachette. **p. 102 :** photo Agence Bernand. **p. 107 :** décor pour l'acte III peint par Jacques Valnay en 1879, photo Photothèque Hachette. **pp. 147, 164, 166, 192 :** Worms dans le rôle de Don Carlos, tableau d'albert Maignan (1880), photo Photothèque Hachette. **p. 171 :** musée national de Naples, photo The Bridgeman Art Library. **pp. 193, 220, 224, 226 :** la mort des amants sous les yeux de Don Ruy Gomez, lithographie d'Achille Devéria (1800-1857) exécutée au soir de la première représentation du drame, photo Photothèque Hachette. **p. 203 :** photo Brigitte et Marc Enguerand. **p. 231 :** photo Hachette Filippachi Photos / Production / Paramount Pictures.

Conception graphique
Couverture : *Laurent Carré*
Intérieur : *ELSE*

Mise en page
MCP

Imprimé en Italie par
LTV
LA TIPOGRAFICA VARESE
Società per Azioni
Varese
Dépôt légal : Novembre 2006 - Edition : 01
16/9198/9

Dans la même collection :

Anthologie et collectif
- L'apologue (12)
- Le biographique (24)
- Nouvelles naturalistes des *Soirées de Médan* [Zola, Maupassant, Huysmans] (40)

BALZAC
- La Peau de chagrin (26)

BAUDELAIRE
- Les Fleurs du Mal (10)

BEAUMARCHAIS
- Le Barbier de Séville (17)
- Le Mariage de Figaro (5)

CHATEAUBRIAND
- Atala-René (42)

CORNEILLE
- Le Cid (36)
- L'Illusion comique (19)

DUMAS
- Les Mille et Un Fantômes (32)

FLAUBERT
- Trois Contes (20)

GAUTIER
- Contes et Récit fantastiques (43)

HUGO
- Claude Gueux (38)
- Le Dernier Jour d'un condamné (31)
- Hernani (44)
- Les Misérables (28)
- Ruy Blas (6)

LA BRUYÈRE
- Les Caractères (29)

MARIVAUX
- L'Île des esclaves (13)
- Le Jeu de l'amour et du hasard (16)

MAUPASSANT
- Contes (34)
- Pierre et Jean (11)

MOLIÈRE
- Dom Juan (2)
- Les Femmes savantes (33)
- Le Misanthrope (27)
- Les Précieuses ridicules (30)
- Le Tartuffe (4)

MONTAIGNE
- Essais (22)

MUSSET
- Les Caprices de Marianne (41)
- Lorenzaccio (23)
- On ne badine pas avec l'amour (14)

RABELAIS
- Pantagruel-Gargantua (7)

RACINE
- Andromaque (35)
- Bérénice (15)
- Britannicus (18)
- Phèdre (8)

RADIGUET
- Le Diable au corps (21)

RIMBAUD
- Une saison en enfer et autres poèmes (37)

ROUSSEAU
- Les Confessions, livres I à IV (3)

SHAKESPEARE
- Hamlet (9)

VOLTAIRE
- Candide ou l'Optimisme (1)
- L'Ingénu (39)
- Zadig ou la Destinée (25)